미남당
사건수첩

미남당 사건수첩

정재한 장편소설

CABINET

하드보일드 원더랜드 ——— 175

그림자 없는 인간 ——— 237

짐승의 길 ——— 293

에필로그 ——— 346

작가의 말 ——— 366

차례

프롤로그 — 6

연남동 명물 박수무당 납시오 — 11

방과 후 학교의 시간은 멈춘다 — 69

진위의 숲 — 127

프롤로그

 서울시 마포구 연남동 777-17번지에는 빨간 대문 집이 하나 있다. 요사스런 기운을 풍기는 대문 색깔만큼이나 '미남당'이라고 쓰인 간판과 주소지 역시 요상하기는 매한가지다. 그럼에도 불구하고 연일 찾아오는 이들로 인해 문지방이 닳아 없어질 정도로 분주하고 시끌벅적하다. 매일같이 예약이 미어터져 자신의 순번이 돌아오기까지 한 달이 넘는 일도 부지기수이지만, 사람들은 어떻게든 한 번이라도 이곳을 찾아오려고 아우성이다. 그 이유가 무엇인고 하니, 창호지가 덧발라진 장지문을 드르륵 열고 방 안에 들어오는 순간―.
 "네 이놈, 어딜 감히 부정을 달고 와!"
 라고 귀청이 떨어져라 고함을 지르는 이가 있는데, 다짜고짜 욕 들어먹은 당신이 항의할 틈도 없이 일갈이 이어질 것이다. 헌데 그 내용이 기가 막히다.

"딱 보니까 마누라 버리고 딴 년이랑 뒹굴다가 뒤통수 맞았구먼. 그년이 네 돈 먹고 토꼈으면 아이고 천벌 받았구나, 하고 벽 보며 반성할 일이지. 뭘 잘했다고 여길 꾸역꾸역 기어들어와?"

이렇게 상황을 바로 맞춰버리고 마니, 쩍 하고 벌어지는 입을 무슨 수로 말리겠는가? 당신은 어리벙벙한 얼굴로 그를 쳐다볼 수밖에 없다. 얼굴을 보자마자 상황을 훤히 꿰뚫어 보는 신묘함도 그렇거니와, 일반적으로 '박수무당' 하면 떠오르는 모습과 전혀 상관없는 남자의 차림새 때문이다.

간혹 그날의 컨디션에 따라 분위기가 바뀔 때도 있지만, 종이를 갖다 대면 베일 듯 똑 떨어지는 맞춤 정장 차림에, 머리에는 포마드를 듬뿍 발라 아무나 소화할 수 없다는 8:2 가르마를 스타일리시하게 소화한 모습이 대부분이다. 그를 보고 있노라면 내가 지금 밀라노 패션 위크에 참석 중인지 점집에 와 있는지 헷갈리겠지만 점을 보러 온 본래의 목적은 잊지 않도록 한다.

그의 서늘한 눈빛을 멍하니 바라보다가, 맞은편 미남자의 용함을 문득 깨달은 당신은 털썩 무릎을 꿇고 주저앉으며,

"아이고, 제발 살려주십시오. 그 돈 없으면 회사 쓰러집니다. 어디 가서 찾을 수 있습니까?"

하며 엉엉 울음을 터트릴 것이다.

여기서 끝나느냐? 아마추어처럼 섭하게 왜 이래. 물론 아니지.

처음에는 흥흥대며 콧방귀를 줄기차게 뀌어대던 박수무당도 방문객이 간절하게 빌고 또 빌면,

"거, 부적 한 장 쓰고 가봐."

무심하고 시크하게 한마디 툭 할 터이니, 이 순간을 대비해 절대적 불문율 하나를 암기하도록 한다. 마음속에서 '아니, 왜? 굳이 부적까지는 필요 없는데?'라는 의구심이 오래 삶은 달걀 옆구리처럼 튀어나온다 하더라도 감히 입 밖으로 내서는 아니 된다. 그딴 말을 해봤자 돌아오는 건—
"감히 어디서 부정 타게 왜는 왜야? 돈 찾기 싫은가 보지? 썩 안 꺼져?"
라며 박수무당이 들고 있는 쇠방울로 사정없이 정수리를 두드려 맞게 될 테니까. 그깟 방울, 이렇게 치부하지 마시라. 그랬다가는 쇠방울 흔들릴 때 나는 소리가 내면에서도 울리는 진기한 경험을 하게 될 테니.
여기까지 오면, 지금까지 박수무당을 붙잡고 사정한 사람도 당신이거니와 사람 심리가 또 묘해진다. '아아, 이 사람은 돈 따위가 중요하지 않은가 보다. 그래, 내가 지금 중한 게 뭣인데!' 하며 박수무당의 바짓가랑이를 붙잡고 늘어지게 된다. 허나 이미 심사가 뒤틀린 박수무당은 결코 순순히 부적을 내어주지 않을 터.
그럴수록 당신은 애가 달겠지. 그게 사람이니까.
당신의 바지 무르팍이 반들반들해질 정도로 바닥에 엎드려 빌어도 부적을 써주고 안 써주고는 박수무당의 마음이니, 괜히 심기 거스르지 말고 부적 쓰고 가랄 때 냉큼 "네, 알겠습니다." 해야만 한다는 걸 명심하도록.
"일주일 후 다시 와."
이 말을 듣는 데 성공했다면?

냉큼 현찰을 꺼내 복채를 지불한 뒤 썩 물러가라. 참고로 여기 복채는 평균 오만 원하는 다른 점집들과 비교도 할 수 없을 만큼 비싸니, 돈 없고 현찰 없으면 애초에 이 집 근처도 오지 마시라. "카드도 돼요?"라든가 "요즘 카드 안 되는 데가 어디 있어요?" 따위의 토는 꿈속에서도 달지 말 것. 얼굴 어딘가에 방울 하나 박힌 채 쫓겨날 테니까.

이 불문율만 잘 지킨다면, 일주일 후 당신이 운영하는 회삿돈 들고 튄 내연녀가 어디서 딴 놈과 붙어먹고 있는지 확실히 알게 된다. 이런 각고의 인내의 시간을 거쳐 당신은 이 박수무당을 거쳐간 수많은 이가 그러했듯 '팬. 입. 덕.'의 길로 들어설 게 뻔하다. 정장이 잘 어울리는 차갑고 도시적인 남자, 지금까지 대한민국에서 단 한 번도 등장한 적 없던 전무후무한 스타일리시한 무당! 그가 바로 연남동의 명물 남한준이다.

나이는 청춘과 성숙이 동시에 무르익어 아름다움이 더욱 빛을 발한다는 서른넷. 키는 행운의 숫자인 백칠십칠인 데다 눈도 똘망똘망하고 신수도 훤하다. 좋아하는 건 인테리어 분위기 죽이는 레스토랑에서 비싸고 고급지고 양 적은 음식 먹기, 달달한 디저트, 예쁜 아가씨, 신사임당이 그려진 현찰. 특히 '현찰' 부분은 고딕 이탤릭체로 진하게 표기 후 밑줄을 쳐둘 것.

싫어하는 건 매운 음식, 화장실 더러운 식당, 왜 카드 안 되나고 난리 피우는 진상 손님. 취미는 '힙'한 '핫 플레이스' 찾아가기며 이상형은 숏 단발이 잘 어울리는 아기자기한 이목구비에 허리는 쏙 들어가고 골반 넓은 고양이 상의 여자다. 그의 신묘한 점괘에 반해 쫓아다니는 미인이 한둘이 아니지만, 그는 일에만 몰두하는 프로페셔널한 사람이고 눈은 저 하늘에 달려 있어 웬만한 여자에게는 흔들리지 않는다. 고로 김칫국은 각자의 집에서 마시도록.

자, 여기서 질문이 하나 나올 법하다. 연남동 박수무당에 대해 어찌 그리 잘 알고 있느냐고?

그거야 쉬운 일이지. 그 박수무당—

나거든.

연남동 명물 박수무당 납시오

"괜찮네. 지금 이건 참신하게 미친 거라 봐줄 만해."

사람의 목소리에도 색이 있다면, 지금 들려온 건 갓 출소해 복수를 시작하려는 악당 심보만큼이나 시커먼 색이 틀림없다. 한준은 길게 한숨을 쉬었다.

"내일 인터뷰 있어서 연습 좀 했다."

"그래봤자 구(區) 지역 신문이잖아. 그거 누가 보냐?"

어쩌면 저리 용기를 북돋는 말만 골라서 해줄까. 독설이라면 어디 가서 져본 적 없는 한준이건만, 저 귀신 같은 음성의 주인공에게는 '그대 앞에만 서면 왜 작아지는가'적 태도를 취할 수밖에 없다. 이유는 굳이 지금 설명할 필요 없다. 지켜보고 있노라면 바로 답 나오니까. 한준은 이를 꽉 다물고 뒤를 돌아보았다.

"이 시간에 웬일이냐? 어디 나갔다 왔……."

한준은 뒷말을 삼켰다. 입은 지 족히 일주일은 넘은 듯한 검정색 트레이닝복, 마지막으로 머리 감은 날이 바로 저 옷을 입은 날일 거라고 생각되는 떡진 머리, 방금 전 일어났음을 여실히 보여주는 퉁퉁 부은 얼굴이 모든 상황을 단박에 설명하고 있었다.

"너 라면 먹고 잤니?"

"조금밖에 안 먹었는데."

한준은 재빨리 부엌으로 가 찬장을 열었다. 엊그제 사다놓은 라면 개수를 세어보니, 두 개가 빈다. 한준은 짧은 한숨을 내쉬고 제자리로 돌아왔다.

"혜준아."

"왜?"

혜준, 한준의 하나뿐인 소중한 여동생이 입을 쩍 벌리고 하품을 했다.

"머리 자르면 안 되냐?"

"포니테일과 짧은 머리는 신성한 존재이니 제발 건드리지 말아달라고 할 때는 언제고?"

혜준은 대꾸하기도 귀찮다는 듯 뒤통수를 벅벅 긁었다. 풍성하게 흩날리는 혜준의 비듬이 발코니 너머 눈구름이 잔뜩 낀 회색빛 하늘과 겹쳐지며 함박눈이 쏟아지는 듯한 착각이 들게 했다. 눈구름이 많아지면 내리는 눈의 양이 많아지듯, 혜준의 저 풍성하고 탐스러운 머리칼이 길수록 자체 생산되는 비듬과 머릿기름의 양도 늘어날 것이다. 한준은 열심히 대출금을 갚고 있는 이 소중한 38평짜리 아파트 바닥을 그런 것들로 매끄럽게 만들고 싶지는 않았다.

"뭐야? 말하다 말고 왜 인상 써?"

정작 인상을 쓰고 있는 건 혜준 본인임을 자각 못 하는 게 분명했다. 한준은 애써 미소 지었다.

"요즘 트렌드가 숏 커트래. 너 얼굴 작으니까 잘 어울릴걸."

"웃기시네. 지금 오빠 말투, 난민은 받아들여야 하지만 내 이웃으로는 둘 수 없다는 사람들처럼 완전 가식 쩔었어. 갑자기 머리는 왜 자르라는 건데?"

한준은 매일 밤마다 전 세계 네티즌들과 댓글로 설전을 벌이며 5할 이상의 승률을 거두는 저 걸물을 말로 설득할 자신은 없었다. 한준은 딴청을 피우며 고개를 돌렸다. 거실 구석에 놓인 진열장이 눈에 들어왔다. 게임 속 영웅들의 피규어 사이에 유독 눈에 띄는 물건이 하나 있었다. 외로이 쓰러져 있는 FBI 출입 카드였다. 그걸 보고 있노라니 지난 세월이 주마등처럼 스쳐 지나갔다.

한준의 하나뿐인 소중한 여동생, 방년 이십육 세의 남혜준은 초등학교 시절 기하학과 함수를 깔짝대 카이스트 학생들을 가볍게 누르는 기염을 토했다. 대한민국을 발칵 뒤집히게 한 그 비범함은 혜준이 중학교에 입학한 뒤 피시방을 떡볶이 집 다니듯 드나들게 되면서 점차 잠잠해졌다. 하지만 애가 끽해야 게임밖에 더 하겠느냐며 너무 쉽게 생각했던 것이 실수였다. 몇 달 후, 한준의 집에 정장을 차려입은 외국인 세 명이 방문했다. 외국인이 찾아올 일이라고는 사이비 종교밖에 없다고 생각하며 쫓아내려던 찰나, 한준은 충격적인 말을 들었다.

"FBI에서 왔습니다."

처음에는 몰래 카메라인 줄 알고 웃어넘겼다. 하지만 그들의 방문 목적을 듣고 난 뒤, 처음에 했던 말은 귀여운 예고편에 불과했음을 알았다. 한준은 무릎에 힘이 풀려 주저앉았다.

"얼마 전, 당신의 여동생이 FBI의 주요 기밀 파일을 해킹했습니다."

한준은 물론이거니와, 한평생 성실하게 직장을 다니며 범죄와는 전혀 관계없는 삶을 살았던 부모님은 혼절 직전 상황까지 갔다. 혜준을 다그친 결과, 걸작 같은 대답이 나왔다.

"입단 시험 치르느라 그랬어."

혜준은 전 세계적으로 명성을 떨치는 세계적 해킹 집단에 가입하기 위해 입단 시험의 제물로 FBI를 선택했다고 했다. 작업 장소는 피시방이었다.

"나 최연소 합격자래."

혜준은 FBI를 해킹해서 찾아오게 만든 주제에, 그런 건 안중에도 없다는 듯 해맑았다. 혜준은 조사를 받게 됐고, 결국 FBI 본사까지 동행해야 한다는 통보를 받았다. 한준은 눈물을 꾹 삼키며 여동생의 손을 잡았다.

"너 IMO* 대상 상금, 내가 유용하게 쓸게."

"아, 그 시시한 대회."

혜준은 어깨를 으쓱했다. 그러고는 부모님의 절규를 뒤로 하고

---

* 국제 수학 올림피아드

미국으로 떠났다. 얼마 후, FBI에서 다시 연락이 왔다.

"몇 년 형인가요?"

부모님은 벌벌 떨며 물었다. 돌아온 대답은 형기가 아니라 FBI 사이버 수사국 스카우트 제의였다. 본래 FBI에 들어가기 위해서는 미국 시민권이 필요하지만, 혜준은 특별 케이스니 시민권이고 나발이고는 본사가 알아서 처리하겠다는 파격 제안까지 덧붙였다. 사건 당사자인 혜준은 FBI의 제안을 기꺼이 받아들였다. 거기서 무슨 일을 하게 되든 상관없었다. 혜준에게 중요한 건 블리자드 본사를 마음껏 투어할 수 있다는 사실뿐이었다.

물론, 한준이 여동생을 걸물이라고 부르는 이유는 이런 천재적인 면모 때문만은 아니다.

혜준은 FBI 근무 이 년 차에 잘렸다. 당연히 업무 태만이나 부족한 업무 처리 능력이 사유였을 거라 생각했지만 아니었다. 혜준은 열여섯 살임이 믿기지 않을 정도로 일 자체는 완벽하게 수행했다. 단지 사고를 딱 한 번 쳤다.

"말하다 말고 뭐야? 바보같이 입 쩍 벌리고."

갑작스레 들려온 혜준의 까랑까랑한 목소리가 한준의 의식을 깨웠다.

"아, 잠깐 지난 일 생각하고 있었어."

"지난 일? 뭐?"

"너 FBI에서 사고 친 거."

아— 혜준은 피식 실소를 흘렸다.

"프로 게임단 창단?"

그렇다. 어릴 때부터 세계적 천재로 주목받았으며 세계적 유명 해킹 집단의 최연소 멤버이자 FBI 사이버 수사국의 최연소 직원이었던 남혜준은 직장 내에서 프로 게임단을 창단하려다가 잘렸다. 당시 나이 열여덟 살이었다.

사건을 조금 더 들여다보자면, 다음과 같다. 혜준은 일을 굉장히 열심히 했다. 이유는 단순했다. 최대한 집중해서 일을 빨리 끝내고 집에 가서 게임을 하기 위해서였다. 그러기 위해서는 야근 및 불필요한 잔업이 있으면 안 됐다. 동료들은 어린 나이에도 불구하고 천재적인 업무 능력을 보이는 혜준에게 점점 매료되었다. 혜준은 친구들을 모아놓고 대한민국의 게임 문화를 전파했다. 원래부터 컴퓨터를 다루는 일에 익숙한 이들인지라, 적응은 금방이었다. 혜준은 팀원들의 실력이 점점 늘어가는 모습을 보며 뿌듯함을 느꼈다. 그냥 느끼기만 하고 자기 갈 길 갔으면 좋았을 텐데, 문제는 여동생이 원대한 꿈을 꾸었다는 데 있었다.

—실력을 썩히기 아까워. 프로 게임단을 목표로 삼자.

혜준의 말은 기름이 되어 팀원들의 열정을 더 활활 불태웠다. 하지만 그들은 —FBI에게 이런 말을 하기 그렇지만, 어쨌든 혜준과 비교했을 때— 보통 사람들이었다. 혜준처럼 일하고 게임을 한다는 건 무리였다. 팀원들은 혜준의 실력을 따라잡기 위해 점점 무리수를 두기 시작했다. 당연히 일에도 영향을 미쳤다. 혜준의 뛰어난 전술(?)과 실력에 감화된 요원들 중 진정한 프로 게이머로 거듭나기 위해 FBI를 그만두고 연습에 매진하는 이도 생겼다. 집중력이 저하되자, 사이버 수사국 업무에 허술한 구멍이 생기기 시작했다. 상황이 심각해졌다고 판단한 수뇌부는 대책 회의를 열었다.

혜준은 '역시 게임은 코리아'라는 이미지를 남긴 채 책상을 빼고 한국에 돌아왔다. 이후 삼 개월 정도 공부하고 수능 쳐서 대한민국 최고 명문대에 들어갔고, 삼 년 만에 자퇴했다.

걸물도 이런 걸물이 또 없다. '세상은 넓고 또라이는 많다'라는 명언을 온몸으로 절감하며 살아온 한준이지만, 그중에서도 최고봉은 자신의 여동생이었다. 정상적인 사고방식으로 상대할 수 있을 리 없잖은가.

"야, 그나저나 양심 안 찔리냐?"

혜준이 물었다. 한준은 근심스러운 표정으로 여전히 바닥에 흩뿌려지는 비듬을 바라보고 있었다.

"내가 뭘?"

"오늘 낮에 온 아저씨한테 후려친 부적값. 심했어."

혜준은 떨떠름해하는 목소리였다.

잠시 설명을 덧붙이자면, 한준과 혜준은 한 팀이다. 단순히 가족이기 때문에 쓰는 표현이 아니라, 말 그대로 한준과 함께 '일'을 한다. 미남당 이 층에는 벽면 한가득 모니터가 설치된 혜준의 작업실이 있다. 업무상의 이유로 종종 거기에 틀어박혀 한준이 점을 보는 광경을 지켜보는데, 오늘따라 뭔가 마음에 안 든 모양이다.

"또 시작이다. 이 장사 한두 번 해?"

한준은 손을 획획 내저었다.

"돈 그만큼 모았으면 됐지. 작작 좀 해서."

"아직 멀었어. 이걸로는 어디 가서 명함도 못 내밀어."

한준은 어깨를 으쓱한 뒤 방으로 들어갔다. 혜준이 뒤따라오며 뭐라고 욕을 해댔지만 한준은 혜준의 말을 못 들은 척하며 서류 가방에서 장부와 오늘 번 돈다발을 꺼냈다. 돈을 셀 때는 최대한 신속하게 손을 놀려 한 번으로 끝내야 한다. 한준은 집중했다. 정산을 시작한 지 삼 분도 지나지 않아 그의 손이 착, 소리를 내며 마지막 지폐를 튕겨냈다. 절반으로 접혀 있던 지폐가 일자로 쫙 펴지면서 한 뭉치의 돈다발이 완성되었다. 오늘의 매출 순익은 이백만 원. 한준은 눈부시게 빛나는 돈다발을 바라보며 흐뭇한 미소를 지었다. 혜준이 그런 한준을 노려보며 이죽거렸다.

"사기꾼."

뜬금없는 혜준의 말에 당혹감을 느낄 독자들이 제법 있을 줄로 안다. 그러므로 지금까지 참을성 있게 이야기를 들어준 독자들에게 답례로 한 가지 고백을 하고자 한다.

사실, 한준은 점을 전혀 칠 줄 모른다.

이 말이 무슨 뜻인지를 알려면, 오늘 낮에 미남당을 찾아왔던 머리 반 벗겨진 아저씨 이야기로 돌아가야 한다.

오늘 한준은 아저씨가 미남당에 들어온 순간부터 그가 어떤 상황에 처해 있는지 정확하게 맞췄다. 회삿돈을 들고 도망간 내연녀 때문에 골치를 썩고 있는 상황을, 아주 귀신 저리 가라 할 정도로 적나라하게 읊어댄 것이다. 당연히 남자는 소스라치게 놀라 혼비백산해 무릎을 꿇고 말았다.

점의 지읒 자도 모르는 한준이 남자가 처한 상황을 어찌 알았느냐? 단서는 이 남자가 전화를 걸어 예약을 요청한 순간부터 시작된다.

고객들은 보통 한준이 있는 점집에 직접 전화를 걸어 예약을 한다고 생각하지만, 실상 접수는 한준과 연계된 협력업체—라 쓰고 소규모 흥신소라 읽는다—에서 담당한다. 요즘 전화기는 발신자의 전화번호가 뜬다. 그러면 협력업체는 번호를 토대로 신속하게 예약자의 최근 신상을 파악, 혜준에게 단서를 제공한다. 혜준은 여러 단서들을 토대로 인터넷에 남아 있는 고객의 개인 정보와 여러 사진, 문서들을 수집해 분석한다. 필요하다면 관련 사이트도 아낌없이 해킹한다. 이 정보들을 토대로 한준은 최종 분석을 한다. 그 후 고객의 이름과 기타 문제 등을 달달 외운 뒤, 상황에 맞춰 그럴 듯하게 알아맞히는 연기를 한다. 미남당은 오직 예약제로만 운영하므로 스케줄 조절만 잘하면 숙지할 시간은 충분하다.

그냥 말만 하면 뭔가 심심하니, 다 된 국에 조미료 넣듯 쌀을 뿌리거나 접신한 것처럼 표정 연기를 하며 점을 치는 게 보통이다. 하지만 오늘 찾아온 아저씨에게는 특별히 소리를 질러주었다. 남에게 명령 내리는 일이 익숙한 이들은 되레 자기가 호통을 들을 경우 당황하기 때문이다. 한마디로 기선제압이다. 이차저차하여 '나는 지난밤에 네놈이 한 일을 알고 있다' 적 상황을 만든 뒤, 부적을 쓰라고 강권하여 일주일에서 이 주 정도의 시간 여유를 번다. 오늘처럼 뭔가를 찾아야 하는 상황이라면 우리의 친애하는 파트너인 협력업체 사장에게 의뢰한다. 너무 복잡한 건수일 경우 한준도 함께 움직일 때가 있다.

하지만 사람들이 점집에 찾아오는 이유는 거의 뻔하다. 저 언제 결혼할까요, 제 반려자가 바람난 것 같아요, 사업이 잘될까요, 어떻게 해야 일이 풀릴까요, 기타 등등. 전부 다 비슷한 이유다. 한준이 직접 나서야 할 만큼 복잡한 일은 거의 없으므로 그는 주요 VIP에게만 심혈을 기울여 관리를 한다.

미래에 관한 질문은 어떻게 하느냐. 그 사람에 관해 조사한다. 생활 습관, 어떤 책을 읽는지, 무슨 영화를 좋아하는지, 노래는 뭘 듣는지 등등. 아주 사소한 정보까지 싹 쓸어 모은다.

어떻게 이런 것들로 미래를 알 수 있을까 의구심이 들 수 있다. 하지만 사실 이런 사소한 요소들이 모여 한 사람의 인격체와 삶을 형성한다. 세세한 면모들을 잘 파악해두면, 신력이라고는 쥐뿔도 없는 한준이나 당신이나 똑같이 그 사람에 대해 어느 정도 결론을 내릴 수 있다. 타인의 앞날을 예측하고 자신의 기준을 토대로 나름의 결론을 내린다는 점에서 지구상의 모든 이들은 점쟁이인 셈이다. 단지 한준의 분석이 일반인들보다 예리하고 날카로울 뿐.

어떤 이들은 단순히 전화번호 하나로 이 모든 사실을 어떻게 알아내느냐고 반박할 수도 있을 것이다. 사람들은 자신이 모른다는 걸 인정하지 않고, 있을 수 없는 일이라고 치부하기 일쑤니까. 그런 이들에게는 조용히 되묻고 싶다. 중국의 보이스 피싱 범죄자들은 피해자의 식구들 이름이나 근무하는 회사명을 무슨 수로 알았을까?

보이스 피싱 범죄자들과 미남당 팀원들의 실력을 비교한다는 것 자체가 일종의 모욕이지만 관대하게 넘어가기로 한다.

그렇다면, 점괘가 틀린 경우는 어떻게 하느냐? 좋은 질문이다. 그 사람이 하는 이야기를 잘 듣고 있다가, '네가 그런 식으로 해서 안 된 거야'라고 면박을 주면 대부분 수긍한다. '이렇게 될 거다'라고 이야기해주면 그와 무관한 상황이 발생해도 알아서 점괘에 자신의 사정을 끼워 맞추는 경우가 대부분이니까.

나름 정당한 데이터를 기반으로 도출한 결과를 이야기해줄 뿐인데, 혜준은 한준이 하는 일을 싫어했다. 어떤 말로 포장해도 이건 사기라면서. 각종 인터넷 해킹 및 컴퓨터 프로그램 기술로 일을 도우며 꼬박꼬박 월급을 타가는 혜준이 할 말은 아니라고 한준은 생각했다. 하지만 전에도 이런 식으로 따졌다가 십 원짜리 한 푼 못 남기고 통장 계좌를 털린 전적이 있으므로 그저 조용히 입을 다물기만 했다.

혜준은 한심하다는 듯 고개를 절레절레 젓더니 욕실로 들어갔다. 이내 물줄기 소리가 들렸다. 다행히 씻는다는 개념은 아직 남아 있는 듯했다. 신이시여, 감사합니다. 한준은 가슴을 쓸어내리며 정산을 마무리했다. 장부는 서류 가방에, 돈은 한준의 방에 있는 비밀 금고에. 그리고 대걸레를 가져와 물걸레를 끼운 뒤, 아까 비듬이 쏟아져 내리던 동선을 쫓아 열심히 바닥을 닦았다. 한참을 청소에 열중하고 있노라니, 욕실 문이 열리며 혜준이 나왔다.
"아침에 청소하지 않았어?"
혜준이 수건으로 머리를 털며 물었다. 방금 전 오븐에서 꺼낸 찜기처럼 몸에서 부연 김이 모락모락 솟아오르고 있었다.
"지금은 저녁이잖아."
지극히 당연하고 상식적인 사실 아닌가. 왜 저런 질문이 나오는지, 한준은 그 자체를 이해할 수 없었다. 혜준은 엑 하고 얼굴을 찡그렸다.
"그렇게 깔끔 떠는 것도 병이야. 결벽증 아니냐?"
그러고는 휭하니 자기 방으로 들어가버렸다. '내가 결벽증인 게 아니고 네가 너무 더러운 거다'라고 항변하고 싶지만, 한준은 동생을 사랑하는 자상한 오빠이므로 오늘도 참는다. 혜준을 화나게 했다가 힘들게 번 오늘의 수입이 낯선 계좌로 빨려 들어갈까 봐 두려워서 이러는 건 결코 아니라고 마음속으로 외치며.
한준은 마른걸레질까지 완벽하게 마무리한 후, 쓰레기도 몽땅 내다 버리고 왔다. 집 안에 존재하는 더러운 이물을 용인하느니 눈에 흙을 뿌리고 말겠다는 게 한준의 입장이었다. 내친김에 혜준의 방도 청소하고 싶었지만, 혜준은 자신의 사생활 보안을 목숨처럼 중히 여기므로 애써 참았다. 갈증을 느낀 한준은 냉장고를 열었다. 얼마 전 마트에서 사 온 프링스제 탄산수가 일렬종대로 늘어서 있었다. 그 밑으로 각 잡힌 채 반듯하게 자리한 반찬통들도 보였다. 한 치의 어긋남 없는 깔끔한 정렬들을 보니 입가에 절로 미소가 떠올랐다. 탄산수를 한 통 꺼내 마시는데, 혜준의 방문이 열렸다. 그쪽으로 흘깃 시선을 던지던 한준은 입에 머금고 있던 액체를 전부 뿜어냈다.

그곳엔 웬 모르는 여자가 서 있었다. 연한 자줏빛 원피스에 진갈색 울 코트 차림이었는데, 소맷단과 치맛자락 끝부분에 달린 주름 장식이 그녀의 우아함을 돋보이게 했다. 깨끗한 흰 피부에 발그레하게 물든 볼, 장밋빛 입술, 이국적으로 느껴질 만큼 투명하고 맑은 갈색 눈동자는 지나가던 이들이 한 번쯤 뒤돌아볼 만큼 화사했다. 한준은 격하게 두 눈을 부빈 뒤, 여자의 정체를 깨닫고는 냉랭한 표정을 지었다.

"미친, 또 속을 뻔했네."

너무 오랜만에 본 모습이라 혜준의 대외용 얼굴을 잊고 있었다. 혜준은 현관 벽에 붙어 있는 거울을 보며 립스틱을 덧발랐다. 좀 진하다 싶을 만큼 붉은 입술을 보며 한준은 얼굴을 찌푸렸다.

"어디 가는데?"

"데이트."

"또 어떤 불쌍한 놈에게 사기를 치려고······."

한준은 혀를 쯧쯧 찼다.

"나 기다리지 말고 먼저 저녁 먹어. 늦게 들어온다."

혜준은 이 한마디를 남기고 문 너머로 사라졌다. 욕실에 들어가기 전후가 어찌 이리 다를 수 있단 말인가. 한준은 한껏 치솟은 닭살을 쓸어내리며 심호흡을 했다. 그렇잖아도 며칠 후에 구의원 한 명이 점을 보러 온다 하니, 사기의 범주를 좀 더 넓히는 법안을 발의해보라고 조언을 해봐도 좋을 것 같았다.

한준은 거실에 놓인 전화기 앞에 섰다. 우리의 친애하는 파트너—흥신소—에게 전화를 걸까 말까 약 삼 분가량 고민했다. 흉흉한 이 세상에 여동생이 어떤 놈을 만나고 다니는지 정도는 알아두는 게 오빠로서 당연한 도리가 아닐까 싶었지만, 자신의 사생활을 캐고 다닌다는 걸 알면 통장 계좌 하나 날리는 정도로 끝내지 않을 혜준이었다. 한준은 여동생의 의사를 존중하는 너그러운 오빠이므로 결국 수화기를 내려놓았다……가 다시 집어 들었다. 이건 여동생을 걱정해서 하는 행위가 아니다. 혜준의 마수에 걸려들 순진한 남자가 같은 종족으로서 걱정되어 그럴 뿐이다. 나중에 속았다며 한준 앞에서 울기라도 하면 곤란하잖은가. 그렇게 합리화를 하며 한준은 친애하는 파트너에게 전화를 걸었다.

"내 동생 데이트 나갔어. 어디서 뭐 하고 사는 놈인지, 혜준이 떡볶이만 먹이고 다닐 놈은 아닌지, 다른 여자는 없는지, 인성은 됐는지, 싹 다 조사해줘."

친애하는 파트너는 존중의 의지를 담아 한준에게 말했다.

—미친 놈, 작작해. 너 그거 병이야.

*

저녁 여덟 시경, 신촌 기차역 뒷골목에 위치한 원룸텔에 침입해 혼자 사는 여성을 성폭행하려던 스물일곱 살의 김 모 씨는 여전히 상황 파악을 하지 못한 채 두 눈만 끔뻑이고 있었다.

여성의 신고를 받고 출동한 두 명의 형사 덕분에 범행은 미수에 그쳤다. 김 모 씨는 현장에서 달아나 꼬불꼬불한 골목길로 도주했다. 평소 이쪽 골목을 자주 오갔기 때문에 지리에는 자신이 있었다. 골목길을 벗어나 번화가 대로변 입구로 달릴 때까지만 해도 두 형사를 따돌렸다고 믿었다. 그는 골목 입구 근처에 세워놓은 오토바이에 올라타 회심의 미소를 지었다. 한데 시동을 걸고 고개를 들어보니 방금 전까지만 해도 보이지 않던 두 형사가 앞뒤를 막은 채 서 있었다. 당황한 김 모 씨는 고개를 두리번거리며 사태를 파악했다. 앞에는 살짝 마른 체격에 머리를 짧게 자른 젊은 여자가 서 있었고, 뒤에는 다부진 몸집에 연륜 좀 묻어나 보이는 남자가 아니꼽다는 눈빛을 하며 서 있었다.

좁은 골목길이다. 옆에 피할 만한 여유 공간은 없다. 앞뒤를 번갈아 보던 김 모 씨는 재빨리 결정을 내린 뒤 액셀을 밟았다.

"저, 저, 저 미친놈이!"

뒤에 서 있던 남자 형사가 소리쳤다.

"뒈지기 싫으면 비켜!"

김 모 씨는 소리를 지르며 여자 형사를 향해 오토바이를 몰았다. 오토바이가 요란한 굉음을 내며 자신을 향해 달려드는데도 여자 형사의 표정에는 아무런 변화가 없었다. 그녀는 눈을 가늘게 뜬 채 김 모 씨를 뚫어져라 쳐다볼 뿐이었다. 김 모 씨는 액셀을 더욱 힘차게 밟았다. 오토바이는 더욱 커다란 굉음을 토하며 빠르게 여자 형사를 향해 돌진했다. 여자 형사는 여전히 움직이지 않았다. 미친년이 뒈지든 말든 상관없다고, 김 모 씨는 생각했다. 오토바이와 여자 형사의 간격이 뻗은 팔 길이 정도로 가까워졌을 때, 갑자기 쾅 소리와 함께 허공에 온갖 오물과 플라스틱 커피 컵이 날아올랐다. 뭔가에 부딪친 충격이 컸던 탓에 오토바이는 대로변 바닥에 쓰러져 약 십 미터가량 미끄러졌다. 김 모 씨는 오토바이에서 굴러떨어져 골목 입구에 널브러졌다. 생존 본능인지, 질긴 명줄 때문인지는 몰라도 김 모 씨는 사고 직전 뛰어내려 옆으로 굴렀다. 덕분에 가벼운 뇌진탕 외에는 다친 데가 없었다. 정신을 차린 순간 철컥 소리가 났다. 손목에 한기가 돌았다. 김 모 씨는 시선을 아래로 돌렸다. 수갑이 채워져 있었다. 눈앞에는 방금 전 오토바이로 쳤다고 생각한 여자 형사가 서 있었다. 여자 형사가 무미건조하게 말했다.
"귀하는 강간미수 및 주거침입죄를 범한 현행범으로 형사소송법 212조에 의해 영장 없이 체포합니다. 변호사 선임 및 체포 적부심을 청구할 수 있습니다."
"뭐, 뭐야……?"
김 모 씨는 놀라 여자 형사를 위아래로 훑었다. 피가 돌기는 할까 싶을 정도로 창백한 얼굴, 이 겨울날 춥지도 않은지 검은색 터틀넥 스웨터와 청바지만 입은 그녀의 모습에서는 상처는커녕 흠집 하나 찾아볼 수 없었다.
"귀신이야?"
김 모 씨가 넋 나간 목소리로 물었다.
"어쭈, 용케도 우리 한예은 형사 별명을 맞추셨어."
남자 형사가 뒤쪽에서 건들대며 걸어왔다. 그는 납작하게 찌그러진 쓰레기통을 보고는 김 모 씨의 뒤통수를 한 대 갈겼다.

"너 이 새끼, 공공기물 파손 죄도 추가."

한예은이라 불린 형사는 아무 말 없이 김 모 씨를 끌고 가 경찰차에 태웠다.

"역시 한귀야."

남자 형사가 보조석에 올라타며 흐뭇하게 미소 지었다.

"장 선배가 느린 겁니다. 운동 좀 하시라고 그렇게 말씀드렸는데."

예은은 무표정한 얼굴로 시동을 걸었다.

"너 건수 올리라고 뒤로 좀 빠져 있던 거지. 선배 마음을 이렇게 몰라."

"빛깔 좋은 평계로 들립니다만."

"야, 내가 누구냐? 강력반 경력 팔 년 차 장두진이야, 인마. 이런 병아리 같은 건수가 뭐 아쉽다고?"

예은은 대꾸하지 않고 액셀을 밟았다.

"저기……."

졸지에 이런 병아리 같은 건수가 된 김 모 씨가 조심스레 말을 걸었다. 두진이 돌아보았다.

"뭐야?"

김 모 씨는 눈을 끔뻑끔뻑했다.

"어떻게 된 일인지…… 설명 좀 해주시면……."

두진은 따악 소리가 나도록 김 모 씨의 정수리를 쥐어박았다.

"네 죄를 네가 몰라 새꺄?"

"아니, 그건 알겠는데……. 저 형사님이 대체 어떻게 피하셨는지……."

"아아."

두진이 씨익 미소 지었다.

김 모 씨와 마찬가지로 어리둥절해할 독자를 위해 설명을 조금 보충하자면, 김 모 씨가 두 형사에게 쫓기던 때로 상황을 되감기 해볼 필요가 있다.

김 모 씨는 경찰이 왔다는 걸 눈치채고 곧장 도주했다. 예은과 두진은 있는 힘껏 뒤쫓았지만, 능숙하게 골목길을 달리는 김 모 씨를 당해내기 어려웠다. 예은은 달리기를 멈추고 따개비처럼 다닥다닥 늘어서 있는 주택들의 높낮이를 살폈다. 담벼락, 다세대 건물, 원룸 옥상 등등. 형태가 다른 건물들이 다양한 길이와 크기로 존재하고 있었다. 예은은 제자리에서 가볍게 점프한 뒤, 팔을 뻗어 담벼락 위로 올라탔다. 중력이 없어진 것처럼 가뿐하게 올라탄 걸로도 모자라, 담벼락을 지지대 삼아 바로 옆 건물 옥상으로 뛰어넘기도 했다. 자주 있는 일이라는 듯 두진은 놀란 기색도 없었다. 그저 익숙하게 그녀의 움직임을 따라 달릴 뿐이었다.

훨씬 높은 곳에서 골목을 내려다보며 달린 덕에, 예은은 김 모 씨의 목적지를 파악할 수 있었다. 그녀는 두진에게 대로변 쪽 골목으로 오라는 신호를 보냈다. 자신은 전속력으로 달려 옥상을 뛰어넘고 가파른 담벼락 위를 달렸다. 그리고 대로변 쪽에 다다르자, 낙법으로 굴러 착지해 골목길 입구를 봉쇄했다. 김 모 씨가 도착한 건 그다음이었다. 두진은 마지막으로 도착해 뒤를 막았다. 당황한 김 모 씨는 속도를 올린 채 예은을 향해 오토바이를 몰았다. 따로 피할 틈이 없는 좁은 골목인 데다가, 상대는 자그마한 몸집의 여자였다. 당연히 코앞까지 돌진하면 비명을 지르며 입구 쪽으로 달아날 거라고 생각했다. 김 모 씨는 그 틈을 타 대로변을 달려 도주할 속셈이었다.

하지만 그의 예상은 빗나갔다. 예은은 오토바이가 움직이기 시작한 순간, 재빨리 주변을 살폈다. 골목 입구 쪽에 커다란 쓰레기통이 놓여 있었다. 그녀는 오토바이가 코앞에 올 때까지 기다렸다가, 전속력으로 달려오는 오토바이 정면에 쓰레기통을 집어던졌다. 쾅 하는 소리와 함께 오토바이는 쓰레기통 정면을 들이받았다. 동시에 예은은 허공으로 뛰어올라 백 텀블링을 했다. 그녀는 우아하게 세 개의 원을 그리고 나서야 착지했다. 김 모 씨와 오토바이는 이미 바닥에 나뒹굴고 있었다. 이로써 상황 종료.

"우리 한 형사가 괜히 한귀인 줄 알아?"

병찐 김 모 씨를 돌아보며 두진이 놀렸다. 형삿밥을 먹은 지 이제 갓 이 년밖에 되지 않았지만, 예은이 마포 경찰서 강력반 2팀에서 '한귀'라는 별명으로 불리는 이유는 두 가지다. 초반에 '한 형사 사람 맞아? 귀신이야?', '사람이면 어떻게 저리 움직일 수 있어?'라는 말을 하도 듣다가, 그게 '한귀'로 줄어들며 별명으로 굳어진 게 첫 번째 이유.

"그나저나 선배. 우리 그 사건."

웃고 있던 두진의 얼굴이 삽시간에 찌그러졌다.

"또 뭐?"

"한 달 전 도화동에서 실종된 강은혜 말입니다."

"그 이야기는 그만해. 하, 이거 진짜 물귀신이라니까. 저번에도 알아듣게 충분히 이야기했다."

집요한 예은의 성격이 두 번째 이유다. 한 번 꽂힌 사건에는 물귀신마냥 끈덕지게 달라붙어 끝까지 쫓아가는 성격.

"느낌이 안 좋습니다."

"네 감이 귀신 뺨 왕복으로 때릴 만큼 좋은 건 잘 아는데, 그건 단순 가출이라니까?"

"단순 가출이 사건으로 번질 수도 있습니다."

"야, 됐어. 일단 지금 잡은 범인부터 처리해. 사건 해결해놓고도 표정이 그게 뭐야? 뚱하니."

예은은 못마땅한 기색으로 핸들을 확 꺾었다.

"범인 잡은 게 뭐가 기쁩니까. 범죄가 아예 없는 게 기쁘지."

"하여튼 말 섞는 보람이 없어."

두진은 혀를 쯧쯧 차며 주머니에서 스마트폰을 꺼냈다. 어플을 구동하고 손가락으로 화면을 터치해 넘어가는 동작이 꽤 손에 익어 보였다. 이윽고 화면에 커다란 그림과 글 한 줄이 떠올랐다.

'오늘의 운세 : 말띠 / 78년생 / 큰 사고에 휘말릴 가능성이 크다. 동쪽, 검정색을 조심.'

두진은 떨떠름한 표정으로 예은을 쳐다보았다.

"야, 네 자리 동쪽 창가 아니냐?"

"선배님 옆자리잖습니까."

예은이 검정색 니트 소매를 걷으며 운전대를 잡았다.

"아씨, 오늘 당직 느낌 안 좋은데."

두진은 의자에 머리를 기대며 한숨을 쉬었다.

*

한준은 친애하는 파트너이자 협력업체—소규모 흥신소— 수장인 수철과 저녁을 먹기로 했다. 약속 시간에 맞춰 수철을 만나려면 서둘러야 했다. 곧 있으면 퇴근 정체가 시작되고 도로가 막히기 때문이다. 급히 차에 올라타 액셀을 밟았다. 대한민국의 좁은 도로 위에서는 별 소용없는 짓임을 알면서도, 페라리 360 스파이더가 굉음을 토할 때마다 마음 한구석이 설레는 건 어쩔 수 없었다. 고조선 시절만큼이나 오래된 연식이지만 어쨌든 페라리 아닌가. 중요한 건 클래스다. 시간이 흘러도 변하지 않는 품격.
"진짜 미친 허영의 끝이다, 남한준. 맨날 돈만 잡아먹는 저 고물, 당장 갖다 버리시지?"
혜준은 오라비의 로망을 손톱만큼도 이해해줄 생각이 없었다. 언제 한번은 중고차 딜러를 데려온 적도 있을 정도다. 들어가는 돈에 비해 속도도 안 나고 연식도 오래되어 멋있지도 않으며 최종적으로는 왜 가지고 있는지 이해할 수 없다는 이유였다. 그때 한준은 페라리 앞에 드러누워 소리쳤다.
"갈 거면 나를 밟고 가."
창피하지 않느냐, 실용성도 없는 차 때문에 그럴 필요까지 있느냐, 그걸로 다른 차를 타고 말지라는 말은 한준에게 씨알도 먹히지 않았다. 누구나 살아가면서 가슴속에 로망 하나쯤은 품고

사는 것 아닌가. 결국 혜준은 중고차 딜러를 돌려보냈다. 한준이 사랑하는 여동생에게 승리를 거둔 몇 안 되는 순간이었다. 오라버니의 마음을 드디어 이해한 건지, 동네 사람들이 전부 창가로 얼굴을 내밀며 무슨 일이냐고 수군대는 게 창피했는지, 정확한 이유는 모르지만 어쨌든 소중한 건 지켰다.

최근 들어 밟을 때마다 미세하게 불협화음을 일으키는 엔진 소리가 마음을 간당간당하게 만들었지만, 그래도 열심히 닦고 조이고 기름 친 덕에 아직까지는 쓸 만했다. 부디 다음 모델로 차를 바꿀 때까지 스파이더가 무사하기를 기원하고 있노라니 어느새 수철의 아파트가 보였다.

수철의 집 앞에 도달한 한준은 자연스럽게 현관 비밀번호를 누르고 문을 열었다.

"오늘은 무슨 고기······."

한준이 집으로 들어서며 말을 건네는 순간 '철컥' 하는 소리가 났다. 뭔가가 날아오고 있음을 직감한 한준은 재빨리 몸을 숙였다. 이윽고 퍽 소리가 들리더니, 방금 전까지 한준의 머리가 있었던 위치에 으깨진 파란 물감이 흘러내렸다. 한준은 그대로 현관에 쭈그려 앉아 한숨을 내쉬었다. 이 상황은 아무리 겪어도 도무지 익숙해지지 않았다. 수철은 거실 끝에 서 있었다. 오른쪽으로 머리를 살짝 기울인 채 한준을 향해 두 팔을 쭉 뻗은 상태였는데, 손에는 검은 콜트 총이 들려 있었다.

수철은 집 안에서 사격을 하는 취미가 있었다. 액션 영화를 보다가 필 받으면 총 쏘는 장면을 흉내 내며 주인공이 된 기분을 느껴보는 게 그의 삶의 낙이었다. 수철의 아파트는 남자 혼자 살기에는 과도한, 백 미터 달리기 경주를 해도 될 만큼 넓은 평수의 집이었는데 이는 순전히 그 때문이었다. 수철의 이웃들은 한 번씩 항의하러 그의 집을 방문했다가 수철의 위협적인 몸을 보고는 "이웃이라 인사드리러 왔어요"라며 꽁무니를 내빼곤 했다. 덕분에 그의 취미는 지금까지 별 문제 없이 존중받고 있다.

"총구 좀 치워줄래?"

"쫄기는."

"한두 번도 아니고 뭘 쫄아. 또 샀어?"

한준이 거실로 들어오며 물었다. 자신의 유일한 관심사에 대한 질문을 받자 수철은, 제 딴에는 환한 미소를 지으며 붙박이로 된 거실 장 문을 열었다.

"글록 18 신상이랑 M9A1도 샀어. 보여줘?"

"아니."

한준은 거절했다. 하지만 인간은 듣고 싶은 말만 듣기 때문에, 수철은 신경 쓰지 않았다. 한준은 약 십오 분가량 삼십 개도 넘는 수철의 전동 총 컬렉션에 관한 설명을 들어야만 했다.

수철의 총들은 진짜 총과 견주어도 손색없는 고가품들이다. 그래봤자 쏠 수 있는 건 서바이벌용 물감이나 비비탄이 고작인 장난감 총에 왜 그리 돈을 들이느냐고 물으면, 수철의 대답은 딱 한 마디뿐이다.

"멋있지 않냐?"

그런 이야기를 들을 때마다 한준의 머릿속엔 여러 가지 복잡한 생각들이 밀려들지만, 세상은 넓고 인간은 다양하므로 무리하면서 억지로 이해할 필요는 없다. 이런 놈이 있으면 저런 놈도 있겠거니 하고 살자, 생각하며 애써 떨쳐내곤 했다.

"오늘은 오겹살 먹자고."

신상 총에 관한 설명을 마친 뒤, 수철은 흐뭇한 얼굴로 방금 전까지 들고 있던 콜트 총을 허리에 찬 권총집에 집어넣었다. 한준은 뜨악했다.

"좀 더 평범하게 밥 먹으러 가는 건 어때?"

"장난감 총인데 뭐 어때? 멋있잖아."

장난감 총을 찬 수철의 모습은 실제 기관총을 든 군인을 어린 애처럼 느껴지게 했다. 한준은 수철의 멋이 누군가에게는 공포가 될 수 있음을 이해시키느니, 다른 시공간에 존재할 얌전한 수철을 이 세계로 데려오는 편이 더 쉬울 것 같다는 생각이 들었다. 한준이 께름칙하게 물었다.

"점퍼 걸칠 거지?"

"아니. 차 타고 갈 건데 뭘."

이거면 됐다는 듯 수철은 두꺼운 후드를 걸쳤다. 밑단이 짧아 허리춤에 차고 있는 총이 도드라져 보였다. 한준은 흰색 롱패딩을 꺼냈다.

"너 지금 그 콜트 총에, 이거 입으면 완전 빈 니셀이야."

그 말이 싫지는 않았던 모양인지 수철은 투덜대면서도 롱패딩을 입었다.

"빈 디젤 말고 제이슨 스타뎀으로 해줘."

"왜?"

"그 양반 여자 친구가 내 이상형이야."

수철이 최대한 멋있는 표정으로 씨익 웃어 보였다.

오겹살이 치익 소리를 내며 익어갔다. 그 모습을 지켜보는 수철의 눈빛이 사납게 번득였다. 덕분에 고작 스무 살 남짓 되어 보이는 아르바이트생은 수능 시험 볼 때나 발휘했을 법한 집중력으로 고기를 굽고 있었다.

"정슬기 고객은 예약일 확정."

옷은 전부 비닐에 꽁꽁 싸서 별도 보관한 뒤, 앞치마 두 개를 앞뒤로 두른 채 서류를 검토하던 한준이 말했다.

"벌써?"

수철이 반문하자 으르렁대는 듯한 그의 말투에 놀란 아르바이트생이 몸을 움찔 떨었다.

"길게 끌 필요도 없어. 그 여자 결혼하면 안 돼."

정슬기는 궁합을 보겠다며 오 일 전 미남당에 예약 신청을 한 고객이었다. 입금을 확인한 뒤, 혜준이 인터넷을 뒤져 각종 자료를 긁어모아왔다. 두 사람의 생년월일 및 데이트 성향, 주로 다니는 여행지, 선호하는 관심사. 수철은 고객과 그의 남자 친구가 내다 버린 쓰레기봉투 내용물을 뒤졌다. 그들이 살고 있는 집 내부도 촬영했다.

"이번 건은 왜 이렇게 결론이 빨라?"

수철이 의구심을 내비쳤다. 고기가 다 익은 것을 확인한 한준은 아르바이트생을 올려다보며 가볍게 미소 지었다.

"이제 저희가 알아서 먹겠습니다."

아르바이트생은 오 분 후에 전역하는 말년 병장 같은 표정으로 재빨리 자리를 벗어났다. 한준은 아이패드를 꺼내 사진 몇 장을 띄웠다. 전부 수철이 찍어온 것들이었다. 첫 번째 사진에는 고객의 애인 방이 찍혀 있었다.

"봐봐."

수철은 고개를 숙이고 사진을 유심히 들여다보았다. 평범하다 못해 조금 심심한 방이었다. 눈에 띌 만한 가구는 무채색의 침구류, 커다란 전신 거울이 전부다. 작은 책상에는 컴퓨터 한 대만 놓여 있고 활짝 열린 옷장에는 옷이 그득했다. 그걸로도 모자라 전신 거울 옆에 비치한 행거에도 옷이 가득 걸려 있었다.

"책상에는 볼펜 한 자루 없어. 책도 없고."

한준의 손가락이 옷장 쪽으로 이동했다. 그의 손가락이 화면에 닿을 때마다 사진이 확대되었다가 줄어들기를 반복하며 디테일한 모습을 보여주었다.

"방의 규모나 가구들에 비해 옷이 지나치게 많아. 고급 브랜드 옷들도 심심찮게 보여. 옷 사이즈들도 엄청 작은 걸 보니 마른 체격의 소유자야. 타고나게 말랐을 수도 있지만, 일부러 체중에 신경을 쓰고 있을 가능성도 커."

사진이 빠른 속도로 넘어갔다. 한준은 쓰레기봉투 속에서 꺼낸 증거물들을 확대했다.

"내용물들 봐. 음식과 관련된 게 없어. 치킨 상자조차 없단 말이야. 화려한 옷을 좋아하고 체중 관리를 하는 걸 보니 타인의 시선을 즐기고 자기애 성향도 강해. 싫증도 잘 내고. 별 하자 없는 양말이나 물건, 액세서리들도 쉽게 버렸어. 결정적으로 이거."

한준은 사진 한 장을 손가락 끝으로 툭툭 두드렸다. 페이지가 넘어가자, 영수증만 따로 모아 촬영한 사진이 나타났다.

"이 남자의 거주지, 건물 형태, 그 안에 갖춰놓은 가구들에 비해 지출이 과해. 소득 수준이 높아 보이지는 않는데 수입 대부분을 외적인 요소에 쓰고 있어. 영수증 내역들도 보면 제법 비싼 식당이나 카페에서 지출한 게 대부분이야. 허세지."

한준은 혀를 쯧쯧 찼다.

"너도 그런 거 좋아하잖아."

수철의 지적에 한준은 도도한 눈빛으로 손가락을 흔들었다.

"비교급이 잘못됐어. 나는 잘 버니까 경제 활성화에 이바지, 얘처럼 못 벌면서 이러는 건 허세. 오케이?"

그러면서 사진을 또 넘겼다.

"그에 비해 정슬기 고객은 관계 지향적인 성격이야. 애인, 친구들과 찍은 사진을 벽에 잔뜩 붙여두었잖아. 전체적인 톤도 밝고 따뜻해. 곳곳에 본인이 직접 뜨개질을 하거나 퀼팅한 물건들이 많이 보여. 책장에는 밝고 희망적인 내용의 연애 소설이나 에세이가 잔뜩 꽂혀 있고."

수철은 목을 빼고 사진을 들여다보았다.

"쓰레기봉투에서는 주로 청소기 필터나 생활 쓰레기, 빈 소스 병, 음식 재료 겉봉투가 나왔어. 책상에는 타로 카드도 한 벌 있고. 소소한 일상생활을 즐기고, 작은 걸 중요하게 생각하는 사람이야. 읽는 책이나 붙여놓은 사진 분위기를 보니 낭만적인 성향도 짙어."

한준은 상추를 반으로 잘라 고기를 얹어 작은 쌈을 만들었다.

"둘이 안 맞아도 너무 안 맞아."

"정반대라 더 잘 살 수도 있는 거 아냐?"

한 입 크기로 쌈을 만들어 우아하게 먹는 한준에 비해, 수철은 흡사 산적처럼 입안에 고기를 욱여넣고 있었다. 그 모습이 흡사 코브라가 커다란 알을 통째로 집어삼키는 모습 같아 한준은 진저리를 쳤다.

"결정적으로 이 남자, 다른 여자 있어."

"뭐? 쓰레기봉투에서 속옷이나 스타킹은 못 봤는데."

"그런 일차원적인 생각에서 벗어나지 못하면 큰 틀을 못 본다니까."

한준이 날렵한 손짓으로 화면을 넘겼다. 다시 남자의 영수증 사진이 떴다. 한준은 가운데에 놓인 영수증 하나를 골라 크게 확대했다. 백화점에서 발행한 영수증이 보였다. 수철은 214,000원이라는 가격을 보더니 수북한 눈썹을 꿈틀거리며 인상을 썼다.

"뭐가 이렇게 비싸?"

"이게 뭘 의미하는지 모르겠어?"

한준이 물었다. 수철의 표정을 보아하니, 영수증에 적힌 백화점 이름과 샤넬이란 단어가 바람 여부와 무슨 연관성이 있는지 찾아내지 못한 듯했다.

"이게 뭔데 바람을 피우고 있다는 거야?"

"날짜를 봐. 그 남자, 일주일 전에 향수를 구입했어."

수철은 눈을 희번덕대며 사진을 다시 한번 살폈다. 아무리 봐도 '샤넬(화장품)'이라고만 쓰여 있을 뿐, 어떤 물품을 구입했는지는 어디에도 나와 있지 않았다.

"그 밑에 바코드 번호 찍혀 있잖아."

수철은 우물거리던 입을 멈추고 기함했다.

"무서운 새끼. 바코드 번호까지 다 외우고 다녀?"

"미쳤어? 바코드를 어떻게 다 외워."

"그럼 향수인지 어떻게 알아?"

"혜준이가 찾아줬어. 바코드 번호를 구글에 치면 무슨 물건인지 바로 뜨거든."

수철은 화등잔처럼 눈을 크게 뜨고 사진과 한준의 얼굴을 번갈아 쳐다보았다. 그래도 완전히 수긍한 눈치는 아니었다.

"애인한테 선물하려고 한 거 아니야? 자기가 뿌리려고 했거나."

한준이 냉담한 얼굴로 고개를 저었다.

"그 남자가 구입한 건 No.5 향수야. 남자들이 흔하게 뿌리는 향은 아니지. 혹여 본인이 뿌리려고 했다면 방 안에 향수병이 놓여 있었을 거야. 하지만 없었잖아? 여자에게 선물하려고 샀을 가능성이 높아. 정슬기 고객의 방 인테리어 분위기를 보면 그녀가 좋아할 만한 향도 아니고."

한준은 사진을 넘겼다. 고객의 방을 찍은 사진이 나타났다. 한준은 화장대 부분을 확대했다.

"구석에 향수 따로 정리해놓은 거 보이지? 네가 이 사진 찍어 온 게 엊그제야. 향수를 구입한 건 일주일 전. 선물 받았다면 여기 있어야지. 그런데 없잖아."

그의 말대로 화장대 위에는 수수한 계열의 색조 화장품 몇 개와 기초 화장품, 머스크와 우드 계열의 향수병 하나만 있을 뿐이었다.

"고로 향수는 다른 사람에게 갔다, 이 말씀."

순간 칙 소리와 함께 아이패드 액정 위에 기름이 튀었다. 한준은 경악하며 재빨리 아이패드를 가방에 넣었다.

"가방에 들고 다녔을 수도 있잖아."

수철이 말꼬리를 잡았다. 한준은 코웃음을 쳤다.

"가격대를 보니 백 밀리리터를 샀어. 정슬기 고객의 꼼꼼한 성격상 따로 덜어서 들고 다닌다면 모를까, 이 큰 걸 통째로 들고 다닐 가능성은 별로 없어."

"숨어서 지켜봤을 때는 사이가 좋아 보였는데."

"사람 일 모르는 거지."

수철은 이해할 수 없다는 표정을 지었다.

"내기할까?"

한준이 물었다. 수철은 고기를 집다 말고 동작을 멈췄다. 승부욕 하나만으로 자웅을 겨룰 수 있는 대회가 있다면, 챔피언은 따 놓은 당상일 수철의 두 눈이 흥분으로 빛났다.

"투 뿔 한우 걸어."

한준은 어깨를 으쓱했다. 싫을 이유가 없다. 고급 고기를 먹을 수 있는 식당 목록을 떠올리며, 한준은 자신의 승리를 확신했다.

*

벽시계가 째깍대며 열 시를 가리키고 있었다. 예은은 차가운 표정으로 두진을 쳐다보았다. 두진은 애써 시선을 피해보려 했지만, 바로 옆자리인 탓에 어찌할 도리가 없었다. 두진은 시선을 허공에 던지며 딴청을 피웠다.
"아까 잡아온 놈은 처리 다 끝났어?"
"보고서 다 써놨습니다. 결재 바로 올릴까요?"
두진의 얼굴 한쪽이 일그러졌다.
"내일 올려."
"그럼 업무 이야기 좀 해요."
예은의 말투는 단호했다. 두진은 결국 짜증 섞인 목소리로 외쳤다.
"아니 글쎄, 지금 우리가 해결해야 할 사건이 몇 개야? 지금 이거 매달리고 있을 때야?"
"그냥 넘어가기에는 신경 쓰이는 게 한두 가지가 아닙니다."
"나는 네가 신경 쓰여서 뒷골이 당긴다. 아냐?"
두진은 황급히 자리에서 일어났다. 예상했다는 듯 예은은 그의 앞을 막아선 채, 프린트물에 인쇄된 앳된 여성 사진과 CCTV에서 캡처한 사진 두 장을 번갈아가며 짚었다.

"두 달 전 도화동에서 실종 신고 접수된 강은혜 말입니다. 이 CCTV에 찍힌 위치로 보아 마포역 쪽으로 사라졌을 가능성이 높습니다. 그 일대를 탐문해야 하지 않을까요?"
"아주 김전일 납셨네."
두진이 크게 한숨을 쉬었다.
"내가 기다리라고 몇 번을 말했어?"
"두 달이나 지났습니다."
"기다리는 가족 입장에서는 '두 달이나'지만, 가출한 입장에서는 '두 달밖에'인 경우도 많아. 남자 친구 때문에 가출한 게 뻔하다니까."
두진은 손가락으로 프린트물을 톡톡 건드렸다.
"하지만, 선배님."
"아씨, 그 하지만 좀 하지 말라니까 진짜!"
두진은 손으로 뒷골을 잡으며 삿대질을 했다.
"이 꼴통 새끼, 말 진짜 안 듣네. 야, 봐봐. 강은혜 얘 열여덟 살이지? 너, 이 나이 때 애들이 얼마나 어마무시하게 가출하는지 알아 몰라?"
예은은 입술을 일자로 굳게 다문 채 묵묵히 두진의 말을 들었다.
"네가 그 난리 안 쳐도 얼마 안 있으면 돌아올 가능성이 구십 프로야. 우리가 괜히 일하기 싫어서 이러는 거 아니니까, 소년 탐정 씨는 오늘 당직이나 무사히 끝내."
두진이 손을 휘휘 내저었다. 두진을 가만히 쳐다보던 예은은 의자를 빙글 돌려 책상에 바로 앉았다. 그 모습을 본 두진은 에이 씨, 하면서 가느다란 한숨을 쉬었다.

"야, 한귀."

예은은 여전히 고집스러운 눈빛이었다.

"거…… 열심히 하고 집요하고 이런 거 형사로서 백 점인데, 그래도 이 짓 오래 하려면 적당히 하고 넘어갈 줄도 알아야 돼. 혼자 일하는 거 아니잖아."

나 화낸 거 아니다, 하고 두진은 멋쩍게 예은의 어깨를 툭 쳤다.

"알겠습니다."

예은은 마뜩잖은 얼굴로 대답했다.

"에이, 너 때문에 담배 한 대 더 피워야겠다. 야, 진명이랑 동우. 가자."

두진은 강력반 2팀의 막내 라인인 양진명과 유동우를 데리고 나갔다. 예은과 두진의 책상 맞은편에 앉아 있던 같은 팀의 김재우, 이홍식 형사가 슬쩍 예은 쪽을 향해 고개를 들었다.

"선배, 장 선배도 생각해서 하는 말이니까 너무 마음 상하지 마요."

"알아."

김재우가 예은의 어깨를 툭 쳤다.

"재경부에서 그러는데, 장 선배 지난달에 대출 또 받았대. 형수님 병원비 때문에 스트레스 많이 받은 거 같아."

"또? 차도가 좀 있으신 줄 알았는데."

예은은 눈썹을 치켜떴다.

두진의 아내는 지난달에 급작스러운 뇌졸중으로 쓰러진 상태였다. 딱히 내색하지는 않았지만, 두진은 부쩍 눈에 띄게 스트레스를 받아했다. 예은은 손가락으로 볼을 긁적였다.

"아이 씨, 그러면 내가 또 미안하잖아."

예은은 툴툴대며 두진의 책상을 보았다.

여느 형사들의 책상이 그렇듯, 처리해야 할 파일들이 산더미처럼 쌓여 있었다. 예은은 가벼운 경범죄 파일들을 자신의 자리로 옮긴 뒤 업무를 시작했다.

"좀 도와줘요?"

김재우가 넉살 좋게 물었다. 예은은 눈을 가볍게 흘겼다.

"됐습니다. 요즘 결혼 문제로 엄청 싸우고 있다며. 가서 여자친구랑 통화나 한 번 더 하고 와."

그 말에 김재우는 깊은 한숨을 쉬었다.

"연애만 하면 될 줄 알았더니, 현실이 만만찮네요. 박봉 월급 때문에 차이게 생겼어."

그러고는 씁쓸하게 미소 지었다.

한준에게 한 통의 전화가 걸려온 건 자정이 가까운 시간이었다. 한준은 수철과 함께 오겹살을 거나하게 해치운 후, 2차로 연남동의 캐주얼 다이닝 바에서 와인을 마시고 있었다.

"이런 데는 불편해."

수철이 투덜댔지만, 한준은 개의치 않았다.

"1차는 네 취향으로 갔으니, 2차는 내 취향으로 가야 형평성이 맞지."

대꾸 대신 수철은 길게 트림을 했다. 소리가 어찌나 컸던지, 주변 테이블에 앉아 있던 사람들이 한 번씩 돌아볼 정도였다.

"너 인마……."

한준이 한마디 하려는 순간, 테이블에 올려놓은 휴대폰이 부르르 몸을 떨었다. 그의 개인 번호를 아는 사람은 혜준, 맞은편에 앉아 흡사 소인을 잡아먹는 거인처럼 카나페를 해치우고 있는 친애하는 파트너 수철 그리고 그가 VIP로 생각하는 몇몇 고객들뿐이다. 한준은 와인 잔을 내려놓고 발신자를 확인했다. 익숙한 이름이 떠 있었다. '연희동 김 사모.' 잔뜩 굳어 있던 한준의 얼굴이 순식간에 부드러워졌다.

김경자 사모는 VIP 중에서도 상위 VIP다. 어디 얼마나 잘 맞추기에 그리 비싼 돈을 받느냐, 지금 내가 무슨 상황인지 맞춰봐라, 이러면서 도도하게 코끝을 치켜세우고 들어왔다가 한준에게 눈물 쏙 빠지게 혼난 게 김 사모와의 첫 만남이었다.

"남편 영수증 잘 확인해봐. '김밥전국'이란 곳에서 꽤 긁었을 거야. 거기 마담한테 아주 홀랑 빠졌어."

김경자 사모가 오게 된 연유부터 시작해서 마지막 결정타까지 몰아치자, 김경자 사모는 아이고를 연발하며 부적 두 통을 써 갔다. 들리는 후문에 의하면 그 후 남편은 김밥전국에 발걸음을 끊었다고 한다. 이 아름다운 결말에 감격한 김경자 사모는 한준의 열렬한 신봉자가 되었다.

미남당에서 한 일은 별로 없었다. 마담을 부둥켜안고 있는 남편의 투 샷 사진 한 장을 찍어 스캔한 뒤, '다음번에는 당신의 회사 전 직원들이 보게 될 겁니다'라는 정중한 안내 문장과 아내와 이혼하게 될 경우 지급해야 할 위자료 액수를 함께 적어 당사자에게 이메일로 보냈을 뿐이다. 이런 속사정을 알 리 없는 김경자 사모는 무슨 일만 났다 하면 연남동 점집을 찾아와 울고 불며 하소연을 했다. 어찌나 자주 왔는지, 나중에는 조사도 필요 없을 정도였다. 미남당 팀원들 모두 김경자 사모의 상황을 훤히 꿰뚫고 있었으니까.

가진 건 돈뿐인지라, 한준을 향한 신뢰도가 쌓일수록 그에게 건네는 봉투도 점점 두둑해져가던 상황이었다. 그런 이의 전화이니 안 받을 이유가 없다. 한준은 속으로 하나, 둘, 셋을 센 뒤 전화를 받았다.

"오밤중에 전화라니, 대체 무슨 일이야? 들어보고 별일 아니면 내 크게 호통을……."

—선생님.

김경자 사모는 떨고 있었다.

"무슨 일 있구나."

한준은 조용히 목소리를 낮추었다.

—선생님, 저 어떡해요.

"어떡하긴 뭘 어떡해. 나한테 말하려고 전화했잖아."

—그게…… 이런 말씀 드려도 될지 모르겠는데…….

김경자 사모는 머뭇거렸다. 성미가 급해서 따발총처럼 쏘아대던 평소와 너무 달라 당혹스러울 지경이다. 한준은 빨리 말하라고 소리치려다 참았다.

"나 같은 사람은 시간이 돈인 거 알지? 빨리 말해!"

김경자 사모는 한숨을 쉬었다.

─저희 집에 귀신이 있는 거 같아요, 선생님.

댕, 하는 소리와 함께 다이닝 바 벽에 붙어 있던 빈티지 벽시계가 열두 시를 가리켰다.

한 시간 뒤, 두 사람은 연희동에 있는 김경자 사모 주택 앞에 서 있었다.

"페라리 할배는 이제 그만 보내드리시지."

수철의 놀림에도 불구하고 한준은 흔들리지 않았다. 전화를 끊자마자 급히 친애하는 파트너에게 자초지종을 설명한 뒤, 미남당에 들러 필요한 물건들을 대략 챙겼다. 이동은 택시로 했다.

"출장비 단단히 받을 거야."

간만에 마음에 드는 와인을 발견하고 병을 땄던 찰나여서 한준은 심기가 매우 불편했다. 취하지는 않았으니 다행인가 싶으면서도 병째로 딴 와인이 많이 남았다는 사실이 못내 아쉬웠다. 한준은 사무실에서 제일 먼저 챙겨온 뿔테 안경을 추어올리며 인상을 썼다.

"다짜고짜 귀신이라니, 뭔 소리야?"

수철이 택시 뒷문을 닫으며 물었다.

"뭐?"

한준이 되물었다. 택시 안에서는 트로트가 흘러나오고 있었다.
"김 사모가 귀신 봤다며. 그렇게 생각하는 이유가 뭔데?"
수철이 인상을 쓰며 눈을 위로 치켜떴다. 그 모습을 백미러로 본 택시 기사는 조용히 볼륨을 줄였다.
"요즘 밤마다 부엌 쪽에서 뭔가 왔다 갔다 하는 소리가 나서 쥐가 있나 생각했는데, 방금 전 사람 형체를 봤대."
"그럼 도둑 든 거 아냐?"
"그래서 CCTV도 돌려보고 그랬는데, 사람은 코빼기도 안 찍혔대. 며칠 동안 감시해도 갑자기 나타났다가 너무 홀연히 사라지니까, 김 사모가 사람 아닌 거 같다고 겁먹었어."
한준의 말이 끝나기 무섭게 택시가 목적지 앞에 멈춰 섰다. 연남동과 연희동은 바로 맞붙어 있어서 그다지 멀지는 않았다. 막상 대화가 흥미진진해지려던 찰나에 끊긴 탓인지, 택시 기사는 노골적으로 아쉬워했다. 한준은 택시비를 지불하고 내렸다.
"자세한 건 나도 모르겠어. 김 사모한테 이야기 들어봐야지."
한준과 수철은 눈앞의 커다란 저택을 바라보았다. 김경자 사모의 집은 길고 높은 담장으로 둘러싸여 있었다. 대략 세 발자국 간격으로 심어진 키 큰 나무들이 위협적으로 방문자들을 굽어보는 중이었다. 넝쿨 식물들은 담장을 감싸 안은 채 사선으로 길게 뻗어 있고, 정문에는 CCTV로 짐작되는 카메라가 보였다.
"집 죽이네. 이런 데서 살려면 대체 얼마를 벌어야 돼?"
수철이 담배를 물었다.
"몇 년 정도만 더 고생하자고."

김경자 사모의 저택을 바라보는 한준의 눈빛이 야심으로 번뜩였다.

"퍽이나."

수철은 비웃듯 입술을 이죽이며 담배에 불을 붙였다. 어둠 속에서 빨간 점 하나가 번쩍 눈을 떴다가 화르륵 소리를 내며 사그라졌다. 한준은 도도한 눈빛으로 턱을 치켜들었다.

"사 년 전하고는 달라. 이제 이런 꿈 꿔도 된다고."

한준은 눈을 뜨고 있는 건지 감고 있는 건지 모를 정도로 바쁘게 일하는데도, 버는 돈은 쥐꼬리만 하던 사 년 전을 생각하면 그저 눈물이 앞을 가렸다. 한준은 그런 과거와 작별한 자신이 기특하다는 듯 몸에 걸친 정장을 쓰다듬었다. 무려 샤맛의 맞춤 정장이다. 반년 전, 이탈리아로 날아가 스케줄 맞추기 빠듯하다며 거절하는 디자이너에게 웃돈까지 주어가며 맞춘 옷이다. 이탈리아에서 직접 맞춘 정장이라니, 옛날 같았으면 상상도 할 수 없는 일이다. 한준은 의기양양하게 어깨를 쭉 폈다.

"두고 봐. 나중에 나라님 정도는 혓바닥 위에 올려놓고 스리런 홈런 한 방 칠 거니까."

훗날 그는 눈앞에서 벌어진 믿기지 않는 사건들 속에서 허우적대며 "말이 씨가 됐어"라고 후회하게 되지만, 이건 달력 하나로 세기에는 부족할 만큼 먼 미래의 일이다. 지금의 한준으로서는 알 도리가 없다. 그 누구도 자신이 검은 옷을 입은 사내들에게 쫓기며 목숨의 위협을 받는 미래를 꿈꾸지는 않는 법이니까.

"안 들어가나?"

수철이 근처 배수구에 담배꽁초를 버렸다. 탁 소리와 함께 담배가 배수구에 부딪치더니, 옆에 반쯤 열린 하수구 뚜껑 사이로 굴러 들어갔다. 담뱃재 사이에 드문드문 섞인 빨간 불티가 한준을 향해 날아들었다. 한준이 정색하며 손을 휘저었다.

"이게 얼마짜린데. 조심해줘."

"좀팽이처럼 굴지 마."

한준은 한 손에 쇠방울을 움켜쥔 채 김경자 사모의 집 정문 초인종을 눌렀다.

"선생님!"

문을 열어주는 김경자 사모의 안색은 평소보다 유달리 어두웠다. 한준을 보고 잠시 안도하는 표정을 짓더니, 뒤따라 들어오는 수철을 보고는 "에그머니나!" 소리치며 노골적으로 놀랐다.

"선생님, 이분은 누구세요?"

김경자 사모가 미심쩍은 눈길로 물었다. 수철은 나름 서비스업의 애환이라고 생각했는지 억지로 미소를 지었다. 김경자 사모는 히익 소리를 내며 뒤로 물러났다.

"내 신아들일세."

"신아들이요? 그동안 뵌 적이 없는데."

김경자 사모가 어리둥절한 표정으로 수철과 한준을 번갈아 보았다.

"자네가 내 안사람도 아닌데 일일이 다 소개시켜줘야 해?"

한준이 호통을 치자 김경자 사모는 얼른 눈을 내리고 어깨를 움츠렸다.

"에구 아닙니다, 선생님."

한준은 수철을 돌아보며 뿔테 안경 모서리를 추어올렸다.

"자네, 나는 안쪽을 둘러볼 터이니 자네는 밖에서 잡귀들이 못 들어오게 막고 있어."

"네이이, 필요한 거 있으면 부르십시오."

졸지에 신아들이 된 수철은 불효자식 같은 표정을 지으며 나갔다. 김경자 사모는 한준의 안경을 보더니 흠칫 놀랐다.

"선생님, 안경도 쓰세요? 처음 보네."

"그런가?"

한준이 헛기침을 했다. 그때 한준의 귓가에서 혜준의 날카로운 목소리가 울려 퍼졌다.

—야, 오빠! 안경 잘 잡아. 안 보여!

혜준은 시선이 묘하게 아래쪽으로 쏠린 왼쪽 모니터 화면을 보며 소리 질렀다. 한준이 방금 전까지 바라보고 있던 지점이 고스란히 모니터에 비치고 있었다.

혜준이 있는 방에는 커다란 책상이 있고, 그 위에는 고성능 컴퓨터 세 대와 노트북 두 대, 스탠드 마이크 한 개가 놓여 있다. 벽면에는 커다란 모니터 두 개가 나란히 설치되어 있는데, 왼쪽 모니터로는 김경자 사모의 집 내부가 보이고 오른쪽 모니터로는 집 바깥쪽 상황이 보인다. 모두 다 실시간이다.

한준의 안경에는 초소형 카메라가 붙어 있고 넥타이에는 마이크가 장착되어 있다. 떨 때 불편하다고 하여 수철은 목 칼라 부근에 카메라와 마이크를 달았다. 남들이 볼 때는 영락없이 평범한 단추일 뿐이지만. 두 사람이 현장을 둘러보며 영상을 송출하면, 혜준은 그 자료를 지켜본다. 그러다 한준이 휴대폰으로 메시지를 보내거나 특정한 손짓으로 관련 정보를 요청하는 신호를 보내면, 혜준은 재빠르게 실시간으로 찾아 정보를 제공한다. 보통은 메시지를 보내거나 말을 해준다. 한준과 수철 둘 다 귓속에 음향 수신기를 부착하고 스마트 워치를 찬 상태이므로 정보를 수신하기 용이했다. 평소에는 생존 여부 확인을 위해 빗자루로 찔러봐야 할 만큼 게으른 혜준이지만, 일을 할 때만큼은 자타가 공인할 만큼 (그래봤자 한준과 수철이 전부지만) 재빠른 속도를 자랑했다.

하지만 지금은 현장을 지켜보는 일 외에는 딱히 할 게 없다. 혜준은 하품을 하며 벽시계를 봤다. 오빠들이 후딱 일을 끝내길 바라며, 혜준은 책상 구석에 놔둔 도넛 상자를 열었다.

한준은 요란스레 쇠방울을 흔들며 주변을 둘러보았다. 김경자 사모가 한준의 기세와 쇠방울 소리에 긴장한 틈을 타, 재빠르게 흔적을 찾았다.

주방 쪽으로 다가가자 눈에 띄는 게 있었다. 한준은 날카롭게 풍경을 훑었다. 깨끗하게 정리된 다른 공간에 비해 밥솥 뚜껑이 바닥에 떨어져 있고, 창문은 살짝 열려 있으며, 무엇보다도 이상한 냄새가 났다. 한준은 쇠방울 흔들기를 멈추고 김경자 사모를 홱 돌아보았다.

"여기렷다!"

김경자 사모가 놀라 털썩 무릎을 꿇었다.
"아이고, 역시 선생님이세요!"
"귀신이 어느 쪽에 있었어?"
"부엌 저쪽 끝이요."
김경자 사모는 무서운지 한준의 뒤쪽에 섰다. 한준은 부엌을 둘러보았다.
"좀 더 자세히 설명해봐."
"새벽에 목이 말라서 물 마시러 내려왔는데, 저쪽에서 이상한 소리가 났어요."
김경자 사모가 손가락으로 냉장고 쪽을 가리키며 말했다.
"무슨 소리?"
"달그락 소리도 나고, 부스럭 소리도 났어요."
"어떤 형체인지 봤어?"
"너무 어두워서 제대로 못 봤어요. 그냥 새까만 게 있었는데, 제가 부엌에 들어오자마자 쏜살같이 튀어 나갔어요. 뭔가 묵직한 게 부딪친 것처럼 쾅, 하고 넘어지는 소리도 났고요."
김경자 사모가 설명하는 내내 한준은 심각한 표정으로 손가락을 펼쳤다가 접었다가 허공에 팔을 뻗는 등 기묘한 동작을 취했다. 놀란 김경자 사모가 눈을 동그랗게 떴다.
"선생님, 뭐 하세요?"
"신령님께 여쭙는 중일세. 부정 타니 더 이상 묻지 말도록."
김경자 사모는 황급히 두 손을 들어 입을 가렸다.
한준은 팔짱을 끼고 부엌 안으로 들어섰다. 고급스러웠지만 구조 자체는 평범했다. 기역 자 모양의 싱크대가 설치되어 있었고 가운데에는 대리석으로 만들어진 아일랜드 식탁이 놓여 있었다. 식탁 의자 하나는 바닥에 쓰러진 상태였다. 김경자 사모가 말한 뭔가 넘어지는 소리의 정체는 이 의자인 듯했다.
 "요즘 들어 계속 소리가 났다고 했지?"
 "네, 선생님."
 "시간대는?"
 "거의 새벽 시간이었어요."
 "정확히 몇 시쯤?"
 "그건 잘 모르겠어요. 식구들은 보통 열한 시면 잠들거든요."
 "CCTV는 확인해봤어?"
 "네. 아무것도 안 찍혀 있었어요."
 한준은 휘파람을 불며 허리를 쭉 폈다.
 "에그머니, 선생님. 오밤중에 무섭게 그러지 마세요."
 김경자 사모가 질색을 하며 손사래를 쳤다. 한준은 코를 들어 킁킁 냄새를 맡았다. 이상한 냄새가 희미하게 허공을 떠돌고 있었다. 비 오는 날 하수구 오수가 역류할 때처럼 역한 냄새였다. 한준은 부엌 안쪽으로 조금 더 가까이 들어갔다. 부엌의 오른쪽 벽면에 흰색 나무 문이 달려 있었다. 손잡이를 돌려 여닫는 종류였는데, 밑에는 대형견 한 마리가 드나들 수 있을 만한 크기의 작은 덧문이 따로 달려 있었다.
 "김 사모, 저 문 뭐야?"
 김경자 사모는 여전히 부엌 입구에서 쭈뼛대고 있었다.

"뒷마당으로 나갈 때 쓰는 문이에요."
"저 밑에 달린 덧문은?"
"딸애가 개 한 마리를 데려왔었거든요. 뒷마당 가서 놀라고 따로 달아준 거예요."
하지만 집 안에 개를 키우고 있는 흔적이 없었다. 한준은 김경자 사모를 돌아보았다.
"개는 어디 있어?"
"다른 데로 보냈어요. 털도 너무 많이 빠지고 시끄러워서."
한준은 흐음, 소리를 내며 문가로 발걸음을 옮겼다. 뒷문 너머에는 앞마당만큼은 아니어도 제법 널찍한 마당이 있었다. 작은 창고가 하나 놓여 있는 걸 제외하고는 휑뎅그렁했다. 한준은 고개를 들어 건물 벽과 담장을 살폈다. 이 저택에 들어올 때 정문에 CCTV가 설치되어 있는 걸 확인했는데, 뒷마당에는 CCTV가 보이지 않았다. 대신 이곳에도 방범 장치가 있었다. 누가 담을 타고 외부에서 건너왔을 가능성은 희박하다. 담장 벽에 엉켜 있는 넝쿨 식물들 역시 끊기거나 짓밟힌 흔적이 없었다. 한준은 바닥을 훑어보았다. 그의 시선이 뒷마당 끄트머리에 설치되어 있는 하수구에 멈췄다. 집 벽에 붙어 있는 하수도관과 연결된 곳이다. 한준은 고개를 숙여 하수구 주변을 살폈다. 뒷마당에 깔려 있는 잔디들 중, 하수구 주변의 잔디들만 납작하게 쓰러져 있었다. 한준은 휴대폰을 들고 플래시를 켰다. 잔디 위에 축축한 진흙이 찍혀 있었다. 작은 발자국 모양으로, 아주 선명하게.
한준은 손가락 끝을 진흙 위에 살짝 갖다 댔다. 찍힌 지 얼마

되지 않았는지 물기가 많았고 물컹했다. 한준은 뒤를 돌아보았다. 김경자 사모는 여기까지 따라오진 않았다. 아무도 없다는 사실을 확인한 뒤, 한준은 넥타이 쪽으로 고개를 숙이고 속삭였다.

"혜준아, 지금 이 하수구 어디로 연결되어 있는지 확인해줘."

그때 담 너머에서 여자의 비명 소리가 허공을 갈랐다.

*

"뭐라고? 총을 소지했다고?"

꾸벅꾸벅 졸던 예은은 옆자리에서 버럭 들려온 고함 소리에 정신을 차렸다.

"출동 준비해. 총 가진 놈 있다니 무장하고."

전화를 내려놓은 두진은 잔뜩 긴장한 표정이었다.

"총이라고요?"

평소 표정에 거의 변화가 없는 예은이지만, 이번만큼은 놀랐는지 미간을 살짝 찌푸렸다.

"니미, 오늘의 운세가 어째 그 모양이더라니. 야, 2팀. 출동 준비."

두진이 뒤통수를 벅벅 긁었다. 강력반 내부에 긴장감이 감돌았다. 총기 소지라니, 대한민국에서 흔하게 볼 수 있는 사건은 아니다. 믿기지 않는 신고 접수에 다들 놀라워하며 총을 챙겼다.

"아직 사고 난 건 없지?"

"어, 바로 신고했나 봐."

앞서 달려가던 양진명과 유동우가 잔뜩 긴장한 채 대화를 주고받았다. 예은은 급히 차량 뒷좌석에 올라탔다. 대체 얼마나 맛이 간 놈이기에 도심 한복판에서 총을 들고 있단 말인가. 상상이 되지 않았다. 예은은 다급히 두진을 뒤쫓아 나갔다.

수철은 곤란하다는 표정을 지으며 달아나는 여자의 뒷모습을 쳐다보았다. 골목이 어두워 제대로 보지는 못했지만, 분명 마지막에 휴대폰을 꺼내 "여보세요, 경찰이죠? 여기 초…… 총이!"라고 외치는 소리는 들었다.
"니미, 망했네. 너 때문인 거 같은데, 동의하냐?"
수철은 잔뜩 인상을 쓰며 멱살을 쥐고 있는 남자를 노려보았다. 움찔대며 떨고 있는 남자는 비쩍 마른 체격에 지저분한 옷을 입고 있었다. 수철은 작게 한숨을 쉬었다.
김경자 사모의 집을 나온 이후, 수철은 한준의 사인에 따라 담벼락을 돌며 이상한 흔적이 없는지 살피고 있었다. 지금까지 미남당을 운영하며 여러 사람들을 겪어온 결과, 기묘하다며 벌어지는 일들의 대부분은 사람이 원인인 경우가 많았다. 하지만 간혹 과학의 힘으로는 설명할 수 없는 기묘한 일도 있음을 부정할 수 없었다.
―만약 김경자 사모의 집에서 일어나는 일이 초자연 쪽이면 무조건 튀는 거다.
한준과 수철은 초인종을 누르기 전 그렇게 합의했다.
도둑이 침입했을 가능성을 배제할 수 없다. 수철은 험상궂은 표정을 지으며 길가를 유심히 살폈다. 한준이 보낸 신호대로 바깥을 확인해보니, 앞쪽 담장의 넝쿨에는 찢겨진 흔적이 없었다. 버젓이 길가에 나와 있는 데다 방범 장치까지 설치되어 있어서 정문으로 뭔가가 침입했을 가능성은 없었다. 수철은 곳곳을 살피며 혜준에게 지형을 송출했다.

—오빠가 주변을 서성이는 사람 없냐는데? 뒷마당 쪽 하수도관이 오빠가 서 있는 쪽 하수구와 연결되어 있어서, 그쪽으로 탈출했을 가능성이 높대.

무심코 담배를 입에 물던 수철은 뚜껑이 반쯤 열린 하수구를 보았다. 아까 김경자 사모 댁에 들어가기 전, 한준과 영양가 없는 대화를 나누며 담배를 버렸던 곳이다. 그때도 하수구 뚜껑은 열려 있었다.

"찾아볼게."

수철은 담배를 귓가에 꽂은 뒤 하수구 뚜껑 근처로 다가갔다. 진흙 발자국이 검은 아스팔트 도로 위에 찍혀 있었다. 수철은 차가운 밤공기를 뚫고 발자국을 향해 걸었다. 수철의 맞은편에서 외투 옷깃을 꼭 여민 채 종종걸음으로 뛰어오는 여자가 있었다. 술을 좀 마셨는지 걸음걸이가 살짝 흔들렸다. 수철은 괜한 오해를 살까 싶어 일부러 천천히 걸었다. 수철을 본 모양인지, 어느 순간부터 여자의 발걸음이 빨라졌다. 수철은 딴청을 피우며 바닥에 찍힌 진흙 발자국을 따라 걸었다. 여자가 그대로 수철을 스치고 지나가려던 순간, 담벼락에 바짝 몸을 붙인 채 김경자 사모의 집 쪽을 주시하고 있는 남자의 모습이 눈에 띄었다. 수철의 감이 강렬하게 말을 걸어왔다. 저 새끼라고.

수철이 나직이 중얼거렸다.

"한준이가 인상착의도 설명해줬어?"

―하수구 관을 통과해 빠져나간 걸 보니 심하게 말랐을 거래. 냄새도 날 거고.

그러고 보니 사내가 있는 쪽에서 묘한 하수구 냄새가 났다. 허공을 적시는 썩은 내를 맡으며 수철은 남자를 향해 몸을 틀었다. 남자는 위기를 느꼈는지 골목 바깥으로 쏜살같이 튀어나왔다. 그런데 하필이면 뛴 방향이 여자가 있는 쪽이었다. 여자는 꺄악, 비명을 지르며 자리에 털썩 주저앉았다. 수철은 곧장 남자를 쫓아 달렸다.

수상한 자가 아니라면 저렇게 달아날 이유가 없다. 혹시 위험한 흉기라도 가지고 있어 여자를 다치게 할지도 모른다고 생각하며 수철은 죽을힘을 다해 달렸다. 뭔가가 바닥에 떨어지는 소리가 났지만 신경 쓸 여력이 없었다. 남자는 운동 신경이 좋지 않았다. 뛰쳐나온 그 순간만 빨랐지, 달리는 모양새도 엉망이고 속도도 느렸다. 덩치와 다르게 백 미터를 십 초 안짝으로 끊는 수철은 금세 남자의 뒷덜미를 움켜잡았다.

"잡았다, 이 새끼. 너 왜 달아났어?"

가로등 불빛 아래 드러난 남자의 얼굴은 꽤 어려 보였다. 제대로 씻지도 못했는지 머리와 얼굴에는 오물과 더러운 진흙이 잔뜩 묻어 있었다. 수철은 인상을 찌푸리며 고개를 돌렸다. 여자는 여전히 그 자리에 주저앉아 있었다. 혼이 나간 얼굴로 부들부들 떨더니 길바닥을 향해 천천히 손가락을 뻗었다. 수철은 여자를 안심시키기 위해 최대한 다정하고 상냥하게 미소 지었다. 그러고는 여자가 가리키는 방향을 향해 시선을 돌렸다.

총이 떨어져 있었다. 배송받자마자 금이야 옥이야 아끼며 어루만졌던 신상 콜트가, 은은한 가로등 불빛을 받으며 고급스러운 자태를 뽐내고 있었다. 바닥에 놓인 총, 비쩍 마르다 못해 한 대 치면 금방이라도 숨이 끊어질 듯한 남자의 멱살을 쥐고 사악하게 웃고 있는 수철의 모습. 여자의 눈에 어떻게 비칠지는 뻔했다. 여자는 천천히 입을 벌리더니, 있는 힘을 다해 소리쳤다.

"꺄아아아아아아악! 강도야!"

잠시 후, 수철은 강력반 형사들에게 제압당한 채 바닥에 깔려 있었다. 멀리서 경찰이 달려오는 걸 본 수철이 "진짜 총 아닙니다!"라며 당황하며 틈을 보인 게 첫 번째 실수요, 경찰들이 차를 벽 삼아 뒤에서 경계 태세를 취하자 긴장해서 "봐…… 봐요! 진짜 총 아니라니까?"라고 바보같이 지껄이며 벽에 물감 탄을 몇 발 쏜 게 두 번째 실수였다.

수철은 팔을 길게 뻗어 총을 보여주었다. 제 딴에는 장난감 총이라는 사실을 알려주기 위함이었지만, 금방이라도 옷을 찢어버릴 듯 불끈대는 근육과 평소 집에서 비비탄을 쏴댔던 습관 때문인지 자연스레 사격 일보 직전의 위험 상황으로 보였다. 경찰들은 서로 눈짓을 교환했다. 예은이 나직하게 말했다.

"제가 하겠습니다."

"괜찮겠어?"

두진은 겁먹은 눈치였다. 예은은 대답하지 않았다. 그녀는 코뿔소 같은 기세로 달려나갔다. 차량 앞 보닛으로 뛰어올라 허공 높이 날아오른 뒤, 자신을 보며 입을 쩍 벌리고 있던 수철의 뒤통수를 발로 후려쳤다. 훗날 동료 형사들은 〈옹박〉 주인공이 현실에서 재림한다면 이런 모습일 거라고 술회했다.

수철은 예상치 못한 타격에 방어 한 번 못 해보고 쓰러졌다. 뒤이어 따라온 형사들이 우르르 몰려와 수철을 바닥에 누르고 팔을 뒤로 꺾었다. 철컥 소리와 함께 수철의 손목에 수갑이 채워졌다. 한준이 나타난 건 그 후였다.

한준은 손에 쇠방울을 든 채 상황을 설명했다.

"이 집에서 귀신을 찾고 있었다는 겁니까?"

두진이 긴장한 표정으로 쇠방울을 쳐다보았다.

"제 말이 바로 그 말입니다."

한준이 미소 지었다. 두진은 조심스레 김경자 사모의 집을 쳐다보았다.

"그래도 그렇지. 오밤중에 이런 식으로 소동을 피우시면 어떡합니까? 엉뚱한 곳에서 인력 낭비할 동안 진짜 위기 상황을 놓칠 수도 있습니다."

예은의 싸늘한 질타에 한준이 조용히 반박했다.

"엉뚱한 곳에 출동하신 것 아닙니다."

"무슨 뜻이죠?"

한준이 눈을 지그시 내리깔며 턱을 어루만졌다.

"저 남자는 범죄자라는 뜻입니다."

한준은 손가락으로 비쩍 마른 남자를 가리켰다.

"갑자기 무슨 얼토당토않은……."

예은이 비웃자, 한준은 정색했다.

"제 눈에는 보입니다."

그는 심각한 표정을 지으며 천천히 쇠방울을 흔들었다. 딸랑 딸랑 딸랑…… 쇠방울 소리가 점점 고조되며 커졌다.

"지금 뭐 하는 겁니까?"

예은이 한쪽 눈을 찡그리며 물었다. 한준은 쉿, 하고 그녀의 입술에 손가락을 갖다 댔다. 김경자 사모의 집에서부터 흔들어 재낀 탓에 팔이 떨어져나갈 듯했지만, 내색하지 않았다.

"보인다, 보인다…… 쉿, 다른 말 하면 부정 탑니다. 지금 그분이 오고 계십니다……."

주변 사람들 모두가 숨을 죽였다. 예은이 기도 안 찬다는 표정으로 뭐라 항의하려 하자, 옆에서 두진이 저지했다.

"부정 탄다잖아. 가만있어 봐."

한준은 눈을 감고 알 수 없는 말을 중얼대며** 쇠방울을 흔들다가, 갑자기 뚝 하고 멈췄다. 지켜보던 사람들 역시 헙 하고 숨을 멈췄다.

한준이 목소리를 낮게 내리깔며 입을 열었다.

** 한준이 중얼거린 게 힙합 크루 불한당의 〈불한당가〉라는 노래 가사라는 건 아무도 알지 못했다.

이 남자는 그저 지나가던 행인 1이 아닙니다. 비쩍 말라 보이지만 벗겨보면 잔근육이 붙어 있을 겁니다. 하수구가 어디로 연결되어 있는지도 알고 있어요. 최근 이쪽 연희동 일대에 대대적인 하수도 공사가 있었던 걸로 보아, 그때 공사에 참여했던 노무자일 가능성이 높습니다. 벽과 현관에는 방범 장치 및 CCTV가 설치되어 있으므로, 범행 흔적을 남기지 않기 위해 하수구를 선택하여 계획적으로 절도 범행을 저지르려 한 게 분명합니다, 하고 멋지게 외치고 싶었지만.
"김 사모의 집에 서렸던 부정한 기운이 이놈과 같습니다."
꾹 참고 이 한마디만 던졌다.
"그리고, 결정적으로."
한준은 하수구 쪽 근처에 찍혀 있던 작은 발자국을 떠올렸다.
"단독으로 행동하지도 않았어요. 그렇지?"
한준이 날카롭게 남자를 노려보았다. 남자가 움찔했다.
"어, 어떻게 그걸……."
예은은 눈을 크게 떴다. 형사들 사이에서 술렁임이 일었다. 한준은 도도한 표정을 지으며 한껏 턱을 추켜올렸다.

*

"여기로 내려가시면 됩니다."
한준이 예은을 향해 말했다. 예은을 비롯한 형사들의 시선이 일제히 아래로 쏠렸다. 한준이 가리킨 곳은 김경자 사모 댁 뒷마당의 하수구였다.

"여기요?"

예은이 되물었다. 한준이 심드렁한 표정으로 고개를 끄덕이자 예은이 재차 되물었다.

"제가요?"

"네, 형사님이요."

"이 하수구 밑에 공범이 있다는 거죠?"

예은의 말투는 떨떠름했다.

"같은 말 반복하는 거 싫어하지만, 시민으로서 협조의 의무를 지니고 있으니 다시 한번 말씀드리겠습니다. 이 밑에 공범이 있고, 아마 어린아이일 겁니다. 하수구에서 오래 버틸 수 있는 몸 상태가 아닐 터이니, 큰일 나기 전에 빨리 데려오시죠."

한준이 속사포처럼 말을 쏟아냈다.

"참고로, 하수구처럼 어둡고 더러운 곳에는 잡귀들이 몰려 있을 가능성이 높습니다. 그러니, 내 특별히 신아들을 붙여드리겠습니다."

수철이 움찔 몸을 떨더니, 나지막이 욕을 하며 한준을 노려보았다. 예은은 주변을 둘러보았다. 두진이 한 걸음 뒤로 물러났다. 다른 형사들도 마찬가지였다. 그녀는 덤덤하게 겉옷을 벗었다.

"금방 다녀오겠습니다."

"괜찮겠어?"

두진이 성의 없이 물었다. 예은은 대꾸하지 않고 신발까지 벗었다. 한준이 재킷 옷깃을 가볍게 세우며 싱긋 웃었다.

"도와드리고 싶은 마음은 굴뚝같지만, 죄송하게도 제가 입은 건 총 구백오십삼만 원짜리 슈트라서. 같이 내려가기는 힘들겠습니다."

플래시 불빛에 의지해 축축한 어둠 속을 더듬으며 예은은 생각했다. 지금까지 살면서 사람에게 질린다는 생각은 몇 번 한 적 있었지만, 사람을 치고 싶다는 생각을 한 건 처음이었다. 그것도 매우 격렬하게. 똑, 소리와 함께 차가운 물방울이 예은의 볼 위로 떨어졌다. 손바닥을 들어 볼을 닦았다. 물인 줄 알았는데, 손바닥에서 똥을 펴 바른 듯한 냄새가 났다. 썩은 지 일주일은 족히 넘었음직한 생선과 비슷한 악취가 풍겨 나왔다. 예은은 치솟는 헛구역질을 애써 참았다. 기껏해야 반경 삼 미터 정도밖에 밝히지 못하는 플래시 불빛에 의지해 걷고 있노라니 괜히 뒤가 오싹했다. 스스슥 하는 기묘한 환청까지 들렸다. 아까 한준이 말했던 잡귀 이야기도 신경이 쓰였다.

약 오 분가량 걸었을까. 예은과 수철은 하수구 통로에 쭈그려 앉아 벌벌 떨고 있는 남자아이와 마주할 수 있었다. 노란 마름모꼴 불빛 사이에 비춰진 아이는 일곱 살 정도로 보였고, 얼굴에는 땟국이 가득했다. 안쓰러울 정도로 비쩍 마른 몸은 한준의 말대로 상태가 좋지 않아 보였다. 예은은 멍하니 아이를 바라보았다. 아이가 이를 딱딱 맞부딪치며 물었다.

"형아…… 어디 갔어요?"

아이의 입에서 뽀얀 입김이 쏟아져 나왔다. 예은이 나직이 물었다.

"친형이니?"

"네."

"형이 왜 이런 걸 시켰는지, 알고 있어?"

아이는 겁에 질린 눈으로 예은을 쳐다보았다.

"괜찮아. 우린 도와주려고 온 거야."

수철이 낮고 부드럽게 말했다. 아이는 놀라 입을 꾹 다물었다. 예은은 수철을 한 번 노려본 뒤, 쪼그려 앉아 아이의 손을 잡았다. 뼈마디만 남은 손은 얼음장처럼 차가웠다.

"이 형 말이 맞아. 이야기해주면 우리가 형을 도와줄게."

쭈뼛대던 아이가 천천히 말을 이었다.

"배고팠어요. 형아가, 우린 돈이 하나도 없으니까…… 시키는 대로 달리기 잘하면 치킨 사준다고 그랬어요."

아이의 눈빛이 불안하게 흔들렸다. 수철은 조심스레 아이를 안아 올렸다.

"돌아가죠."

두 사람은 걸어온 길을 되돌아갔다. 허공을 감도는 썩은 오물 냄새에 코가 마비될 지경이었다. 그때, 발을 잘못 디뎠는지 수철이 "으앗!" 소리를 내며 미끄러졌다. 놀란 수철의 팔이 저절로 풀렸고, 아이의 몸은 허공을 날았다.

"으아앙!"

아이의 비명이 수로를 흔들었다. 예은은 재빨리 몸을 던져 아이를 붙잡았다. 결국 셋 다 오수를 뒤집어쓰게 되었지만.

"형사님! 괜찮으십니까? 야, 너는?"
수철이 다급하게 외쳤다.
"저는 괜찮아요."
예은이 썩은 물을 퉤 뱉어내며 말했다. 아이는 놀랐는지 울음을 터트렸지만 별다른 이상은 없어 보였다. 물이 흐른다고 해봤자 예은의 무릎이 잠길 정도의 깊이였다. 허우적대며 살려달라고 외칠 상황은 아니었다. 세 사람은 미끈거리는 바닥을 붙잡고 간신히 수로 길에 올라왔다. 예은은 고개를 돌려 입속에 고인 점막 느낌의 액체를 뱉었다. 그리고 시선을 위로 하는데, 문득 건너편에 희끄무레한 형체가 보였다. 서늘한 기운이 예은의 뒤통수를 훑고 지나갔다. 여기 들어오기 전 한준이 했던 말이 웅웅대며 귓가에 울려 퍼졌다.

―하수구처럼 어둡고 더러운 곳에는 잡귀들이 몰려 있을 가능성이 높습니다.

예은은 몸이 뻣뻣하게 굳는 것을 느끼며 속삭였다.
"이봐요."
"네?"
수철이 고개를 돌렸다.
"건너편 좀 비춰줄래요?
두 사람은 건너편 수로 길을 향해 휴대폰 플래시를 비쳤다. 그리고 그 정체를 확인한 순간, 예은은 숨을 삼켰고 수철은 솥뚜껑 같은 손을 들어 아이의 눈을 가렸다.

시체가 있었다.

방과 후 학교의 시간은 멈춘다

"네 아들 그 대학 못 가. 하향 지원해."

한준이 단호하게 말했다. 간절한 표정으로 손깍지를 끼고 있던 의뢰인은 울상을 지었다.

"왜요, 선생님?"

그간 네 아들놈을 쭈욱 밀착 감시한 결과, 방문을 걸어 잠근 채 하라는 공부는 안 하고 방구석에 쪼그려 앉아 멍하니 천장만 쳐다보는데! 무슨 수로 경쟁률 치열한 그 대학에 붙어? 하고 곧이 곧대로 소리칠 수는 없는 노릇이었다. 한준은 흠흠 헛기침을 하며 당당하게 쇠방울을 치켜들었다. 순간 리베라노 셔츠의 푸른 소매가 시야에 들어왔다. 한준은 잠시 말을 멈추고 흐뭇한 눈빛으로 원단과 디자인의 아름다움을 만끽했다. 아아, 이 셔츠를 얻기 위해 얼마나 많은 품을 들여야만 했던가. 리베라노 옷을 얻기 위해 이탈리아로 날아가고, 사이즈를 재고, 옷이 만들어지는 일

년 동안 단 일 킬로그램의 체중 증가도 허용하지 않으려 뼈를 깎는 노력을 해왔던 세월들이여……. 한준은 속으로 감격의 눈물을 흘렸다.

"선생님?"

의뢰인인 윤영숙 사모는 어리둥절한 표정으로 그를 쳐다보고 있었다. 한준은 재빨리 현실로 돌아왔다.

"정신 차려! 지금 대학이 중요한 게 아니야. 애가 죽게 생겼는데 대학은 무슨. 애가 지금 어떤 상태인지부터 먼저 봐."

"주, 죽게 생겼다고요?"

윤영숙 사모는 사색이 되었다.

"그래. 뭐가 중한지 잘 생각해봐."

이만하면 다 알려줬다 싶어 손등을 휙휙 내저었건만, 윤영숙 사모는 돌아갈 생각을 하지 않았다. 오히려 한준을 향해 상체를 불쑥 들이밀며 절박하게 물었다.

"선생님, 제발 하나만 더 알려주세요. 대체 우리 아들에게 무슨 일이 있기에 그러세요? 네?"

한준은 엄지와 집게손가락을 맞붙여 동그라미를 만들었다.

"나도 내 목숨을 담보로 천기누설 하는 게야. 그에 상응하는 대가를 제대로 받지 않으면 우리 둘 다 재수 옴 붙어."

미남당의 고객들은 이런 한준의 태도에 익숙하다. 윤영숙 사모는 곧바로 지갑을 열어 갓 뽑은 신권 지폐 다섯 장을 주르륵 늘어놓고 비장한 표정을 지었다.

"선생님, 제발 알려주세요."

머릿속으로 리베라노 신상 컬렉션 중 마음에 드는 액세서리 가격을 떠올린 뒤, 한준은 눈을 부릅뜨고 호통을 쳤다.
"애 목숨이 걸렸어! 고얀, 네 아들 목숨값이 그렇게 싸? 지금 나한테 흥정하는 게야?"
윤영숙 사모는 사색이 되어 부랴부랴 추가로 다섯 장을 더 꺼냈다. 그제야 한준은 성난 기색을 가라앉혔다.
"대학은 신경도 쓰지 마. 집에 돌아가서 애 휴대폰이랑 일기장 뒤져보고, 그다음에 이야기해."
"그게 다예요? 그거면 돼요?"
윤영숙 사모가 절박하게 물었다.
"부정 타게 어디서 의심질이야! 내가 하는 말 틀린 적 있어?"
"무, 물론 없지요."
"알았으면 썩 물러가!"
윤영숙 사모는 허둥지둥 상담실을 빠져나갔다.
친애하는 파트너, 수철이 가져온 정보에 의하면 윤영숙 사모의 외동아들이자 고등학교 1학년인 하경준은 현재 사이버 불링*을 당하고 있었다. 가해자들은 같은 반 급우들이다. 아이들은 하경준을 단체 카톡방에 초대해 갖은 욕설을 퍼부었다. 소위 '카톡 감옥'에 갇힌 셈이다. 같은 반 아이들은 직접적으로 폭행을 가할 경우 형사상의 처벌을 받을 수도 있다는 사실을 잘 알고 있었다.

---

* 특정인을 사이버상에서 집단적으로 따돌리거나 집요하게 괴롭히는 일.

그래서 때리지 않았다. 카톡방에서 하경준을 투명 인간 취급하며 무시했다. 혜준은 반 아이들이 강제로 하경준의 SNS까지 개설했다고 알려주었다. 치욕적인 모습을 찍은 사진과 동영상을 전체 공개로 올리기도 했다. 동영상은 수많은 사람들의 추천을 받으며 화제작이 되었다. 수철이 찍어온 하경준의 일기장에는 '죽고 싶다'는 단어만 가득했다.

"그 싸가지 없는 애새끼들, 싹 다 뒷산 끌고 가서 머리만 남겨놓고 파묻으면 되지?"

한준은 수철에게 왜 그러면 안 되는지 설득하느라 한 시간가량 떠들어야 했다.

부모가 계속 이 상황을 모르고 아이가 계속 저렇게 방치된다면, 굳이 점쟁이가 아니라 누가 보더라도 무슨 일이 생길지는 불을 보듯 뻔한 일이었다. 앞으로 일어날 불행에 비하면 의뢰인이 지불한 돈은 싼값이라고, 한준은 생각했다.

그는 사무실 용도로 쓰는 방에 들어가 리베라노의 신상 룩북을 펼쳐보았다. 신중하게 한 장 한 장 펼치며 컬렉션을 살피던 한준의 눈에 베이지색 서스펜더가 들어왔다.

"세련되고 지적이야. 딱 내 스타일이네."

다음 장을 펼치자, 진정한 신사라면 응당 갖추어야 할 제대로 된 중절모와 커프스, 넥타이, 가죽 장갑이 고아한 모습을 드러냈다. 한준은 황홀한 눈빛으로 룩북을 어루만졌다. 어마어마한 가격과 고민해봤자 배송만 늦어질 뿐이라는 명언 사이에서 갈등하던 찰나, '딩동' 하는 문자 수신음이 울렸다. 왠지 모를 성스러운 느낌에 득달같이 확인해보니, 역시나 입금 알림 문자였다. 송금자는 두 명이었다.

첫 번째는 앞서 애인과의 궁합 문제로 미남당을 찾았던 정슬기 고객. 그녀는 결혼 불가 판정 후에도 애인에 대한 믿음을 잃지 않았다. 삼일천하에 불과하긴 했지만.

―진짜 여자가 있더라고요. 나쁜 새끼.

정슬기 고객은 통화 내내 펑펑 울었다. 한준은 그런 놈과 평생 함께 살 바에야 지금 잠깐 아픈 게 훨씬 잘된 일이라며 고객을 어르고 달래야 했다. 앞으로 다시는 연애를 할 수 없을 거 같다며 목소리를 쥐어짜는 정슬기 고객을 향해 한준은 이렇게 말했다.

"부적 하나 쓰고 내가 가라는 데로 가. 내가 장담하건대, 너 귀인 만나."

이 예언은 백 프로 이루어질 수밖에 없다. 다시는 연애를 할 수 없을 것만 같아도 다시 사랑에 빠진다는 건 옆집 유치원생도 알고 있는 만고의 진리 아니던가. 실연 당사자만 그 말을 〈뉴욕 타임스〉 정기 칼럼처럼 여기고 살아서 문제지.

남자에 대한 신뢰는 잃었지만, 한준에 대한 정슬기 고객의 신뢰는 굳건해졌다. 한준의 통장 계좌에 찍힌 부적값이 명백하게 그 사실을 증명하고 있었다. 한준은 흐뭇한 표정으로 정슬기 고객에게 '홍대 지역의 독서 클럽 모임에 가보라'고 문자를 보냈다. 착실하고 따뜻한 감성의 소유자인 그녀의 성향으로 미루어 보아, 조만간 자신에게 맞는 짝을 만나리라고 한준은 확신했다.

두 번째 송금자는 김경자 사모였다.

자신의 집 하수구에서 시신이 발견된 탓에 한준이 뭐라고 말하기도 전에 그녀는 알아서 굿이라도 해야겠다며 혼비백산했다. 따로 영업을 하지 않아도 되니 잘됐다고는 생각했지만, 제아무리 자신과 상관없는 일에 무심한 한준이라 할지라도 시체는 께름칙했다. 어떤 식으로든 죽음과는 연관되고 싶지 않았다. 여자 시체라는 말에 더욱 그랬다.

"거, 혹시 뭐 보이는 거 없소?"

자신을 장두진이라고 밝힌 형사가 반 농담 식으로 물었을 때도 한준은 단호하게 "이런 일에 함부로 입을 놀렸다가는 부정 탑니다"라며 고개를 돌렸다.

"궁금하지 않아?"

집으로 돌아가는 길에 수철이 던진 질문에도 한준의 태도는 한결같았다.

"이제 그런 건 안 보고 싶어."

그날 밤, 장기가 소독되겠다 싶을 정도로 와인을 들이부었지만 마음속 어딘가가 뻐근하게 뭉치는 기분은 사라지지 않았다. 그런 탓에 김경자 사모가 거액의 굿값을 보냈음에도 불구하고, 이번에는 쉽사리 미소가 나오지 않았다.

아름다운 옷과 장신구를 앞에 두고 이런 부정적인 감각에 휩싸이는 건 죄악이다. 정신 건강에 하등 도움 될 게 없다. 한준은 연신 중얼거리며 마음을 다잡았다. 룩북을 몇 번이고 정독하고 통장에 찍힌 잔액에만 집중하며 명상한 결과, 사그라졌던 쇼핑 욕구가 간신히 되살아났다. 한준은 이탈리아에 있는 지인에게 카톡을 작성했다. 샵 좀 방문해달라는 문장을 전송하려던 찰나, 화면이 전화 수신 상태로 바뀌었다. 한준은 짜증스레 수신자를 확인했다.

'친애하는 파트너'

한준은 신경질적으로 전화를 받았다.

"나 바빠."

―예약이 들어왔는데.

수철의 목소리가 평소보다 한 톤 더 낮았다. 한준은 자세를 바꿔 벽에 등을 기댔다. 평상시, 평범하고 액수 맞으면 수철의 선에서 예약을 접수하고 기본 자료를 조사하는 게 보통이다. 이렇게 한준에게 의견을 구하는 경우라면 한 가지뿐이었다.

―예약이 들어왔는데 좀 귀찮은 내용이야.

"뭔데?"

한준이 말했다.

―의뢰인이 누구냐면.

예은은 화이트보드에 붙어 있는 사진을 한참 동안 바라보았다. 두진이 슬쩍 옆에 섰다.

얼마 전 하수로에서 찍어온 현장 사진들이었다. 정면으로 찍힌 시신 사진에 예은과 두진의 시선이 멈췄다.

발견 당시 시신은 새까맣게 타 있어 신원을 확인하기 어려웠다. 첫 발견 시 바닥에 엎드린 상태였고, 발에는 흰색 에나멜 구두가 신겨져 있었다.

"주변에 탄 흔적이 없는 걸 보니, 어디서 옮겨온 건 확실하네."

두진이 혼수 두듯 말했다.

"최근 화재 신고가 있었는지 인근을 다 뒤져봤는데 없어요."

"그 도둑 형제는 뭐 본 거 없대?"

"물어봤어요. 둘 다 어두워서 시체 자체를 본 적이 없대요."

현장에서 검거된 비쩍 마른 남자는 자신의 범죄 행위를 인정했다. 아이가 부엌문의 개구멍을 통해 안으로 들어가 문을 열면, 자신이 따라 들어가 집 안의 금품을 훔칠 계획이었다고 진술했다. 하필 점쟁이라는 남자가 부엌에 등장하는 바람에 아이가 놀라 하수구 안으로 되돌아갔고, 자신은 밖에서 동태를 살피며 달아날 틈을 엿보고 있었다고 말했다. 남자와 아이 모두 시체에 대해서는 아무것도 모른다고 완강히 부인했다.

두 사람은 다시 침묵에 잠겼다. 예은은 고개를 살짝 기울이며 팔짱을 꼈다.

"왜 하필 하수로에 유기했을까요?"

"하수구 같은 거 들여다보는 사람 없으니까 그런 거 아냐?"

"어디 이동해서 시신을 유기한다면, 보통 차량을 쓰지 않을까요? 기왕 차로 움직일 바에는 도시 속 하수로보다 야산에 파묻는 게 더 낫잖아요. 불에 탔으니 부피도 작을 거고 금방 썩어 분해될 텐데."

"너무 급하면 당장 할 수 있는 방법을 취하게 되잖아."

"흐음."

예은은 옆으로 시선을 옮겼다. 발 아래쪽에서 찍은 사진이 보였다.

"이거."

예은이 손가락으로 사진 속 시신의 발을 짚었다.

"정신없이 하수로에 던져놓았다고 하기엔 이게 너무 이상해요. 봐봐. 새 구두고, 겉 표면에 그을음이 없잖아요. 의도적으로 신긴 게 분명한데."

"미친 사이코 변태 새끼."

두진이 혀를 찼다.

"이런 경우 본 적 있어요?"

"사람 죽여 놓고 새끼손톱에 매니큐어 칠해놓은 또라이 한 명 있었지."

"잡았어요?"

"어우 씨, 반장님한테 결재 맡을 거 있었는데."

두진은 딴청을 피우며 책상으로 가 앉았다. 예은은 별 기대 안 했다는 듯 다시 사진을 바라보았다. 구두는 카메라 플래시 불빛을 반사하며 번쩍이고 있었다. 소재가 에나멜인 탓이다.

새까맣게 타버린 시체 아래 기묘할 정도로 빛나는 구두라니, 도저히 의미를 알 수 없었다. 곰곰이 생각에 잠겨 있던 예은은 자신의 발을 내려다보았다. 낡다 못해 구멍 나기 직전인 검정색 나이키 운동화가 눈에 들어왔다. 예은이 나지막이 중얼거렸다.

"구두라……."

*

박진상은 콧김을 씩씩 뿜으며 조이 엔터테인먼트의 이사실을 뛰쳐나왔다.

그로 말할 것 같으면, 에베레스트산 정상을 날아다니는 새도 떨어뜨린다는 거영 그룹 박동길 회장의 셋째 아들이자 조이 엔터테인먼트에 합류한 지 올해 오 년 차가 넘어가는 이사다. 그 외에 언론과 인터넷이 붙여준 별명 몇 개가 있긴 하지만** 그의 인권 존중을 위해 직접적으로 언급하는 건 삼가도록 하겠다.

다시 본론으로 돌아가, 조이 엔터테인먼트의 박진상 이사가 왜 화났는지를 들여다볼작시면 다음과 같다.

거영 그룹은 그저 그런 벽돌과 시멘트를 생산하며 대기업 명맥만 간신히 이어오고 있었다. 그 와중에 2대 총수가 뇌졸중으로 세상을 뜨자 사람들은 그룹이 해체되고 많은 이가 실직할 거라는 의견을 내놓았다. 기업 내 분위기는 흉흉했다. 그때 구원투수처럼 등판한 이가 2대 총수의 장남인 박동길이었다. 그는 이런저런 사업을 도입, 그룹의 주가를 백두산 높이로 상승시켰다. 사업은 순조로웠다. 거영 그룹은 워크아웃이라는 불명예스러운 과거를 지워냈다. 하지만 자식 경영만큼은 뜻대로 되지 않았다.

그에게는 세 명의 아들이 있었다. 첫째와 둘째는 아버지가 시퍼렇게 눈을 뜨고 있음에도 불구하고 노골적으로 경영권 다툼을 벌였으며, 셋째 아들은 눈에 넣으면 아플 정도로 속을 썩였다. 공

** 연예인과 모델들 불러 질펀한 파티를 열다가 기자한테 걸려서 얻은 별명 '파뤼라잎 지니', 음주 운전 적발 후 경찰들에게 고성방가와 삿대질, '내가 누군지 알아?'를 반복적으로 시전하다 얻은 별명 '엠씨 지니' 등등.

부하라고 유학 보내놨더니, 돈 한 푼 못 버는 주제에 씀씀이는 월가 사람들 뺨을 쳤다. 돈 그만 쓰라고 귀국시켰더니, 연예인들 뒤꽁무니만 신나게 쫓아다니며 추문을 일으키는 바람에 그룹 이미지에 타격을 입히고는 했다.

그래도 여기까지야 재벌 3세니까 그럴 수도 있지 않겠느냐—이렇게 반문하는 이들도 있을 터. 물론 결정타 한 방이 있었다. 세상사 모든 일이 그렇듯 불행이라는 이름의 베이스가 그의 입에 자리하고 있었다. 최근 박동길의 기억이 가물가물하는 걸 본 박진상은 사교계 모임에서 만난 미녀에게 "이제 아버지도 치매가 왔나 봐. 별수 있나, 내가 열심히 해야지"라며 허세를 부렸다. 백칠십 센티미터에 잘록한 허리, 구릿빛 피부를 지닌 미녀 모델은 부지런히 사람들에게 그 이야기를 실어 날랐다. 이야기는 채 이틀도 되지 않아 경제부 기자들과 박동길의 귀에 들어갔다.

아쉽게도 기자들이 빨랐다. 그들은 '굴지의 박동길 회장, 치매 오다'라는 제목을 뽑아 인터넷에 기사를 뿌렸다. 그날 거영 그룹의 주식은 폭락했다. 혓바닥에서 날아간 말이 딱 소리를 내며 장외를 넘어간 셈이다. 시원하게— 홈런.

일흔을 넘겼음에도 불구하고 성질이 불같았던 박동길은 "유언장에서 네놈의 이름을 파버리겠다"며 고래고래 소리를 질렀다. 박진상은 아버지의 바짓단을 붙잡고 삼일 밤낮을 석고대죄했다. 박동길은 막내에게 마지막 기회를 주었다. 그래도 자식인데, 이런 마음은 아니었다. 세상사 모든 일이 그렇듯 때마침 타이밍이 맞았다. 박동길은 근 삼 년 가까이 들락거리던 단골 점집에서 조언을 구하던 참이었다. 점쟁이가 뭐라고 말했는지 박진상이 알 방법은 없다. 하지만 점을 보고 돌아온 아버지를 다시 대면한 순간, 그는 아직 동아줄이 끊어지지 않았음을 직감했다. 그간 가라오케에서 갈고닦은 솜씨를 발휘해 "새사람이 되겠습니드아아아!" 하고 비명을 지르며 비장하게 무릎을 꿇는 걸로 퍼포먼스를 마무리했다.

잠시 침묵이 흘렀다. 박동길은 막내아들을 돌아보았다.

"너, 연예계 쪽에 뼈가 굵지?"

"네?"

박진상은 맥락 없는 엉뚱한 말에 놀라 아버지를 올려다보았다. 조이 엔터테인먼트는 그렇게 탄생했다. 박동길은 막내에게 이사 직위를 주며 이상한 말을 했다.

"실적 같은 거 낼 필요 없다. 눈에 띄지 않게 숨죽이고 있어. 굴러가게만 해."

그러고는 조이 엔터테인먼트 이사진에 이상한 사람 하나를 붙였다. 대체 어디서 데려왔는지 알 수 없을 만큼 기괴한 생김새를 한 자였는데, 구태수라는 이름 외에는 아무런 정보도 알 수 없었다. 수상쩍은 놈이었다.

구태수의 키는 이백십오 센티미터였다. 거인증을 앓고 있다고 했다. 턱은 주걱처럼 길게 뻗어 있었고 이목구비는 금방이라도 흘러내릴 듯 축 처진 모양새였다. 피부 곳곳에는 붉은 반점이 퍼져 있었고 뺨은 고름이 가득한 화농성 여드름투성이였다. 극심한 아토피를 앓고 있던 탓에 구태수는 매일같이 피부를 벅벅 긁었다. 기괴한 건 얼굴뿐만이 아니었다. 쇳소리가 섞인 채 갈라져 나오는 쉰 목소리는 듣는 이를 움찔하게 만들었다. 무엇보다도 구태수를 께름칙하게 만드는 건 냄새였다.

가끔 그에게는 피 냄새가 났다. 출근도 자주 하지 않아 얼굴 볼 일은 별로 없었지만, 몇 번 그런 일을 겪고 나니 더더욱 사람처럼 보이지 않았다.

"내가 예민한 거야?"

박진상은 비서에게 물었다.

"아닙니다. 저도 느낀 적 있습니다."

"구태수 말이야. 아버지 명 받고 사람 죽이고 다니는 거 아냐?"

흐음, 하는 비서의 눈빛을 보니 동의하는 기색은 아니었다.

"저도 혹시나 해서 봤는데, 그때마다 얼굴 피고름이 유독 심하게 터져 있더군요. 그래서 냄새가 나는 게 아닐까 싶습니다."

똑 부러진 대답에 추가 이의 제기는 하지 못했지만, 박진상은 여전히 의혹을 거두지 않았다. 여하튼 로열패밀리임에도 불구하고 구태수 따위를 쉽게 대할 수 없다는 사실이 분했다. 비단 외모 때문만은 아니었다. 박동길이 구태수를 끔찍이 아꼈기 때문이었다. 집요한 조사 끝에 박진상은 아버지가 '임 고모'라 불리는 유명한 점쟁이의 단골이며 구태수는 그 최측근임을 알아냈다.

임 고모를 아는 사람은 거의 없었다. 얼굴을 본 사람도 없다고 했다. 그럼에도 불구하고 명성이 드높았다. 임 고모를 알고, 그녀에게 점을 볼 수 있다는 사실 자체가 대한민국 상위 1퍼센트 안에 든다는 걸 의미했다. 돈을 아무리 많이 줘도 임 고모를 만나기는 어려웠다. 너무 신통한 탓에 S, A급의 연예인과 유명 정재계 인사들만 상대하는 걸로 소문이 자자했다. 소문은 그녀의 유명세를 더욱 크게 키웠다.

그래봤자 점쟁이의 하수인이었다. 박진상은 애써 구태수를 무시하는 걸로 자신의 체면을 세웠다.

'실적 따위 낼 필요 없다'는 아버지의 이상한 당부에도 불구하고, 박진상은 어떻게든 아버지와 위의 두 형에게 뭔가를 보여주겠다는 야욕을 품고 열심히 일했다.

뜻대로 되는 일은 없었다. 이상하게도 무슨 프로젝트를 준비하기만 하면 귀신같이 엎어졌고, 소속 아티스트가 사고를 쳐서 주가가 떨어졌으며, 비밀리에 준비하던 음원이 다른 기획사에서 발표되는 일이 속출했다.

"이사님, 회사 설립할 때 고사 지내셨어요?"

전직 배우 출신이자 현재 조이 엔터테인먼트에서 얼굴 마담을 맡고 있는 강해성 대표가 물었다.

"그런 걸 왜 해?"

"세상에, 대표님. 그런 말씀 마세요. 제사를 빠뜨려서 재수 옴 붙었을 수도 있어요. 하는 일마다 꼬이잖아요."

강해성 대표의 말은 진지했다.

경영 싸움에서 밀리다 못해 벼랑 끝에 서 있던 박진상은 어떻게든 실적을 내고 싶었다. 간절함이 깊어질수록 마음속에는 초조함이 불고 불안의 격랑이 일었다. 자꾸 재수 없는 일이 생기다 보니 암울한 미래밖에 그려지지 않았다.

결국 그는 헛기침을 하며 구태수의 방에 들어갔다. 거영 그룹 일원이니 당연히 임 고모가 자신도 봐줄 거라고 생각했다. 괴물 같은 생김새 때문에 말을 섞고 싶지도 않았지만, 무릇 경영인은 싫은 일도 감수해야 하는 법이었다.
"자네가 임 고모 최측근이라며? 다리 좀 놔."
나름 친근하게 말을 건넸다고 생각했는데 구태수의 의견은 달랐던 모양이다. 그는 노트북과 휴대폰을 번갈아 보며 뭔가를 하다 말고 어깨를 움츠렸다. 마치 처음 보는 사람처럼, 휜 각질이 난 눈을 끔뻑이며 한참 동안 박진상을 쳐다보기만 했다. 그러다 기껏 한다는 대답이—.
"안 됩니다."
고작 이거였다. 박진상은 굴하지 않았다.
"왜?"
"고모님께서 안 된다고 하셨습니다."
"안 되는 이유가 뭐야?"
구태수는 붉게 충혈된 눈알을 굴리며 박진상을 곁눈질했다. 비웃음과 혐오가 동시에 담긴 눈빛이었다.
"박 이사님은 자격이 안 된다고 하십니다."
"뭐라고? 내가 자격이 안 돼?"
나름 자존심을 굽히고 들어왔는데 자격이 안 된다는 말을 듣자 소위 '뚜껑이 열렸다'. 전 세계를 놀러 다니면서 온갖 언어는 다 들어봤지만, 37년 동안 살면서 자격이 안 된다는 말은 단 한 번도 들어본 적이 없었다. 박진상은 시뻘겋게 달아오른 얼굴로 말했다.

"배우랑 가수도 봐준다며. 그깟 연예인들보다 못하다는 거야? 내가 누군지 알고 그딴 말을 해?"

"어떤 분인지 압니다. 하지만 안 됩니다."

구태수가 딱딱하게 대답했다.

박진상은 십여 분가량 실랑이를 벌였다. 대답이 입력되어 있기라도 하듯 구태수는 같은 말을 반복했다. 의미 없는 대화에 종료 버튼을 누른 건 다음 한마디였다.

"이사님은 박 회장님과 같은 피가 흐르는 혈육이기 때문에 기운이 옮겨질 수도 있다고 우려하셨습니다. 한 가문당 한 명밖에 볼 수 없으시지요. 정 원하신다면 아버님과 합의 후 다시 말씀 달라고 하십니다."

'합의라니?'

박진상은 아버지가 임 고모라는 점쟁이를 얼마나 믿고 의지하는지 잘 알고 있었다. 말 한마디 꺼내는 순간 귀싸대기 맞고 유언장에서 이름 파이는 특급 열차에 탑승할 게 뻔했다. 그는 씩씩대며 구태수의 사무실 문을 쾅 닫고 나왔다. 자신의 방으로 돌아오자마자 괴성을 지르며 애꿎은 집기들을 때려 부수었다.

박진상은 며칠간 저기압으로 지냈다. 한 치 앞을 알 수 없는 연예계에서 뼈가 굵은 탓에 제사와 부적을 무척 신경 썼던 강해성 대표는 주변을 수소문했다. 나름 만족할 만한 소득을 얻자 곧장 박진상에게 달려왔다.

"총무비서관도 임 고모한테 퇴짜 맞았답디다. 청와대 사람도 안 된다는데 우리가 어쩌겠습니까."

그 말도 박진상을 위로해주지 못했다.

"하고 싶은 말이 뭐야?"

자신보다 열 살 넘게 어린 박진상의 시건방진 반말은 도저히 익숙해지지 않았다. 들을 때마다 열불이 치솟는 신선함을 느끼며, 강해성 대표는 배우 출신답게 미소를 머금었다.

"임 고모만큼은 아니어도, 요즘 소문 괜찮은 점쟁이가 있어요. 거기 어때요?"

"잘 본대?"

박진상이 심드렁하게 물었다.

"마니아들이 어찌나 많은지 팬까지 있답디다."

강해성 대표가 신문 하나를 내밀었다. 마포구에서 발행한 지역 신문이었다. 박진상은 어처구니없다는 듯 강해성 대표를 쳐다보았다.

"정기동 의원 아시죠? 마포구 의원. 그 양반이 자기 지역구라고 이거 챙겨 보는데, 기사 보고 재미 삼아 갔다가 완전 기절해서 나왔대요."

"그 양반 원래 실없잖아."

그러면서도 박진상은 흘끗 신문을 쳐다보았다.

'연남동의 명물 박수무당, 남한준!'이라는 제목 아래 도도한 표정을 짓고 있는 한준의 사진이 보였다. 손가락으로 신문을 톡톡 두드리던 박진상은 수화기를 집어 들었다.

―네, 이사님.

"예약 하나 잡아놔."

*

통화를 마친 직후 수철은 곧장 미남당으로 달려왔다. 그가 응접실 소파에 앉아 자초지종을 떠드는 동안 한준은 케이크와 커피를 꺼내 식탁에 내려놓았다. 수철은 뽀얀 생크림으로 뒤범벅된 케이크를 보며 눈살을 찌푸렸다.
"난 라면 먹으면 안 되냐?"
"너의 취향은 존중하지만 안 돼. 이따 고객 한 명 더 있는데, 냄새 배면 곤란해."
"라면 냄새 난다고 점괘가 변하겠냐?"
"고급 이미지가 어디 땅 파서 생기는 줄 알아?"
수철이 뭔가 웅얼대며 물을 한 잔 떠왔다. 입술을 읽어보니 '치사하고 드러워 죽겠네'였다. 한준은 모른 척했다.
"의뢰인은 마음에 드는데 날짜가 마음에 안 드네."
한준은 커피를 한 모금 마셨다. 거영 그룹의 왕자이자 미남당의 잠재적 VIP 고객인 박진상을 대신해 예약 전화를 한 비서는 다음과 같이 말했다.
―이사님은 바쁘신 분입니다. 오래 기다리긴 힘드세요. 복채는 얼마든지 지불할 테니 최대한 빨리 뵈었으면 합니다.
수철은 공손하게 대답했다.
"지금은 선생님 기도 시간이니, 끝나는 대로 곧장 연락드리겠습니다."

―네, 부탁합니다.

다른 사람이었다면 '예, 다른 데를 알아보시는 것도 나쁘지 않습니다'라며 전화를 끊었겠지만 이번에는 상대가 달랐다. 무려 재벌가 아니던가. 잘만 움직이면 통장에 억 소리 나는 건 시간문제다. 무엇보다도―.

"이 순간을 얼마나 기다렸는데."

한준이 낮은 목소리로 말했다. 고객들에게 추가로 돈을 더 내놓으라며 손가락으로 동그라미를 만들던 때와는 사뭇 다른 분위기였다. 생각에 잠긴 듯, 한준의 시선은 줄곧 커피 잔에 고정되어 있었다. 수철은 말없이 물을 마셨다. 주인공이라면 으레 그렇듯 한준에게도 잊을 수 없는 사연이 있지만, 아직 입 밖으로 꺼낼 준비가 되지 않았다는 걸 누구보다 잘 아는 그였다. 재벌가 망나니 아들의 의뢰일 뿐인데 그가 왜 이리 비장한 표정을 짓는지 궁금할 이들이 많겠지만 지금은 조용히 넘어가도록 한다. 때로는 시기가 무르익어야 드러나는 진실도 있는 법이니까.

"어떻게 할까?"

한준이 천천히 커피를 한 모금 마셨다.

"일주일."

"하, 지금 스케줄로는 무리야. 게다가 보통 상대도 아닌데 조사하기에 너무 빠듯해."

"높으신 분이 기다리기에는 너무 긴 시간이지. 다른 스케줄 뒤로 미뤄."

"뭐라고 둘러댈 건데?"

한준은 우아하게 커피 잔을 내려놓았다.

"장차 큰 위험이 생길지도 몰라서 지리산 갔다고 해. 그거 씻어낼 힘 받아야 한다고."

"오래 못 기다린다고 난리였어. 순순히 들을 것 같지 않아."

"준비가 안 된 상태로 손님 받아봤자 내 살 깎아 먹기야. 상대가 아쉬워서 날 찾아온 거니까 너무 맞출 필요도 없어."

한준은 포크로 케이크를 작게 잘랐다.

"인생은 확률 싸움이야. 내 말이 맞을 테니 걱정 말고 기다리라고 해."

"픽이나 박수무당다운 발언이네."

한준은 어깨를 으쓱한 뒤 케이크를 입으로 가져갔다.

거영 디스플레이의 행보가 심상치 않습니다. 요즘 떠오르는 신흥 벤처 기업인 F&ROSE와 신규 기술을 제휴, 4차 산업혁명에 걸맞은 디스플레이 화면을 구현하겠다는 야심찬 행보를 보이고 있는데요. 성진 증권의 김병우 전문가 의견을 들어보겠습니다.

지금 자료 화면에서 보시다시피 차트가 계속해서 양봉을 기록하고 있지 않습니까? 이 추세로 보았을 때, 다음 날에도 강세가 이어질 가능성이 높습니다…….

퇴근 이십 분 전, 마포서 강력반 사무실에는 주식 방송이 흐르고 있었다. 출처는 두진이 들여다보는 휴대폰 DMB였다. 2팀 팀원들을 비롯하여 다른 형사들도 팬스레 귀를 쫑긋 세우고 방송을 듣고 있었다. 뉴스가 끝나자 두진은 바로 앓는 소리를 냈다.
"니미, 진작 거영 디스플레이 주식 좀 사둘걸."
"에이, 그거 비싸잖아요."
맞은편에 앉아 있던 김재우 형사가 씩 웃으며 말했다. 그는 마포서 근무 삼 년 차였다.
"주식으로 돈 벌 팔자는 아닌가벼. 재우야, 끝나고 소주나 먹자."
두진이 소주잔을 기울이는 시늉을 했다.
"콜."
김재우는 책상을 정리하며 퇴근 준비를 했다.
"어디 좋은 데 가세요?"
"아이 씨, 깜짝이야."
두진이 소스라치게 놀라 뒤를 돌아보았다. 언제 나타났는지, 한 손에 황갈색 마닐라 봉투를 든 예은이 서 있었다. 가뜩이나 하얀 얼굴인데 지금은 아예 핏기가 싹 가셔 있었다.
"심장 멈추는 줄 알았네. 기척 좀 내고 다녀."
두진은 손으로 격하게 가슴을 문질렀다. 예은은 마닐라 봉투를 책상 위에 내려놓았다. 두진은 눈썹을 꿈틀거리며 예은과 봉투를 번갈아 쳐다보았다.
"느낌이 싸한 건 단지 내 기분 탓이겠지?"
"역시 장 선배. 베테랑답네요."

예은이 어깨를 으쓱했다. 두진은 천천히 겉봉에 쓰인 기관명을 확인했다. 국과수였다.

그는 봉투를 열고 프린트물을 꺼내 읽었다. 페이지를 넘길수록 표정은 점점 딱딱하게 굳어져갔다.

"재우야, 소주는 다음에 먹자."

김재우는 분위기가 심상치 않음을 느끼고 가방을 내려놓았다.

"무슨 일인데요?"

예은이 답을 대신했다.

"우리가 연희동 하수로에서 찾았던 시체 있잖아요."

그러고는 잠시 뜸 들이다 말을 이었다.

"두 달 전 신고 들어왔던 실종자예요. 강은혜."

*

미남당은 저녁 여섯 시가 되면 문을 닫는다. 표면적인 이유로는 '음기가 가득한 밤에 점을 봤다가는 고객인 당신에게 귀신이 붙을 수 있다'가 있고, 진짜 이유로는 '고급스러운 저녁이 있는 삶이야말로 풍요로움 그 자체 아니겠느냐'는 한준의 부르짖음이 있다. 하지만 오늘, 한준은 저녁 여섯 시에 문을 닫지 못했다. 왜인고 하니—.

"선생님, 제발 도와주세요!"

앞서 자식의 대학 문제로 점을 보러 왔다가 자식이 죽게 생겼다는 말에 사색이 되어 돌아갔던 윤영숙 사모가 대문을 붙들고 있던 탓이다.
"무슨 일이야?"
한준은 얼굴을 찌푸렸다. 한 시간 후 상수동에 있는 고급 비스트로에 저녁 식사를 예약해뒀기 때문이다.
"선생님 말씀이 맞았어요. 우리 애한테 심각한 문제가 있었어요."
"알면 됐어. 도움을 받고 싶으면 다시 예약 잡고 부적 쓰러 와."
"선생님!"
윤영숙 사모가 한준의 팔을 꽉 붙잡았다.
"우리 애, 어제 학교도 안 갔어요. 이제는 애 상황을 알게 됐으니까, 그러려니 하고 내버려뒀는데…… 자고 일어나서 보니까 방에 없었어요."
윤영숙 사모는 말을 제대로 잇지 못하고 울먹였다. 한준은 조심스레 그녀의 손을 떼어냈다.
"차분하게 말해봐. 빠뜨리지 말고."
"지금까지 연락도 안 돼요. 전화기도 꺼져 있고…… 어디 갈 데가 있는 애도 아닌데……."
윤영숙 사모는 금방이라도 쓰러질 사람처럼 보였다.
"느낌이 안 좋아요. 애가 어디 가서 뛰어내린 건 아니겠죠? 선생님, 제발 우리 애 좀 찾아주세요. 지금 부적 쓸게요. 우리 애 살아 있죠? 죽은 거 아니죠?"
"알겠으니까 진정해. 경찰에 신고는 했어?"
한준은 윤영숙 사모의 어깨를 붙잡고 다독였다. 그녀는 어깨를 떨었다.
"아뇨, 아직 하루니까……."
"일단 돌아가 있어."
"선생님, 우리 애……."
"오래 안 걸려."
한준이 말을 잘랐다.
"찾아서 곧 연락할 테니 집에 가서 기다려."
"얼마가 걸려도 좋아요. 요 앞에서 기다리고 있을 테니까……."
윤영숙 사모가 목멘 소리로 말했다.
"……제발 살아 있게만 해주세요."
한준은 물끄러미 고객을 쳐다보았다.
"그건 내가 정할 수 있는 일이 아니야."

한준은 미남당 팀원들을 긴급 호출했다. 혜준은 어차피 이 층 사무실에서 일을 하고 있었던 터라 곧장 일 층 응접실로 내려왔다. 수철은 삼십 분 후 미남당 현관문을 열고 들어왔다. 그는 박진상과 조이 엔터테인먼트에 관해 알아볼 정보원을 섭외하던 중이었다며 오만상을 썼다.
"얼마 전 조사했던 고딩 애가 사라졌어."
"고딩?"
수철이 반문했다.
"하경준. 네가 반 애들 싹 다 뒷산 끌고 가서 머리만 남겨놓고 파묻는다 했었잖아."

"아, 그 왕따."

이번에는 혜준이 얼굴을 찌푸렸다.

"왕따라니, 말 좀 가려서 해."

"왕따인 건 맞잖아."

수철이 덩치에 걸맞지 않게 입술을 삐죽였다.

한준은 간략하게 상황을 설명했다. 혜준은 곧장 정보 수집에 돌입했다. 윤영숙 사모와 하경준에 관한 기본 정보는 이미 혜준의 컴퓨터에 저장되어 있었다. 혜준은 하경준의 주민등록번호를 토대로 0과 1로 이루어진 세상 속을 헤집고 다녔다. 십 분 후, 혜준이 손을 들었다.

"위치 기록 하나 있어."

한준과 수철은 급히 혜준의 양옆에 섰다. 모니터에는 지도가 한 장 펼쳐져 있었다. 윤영숙 사모의 거주지였다. 혜준은 지도를 확대했다. 붉은 동그라미가 창전동 아파트 인근의 공원에서 반짝이고 있었다.

"GPS 시간을 보니까 오늘 새벽이야. 그다음 기록은 없는 걸 보니, 휴대폰이 꺼졌나 봐."

혜준은 하경준의 휴대폰 백업 서버에 접근하여 로그인한 뒤 메모장을 클릭했다. 총 다섯 개의 메모가 있었는데, 그중 하나가 내용이 이상했다. 파일을 클릭하자 다음 화면이 나타났다.

임준형 15만 원
김은지 10만 원

박지훈 30만 원

정주희 10만 원

"뭐야? 돈 빌려준 건가?"

수철이 눈살을 찌푸렸다.

"저렇게 기록까지 남겨놓은 걸 보면 절대 잊으면 안 되는 내용이겠지. 아마 저 이름들에게 상납해야 할 돈일 거야."

한준은 시간을 확인했다. 고객에게 약속한 시간까지 남은 시간은 두 시간 십오 분.

"카톡은 해킹 안 돼?"

한준이 물었다. 혜준은 볼을 부풀리며 하나뿐인 피붙이를 노려보았다.

"금방은 안 돼. 지금 가지고 있는 기계들이 너무 구려서."

"야, 여기는 FBI가 아니야. 네가 요구하는 거 충족시켜주려면 청와대에 예산 요청해야 돼."

한준이 항의했다. 혜준은 들은 척도 않고 마우스를 쾅, 내려치며 음산하게 중얼거렸다.

"빌어먹을 고물 기계."

한준은 먼 산을 바라보며 화제를 돌렸다.

"메모장 작성 날짜를 보니 사흘 전이야. 아마 여기 적힌 이름들이 새벽에 당사자를 불러냈을 가능성이 높아. 하지만 단순히 돈만 받으려 했다면 이렇게 오래 밖에 나가 있진 않았겠지. 조금이라도 지체하면 안 좋은 꼴 볼 수도 있어."

한준은 수철을 돌아보았다.
"저 공원까지 얼마나 걸려?"
수철은 휴대폰 내비게이션을 켠 뒤 시간을 계산했다.
"지금 가면 이십 분 정도 걸릴 거 같은데."
"최대한 밟아서 가자. 저 공원에 뭐라도 단서가 있을 거야."
한준은 겉옷을 집어 들고 채비를 서둘렀다.
"웬일이냐? 평소 같았으면 혼자 가라고 했을 놈이."
수철이 어울리지 않게 토끼 눈을 떴다. 한준은 모니터를 노려보며 혼자 중얼중얼하는 혜준을 흘낏 보고는 방문을 열었다.
"오늘은 이상하게 외근하고 싶네."

예은은 깊이 숨을 내쉬었다. 국과수 냉동 보관실의 푸르스름한 허공 사이로 뽀얀 입김이 퍼져 나갔다. 설명을 마친 부검의는 한 발짝 뒤로 물러났다. 시신이 강은혜라는 걸 확인한 순간, 아버지 강주철은 망연자실한 표정을 지었다. 오희숙은 곡소리를 내더니 제자리에 주저앉았다. 숨도 제대로 쉬지 못해 꺽꺽대며 울기 시작했다. 강주철은 주먹을 꽉 쥔 채 불타버린 딸을 바라보았다. 이윽고 그는 홱 고개를 돌려 예은과 두진을 쏘아보았다.
"우리 딸 가출 아니라고 몇 번을 말했어……?"
강주철의 눈이 희뿌옇게 보였다.
"그런데…… 대체 이게 뭐야…… 불에 타가지고는……."
두 형사는 고개를 떨어뜨렸다. 강주철이 팔을 뻗어 두진의 멱살을 잡았다.

"대체 이게 어떻게 된 일이냐고! 내 딸 누가 죽였는지 찾아내!"
두진의 몸이 맥없이 흔들렸다. 그때 쿠당탕 하는 소리가 들렸다.
"여보!"
강주철이 소리쳤다. 실신한 오희숙이 바닥에 쓰러져 있었다. 냉동 보관실에 소란이 일었다. 잠시 후 앰뷸런스가 강주철과 오희숙을 싣고 떠났다. 예은과 두진은 도망치듯 국과수를 빠져나왔다. 돌아오는 길에 했던 말이라고는 고작 두 마디뿐이었다.
"나 때문이겠지?"
두진이 중얼거렸다.
"한귀 말 들을걸 그랬어."
예은은 적당한 대답을 찾지 못하고 묵묵히 운전대만 움직였다.

아파트 인근 공원이어서 작을 거라고 생각했는데, 막상 도착한 공원은 예상 이상으로 컸다. 한가운데에는 커다란 호수가 있었고 나무가 울창하게 우거져 작은 숲을 이룬 공간이 적잖아 세 군데는 되는 듯했다. 한준과 수철은 흩어져 CCTV가 있을 만한 곳을 찾았다. 한준의 조사 구역에는 편의점 한 곳과 주차장이 있었다. CCTV도 설치되어 있었다. 그는 무작정 편의점에 들어가 경찰 행세를 하며 CCTV 열람을 요구했다. 처음에는 께름칙해하던 사장도 한준이 내민 가짜 경찰 신분증과 설득에 넘어갔다. 한준은 곧장 CCTV 영상을 확인했다. 편의점에서는 별다른 점이 보이지 않았다. 한준은 껌 한 통을 사서 나온 뒤 주차장으로 이동했다. 거기서도 뭐 별거 있겠냐 싶은 마음으로 CCTV를 보는데, 새

벽 한 시 십 분쯤 이상한 장면 하나가 잡혔다.

CCTV 화면 경계선에 아슬아슬하게 걸쳐 있어 제대로 보이지는 않았지만, 십 대 후반에서 이십 대 초반 정도로 보이는 아이들 네 명이 후미진 곳에서 뛰어나오는 모습 정도는 알아볼 수 있었다. 언뜻 보니 남자 둘, 여자 둘. 그들이 나온 장소는 나무가 빽빽하게 우거져 어두운 탓에 안까지는 보이지 않았다. 잠시 후, 소년 한 명이 비틀거리며 밖으로 걸어 나왔다. 깡마르고 자그마한 체격을 보니 하경준과 흡사했다. 다섯 명은 아무 일 없었다는 듯 화면 바깥으로 벗어났다.

한준은 방금 전 본 파일을 USB에 옮겨 담은 뒤, 주차장 위쪽으로 올라가 사건이 벌어진 현장을 살폈다. 아직 빛이 있는 오후 시간대임에도 불구하고 나무숲 속에는 그림자가 드리워져 있었다. 한준은 얼굴을 찌푸리더니 다시 편의점으로 돌아가 스카치테이프를 한 개 샀다. 그는 테이프로 옷 팔꿈치와 무릎을 둘둘 감은 뒤, 검은 봉투에는 신발을 담았다. 그리고 한숨을 푹 쉬고, 바닥을 기다시피 하며 일대를 훑었다.

"엄마, 저 아저씨 좀 봐봐!"

지나가던 아이들이 소리치고, 엄마들은 급히 자리를 피해 돌아갔지만 한준은 개의치 않았다. 신발은 무려 백만 원 가량을 호가하는 발렌시아가의 스피드 러너인 데다 입고 있는 캐주얼 옷은 연예인들이 앞다퉈 찾는 문수권 브랜드 신상이었다. 옷과 신발을 더럽히느니 이상한 시선을 받는 게 나았다.

한 시간 넘게 바닥을 뒤지고 다닌 끝에, 한준은 나무 사이에 떨어져 있는 휴대폰을 발견했다. 액정은 크게 깨져 있었고 몸통에는 스크래치가 심했다. 혜준이 알려준 것과 같은 기종으로, 하경준의 물건일 가능성이 높았다. 그는 조심스레 휴대폰을 집어 봉투에 넣고 수철에게 전화를 걸었다.
"현장이랑 증거품 찾았어. 돌아가……."
한준은 잠시 말을 멈췄다. 메마른 수풀 사이에 명함 하나가 눈에 띄었다.

한 달 안에 갚을 시 무이자! 묻지도 따지지도 않고 바로 빌려드립니다.

일수 광고 명함이었다. 노란 배경에 빨간색 글씨가 쓰여 있어서 눈에 띄었다. 한준은 명함을 집어 들었다.
―왜 말하다 말아? 돌아가자고?
"잠깐만. 다시 전화할게."
한준은 휴대폰 플래시를 켜고 명함을 비췄다. 겨울인 탓에 방금 전까지 빛나고 있던 해는 순식간에 사라진 지 오래였다. 유심히 명함을 살피던 한준은 글씨 위에 물방울 모양으로 물든 붉은 점 두 개를 뚫어져라 바라보았다.
핏방울이었다.
한준은 명함을 주머니에 집어넣은 뒤, 다시 수철에게 전화를 걸었다.
"대충 알 거 같아. 차에서 만나."

*

 박진상은 기분이 언짢았다. 요즘 들어 자꾸 새로운 체험을 하는데, 그게 달갑지 않다는 점이 거슬렸다. 점 따위를 보는데 자격이 안 된다고 하지를 않나, 무려 일주일을 기다려달라고 하지를 않나. 점쟁이들에게도 줄기차게 까이는 걸 보니 마가 껴도 단단히 낀 모양이었다.
 "예약 확정할까요?"
 비서가 물었다.
 "안 해도 돼."
 임 고모야 정재계 쪽에서도 소문난 인사이니 그렇다 쳐도, 날라리처럼 생겨 먹은 놈에게 퇴짜를 맞았다는 사실이 어이없었다. 박진상은 손등을 휙휙 내저었다. 비서는 허리를 꾸벅 숙인 뒤 그의 사무실을 나갔다. 그로부터 두 시간 후, 박진상은 뜻밖의 소식을 듣게 되었다. 혹시 몰라 재경부에 몰래 심어놓은 밀정이 이런 말을 전해왔던 것이다.
 ─거영 물산을 통해 들어온 돈이 구 이사님의 개인 계좌로 들어갔어요. 액수가 꽤 큰데, 알고 계셨어요?
 당연히 몰랐다.
 박진상은 집요하게 어찌된 일인지 조사했다. 그 결과 구태수가 아버지의 비자금을 책임지고 다른 차명 계좌로 돌렸다는 사실과 함께, 조이 엔터테인먼트의 몫으로 되어 있는 돈을 알 수 없는 곳으로 빼돌렸다는 것까지 알게 되었다. 배신감과 분노와 의심이 한꺼번에 솟구쳤다. 멀쩡한 아들 놔두고 이상한 놈에게 일을 맡긴 아버지를 이해할 수 없었으며, 한편으로는 구태수가 점쟁이를 옆에 끼고 늙은 아버지를 홀려 돈을 빼돌리고 있을지도 모른다는 생각에까지 미쳤다.

갑자기 구태수가 의심스러웠다. 어쩌면 임 고모가 박동길에게 들려주는 점괘는 구태수가 원하는 의도대로 나온 말일지도 모르겠다는 느낌이 들었다. 아름다운 게 선하다는 믿음을 갖고 있는 박진상으로서는 구태수만큼이나 음흉한 악당 같은 놈이 없었다. 그렇다면, 놈은—

임 고모를 이용해 아버지의 신뢰를 등에 업고 이 회사를 집어삼킬지도 모른다!

동공이 흔들렸다. 멀쩡한 자식 놔두고 괴물에게 이해할 수 없는 신뢰를 보이는 아버지의 행동으로 미루어 보아 아예 가망 없는 얘기는 아니었다. 박진상은 비명을 질렀다.

한준은 우아한 몸짓으로 손가락을 들었다. 그의 손끝은 차창 너머의 분위기 좋은 카페를 가리키고 있었다. 수철은 의아한 눈빛으로 한준을 돌아보았다.

"진심이야?"

"내가 커피와 디저트를 두고 장난질한 적 있어?"

"애 찾으러 안 가?"

"무작정 뛰어다니는 건 미련한 짓이야. 나는 생각 좀 하고 있을 테니까, 아까 말한 대로 그 애들 찾아줘."

수철이 가게 앞에 차를 세웠다. 한준은 캐시미어 목도리를 목에 두른 후 다시 한번 당부했다.
"절대 늦으면 안 돼. 안 그러면 돈 회수 못 할 거야."
"돈 회수라니?"
수철이 어리둥절한 표정을 지었다.
"가보면 다 알게 되어 있어. 나머지는 끝나고 이야기하자고."
한준은 차 문을 열었다. 그러다 문득 생각났다는 듯 수철에게 몇 마디를 더 했다. 고개를 갸웃하던 수철은 고개를 끄덕이고 출발했다.
한준은 카페에 들어가 아메리카노와 슈톨렌, 바닐라 아이스크림을 주문했다. 외진 곳에 위치한 탓인지 퇴근 시간대임에도 불구하고 카페는 한산했다. 검푸른 저녁 색으로 물든 통유리에는 희뿌연 성에가 끼어 있었다. 한준은 네온사인 불빛이 길게 미끄러진 창가를 바라보며 곧장 전화를 걸었다.
―선생님!
윤영숙 사모가 울먹이며 외쳤다.
"급한 상황이니까 설명은 나중에. 자네, 지금 사진 한 장 찍어서 나한테 보내줘. 아들 방 전면이 전부 나오도록."
―방이요?
"괜히 사진 찍는다고 치우거나 그러면 안 돼. 지금 모습 그대로 보내."
―알겠어요, 별일 없겠죠?
"두고 봐야 알겠지. 그리고 자네 방에 인감이나 도장 제대로 있는지 찾아봐."

그다음, 곧장 혜준에게 전화를 걸었다.

"고객의 가족 주민등록번호 다 가지고 있지?"

—응.

"사흘 안짝으로 그 집 아들이 등본 뗀 기록 없나 확인해줘."

한준은 전화를 끊었다. 커피 두 모금, 슈톨렌을 한 입 먹었을 때쯤 카톡과 함께 윤영숙 사모가 보낸 사진이 도착했다. 밑에는 '선생님, 도장이 없어요!'라고 적혀 있었다. 한준은 태블릿을 꺼내 사진을 다운받고, 이리저리 확대하며 하경준의 방을 살폈다.

언뜻 보기에는 또래들과 다를 바 없다. 작지만 말끔했다. 벽에는 인기 걸 그룹 트와이스의 브로마이드가 붙어 있었고, 책장에는 소설책 몇 권과 만화책이 꽂혀 있었다. 책상 왼편에는 문제집 세 권과 낡은 갈색 반지갑이 있었고, 오른편에는 스탠드 하나가 놓여 있었다. 필기도구는 보이지 않았다. 한준은 침대 쪽으로 방향을 돌려 확대해 보았다. 침구는 가지런히 개켜져 있었다. 마트에서 흔하게 구매할 수 있는 보통 이불이었다. 방 주인의 별다른 취향이 느껴지지 않는 심심한 무채색들 탓인지 방 전체가 시간이 오래 지난 회반죽처럼 보였다. 모든 게 잘 정돈되어 있었다. 고요함이 느껴질 만큼.

"위험한데."

한준은 나직이 혼잣말을 내뱉었다. 아까보다는 좀 더 급한 손놀림으로 다른 사진을 로드했다. 예전에 수철이 찍어온 노트와 일기장이 순차적으로 떴다. 하나씩 클릭하면서 활자를 확인했다.

시간이 흐를수록 일기를 쓰는 횟수가 적어지고 있었다. 글도 많지 않아 읽기도 쉬웠다. 한준은 가장 최근에 쓰인 일기장에서 손을 멈췄다.

'엄마에게 다 미안하다. 이러고 싶지는 않았는데……. 어쩔 수 없다. 걔네들은 괴로워하긴 할까. 한 명도 도와주지 않는다. 여기가 지옥이다. 전부 후회할 거다.'

전체적으로 흘려 쓴 필체. 하지만 '엄마'와 '미안'이라는 글씨만큼은 유독 진하고 또렷하다. 한준은 미간을 찌푸렸다.

"이걸 왜 놓쳤지?"

예리하기로는 슈 나이프*** 못지않고, 멀리 내다보기로는 매와 몽골인 못지않은 자신 아니던가. 곰곰이 원인을 짚어보던 한준은 리베라노 신상에 눈이 팔려, 고객의 의뢰를 두루뭉술하게 훑었던 지난날을 떠올렸다.

하경준의 일기에는 죽고 싶다는 단어도 반복적으로 등장하고 있었다. 신호는 충분했었다—. 긴장이 풀렸다고 생각하며 잠시 반성하는데, 혜준에게서 연락이 왔다.

—걔, 엊그제 인터넷에서 가족 등본 뗐더라.

"이메일도 들어가 봐. 자살 카페에 가입했을 가능성이 높아."

한준은 슈톨렌을 한 입 크게 베어 물었다.

—가입했어. 게시글도 많이 썼네.

*** 고급 요리 칼.

"가장 자주 언급된 장소와 방법은?"

―학교, 아파트, 지하철.

한준의 시선이 '여기가 지옥이다. 전부 후회할 거다'라는 문구 위에 멎었다.

"학교군."

신고해본들 사건이 벌어지지 않는 이상 경찰이 출동하기는 어렵다. '아무개 누가 자살할 거 같아요'라는 말에 일일이 반응하기는 어렵지 않겠는가. 한준은 커피를 한 번에 들이마신 후 카페를 나와 손을 치켜들었다.

"택시!"

*

여름에는 시원하게, 겨울에는 따뜻하게만 살아온 아이들이라 그런지 패딩만 빼앗았을 뿐인데 효과가 괜찮았다. 수철은 패딩 두 개를 한꺼번에 껴입고 나머지 두 개는 양쪽 팔에 끼웠다. 모타이어 브랜드의 캐릭터 같은 모양새를 한 채, 그는 창고에서 오들오들 떨며 엎드려뻗쳐 중인 학생 네 명을 바라보았다.

"와, 이거 엄청 좋은 건가 보네. 덥다, 야."

수철은 너스레를 떨며 패딩 상표를 확인했다.

"어, 언제까지 이러고 있어야 해요?"

맨 앞에 있던 남학생이 몸을 부들부들 떨며 말했다. 수철은 쯧, 소리를 내며 인상을 썼다.

"내가 친절하게 다 이야기해줬잖아. 하경준에 관해 알고 있는 거 전부 말하라고."

어째서 수철과 여학생 두 명, 남학생 두 명이 창고 안에서 이런 사이좋은 풍경을 연출하고 있는지에 대해 설명하기 위해서는 시간을 조금 더 앞으로 돌려야 한다.

한준은 차에서 내리기 직전, 이렇게 말했었다.

"반드시 네 명의 학생들 증언을 받아와야 해. 육성으로."

"왜? 이미 하경준에게 보낸 문자들만으로도 처맞을 짓 한 건 입증된 거 아냐?"

"얘들 미성년자잖아. 문자 내용만으로는 학교 폭력 혐의 이상까지 안 가. 돈을 더 가져오라거나 욕을 하며 괴롭힌 내용밖에 남아 있지 않으니까. 학교에서도 이미지 관리 때문에 쉬쉬하려 들 거야."

한준은 차창 밖으로 지나가는 학생들을 쳐다보았다.

"CCTV 영상 속에서도 하경준에게 직접적으로 폭행을 가한 장면은 나오지 않아."

증거라고 내밀어봤자 네 명이 입을 맞춰 하경준을 좀 괴롭혔을 뿐이다, 돈 가져오라는 말도 장난이었고 받은 적 없다, 이런 식으로 나오면 상황은 어설프게 끝난다. 학교 선생들은 하경준의 상황을 제대로 알지 못했을 가능성이 크고, 안다 한들 아이들에게 입단속을 시킬 게 뻔하다. 사건은 침묵 속에 잠기고, 하경준은 그저 예민하고 학교에 적응하지 못하는 아이로 남게 된다.

"윤 여사가 내게 쓴 돈이 얼만데, 내가 그 꼴 안 만들지. 반드시 본인들이 자백하는 영상을 확보해야 해. 그래야 이 추운 날 기자들에게 따뜻한 소식 나눔도 하고 판사 어르신들에게 연말 특집 영상도 보여드리지."

그런 연유로 인해 혜준은 웹 통신 서버를 돌렸다. 하경준의 번호로 보낸 카톡 내용은 다음과 같다.

―엄마가 다 알았어. 너희들한테 돈 더 준대. 다 주면…… 이제 그만 괴롭힐 거지?

―재궁 공원 옆에 있는 폐업 슈퍼마켓 알지? 거기 창고로 와.

임준형, 김은지, 박지훈, 정주희는 거의 제시간에 맞춰 창고에 왔다. 처음 들어설 때 네 명의 표정과 대화는 볼 만했다. 지켜보던 수철은 한 손에 몽둥이를, 얼굴에는 따뜻한 미소를 담은 채 적절한 타이밍에 나타났다. 핸드폰으로 블랙스트리트(Blackstreet)의 〈No Diggity〉를 틀며 자체 비지엠을 깔고 나타났을 때, 네 명이 보인 반응과 표정은 수철을 흡족하게 했다. 미남당 식구들은 비난을 퍼부을 테지만 수철은 개의치 않았다. 그 순간의 자신이 너무 멋있었는걸.

"뭐, 뭐야?"

임준형이 앞으로 나섰다. 얼굴에는 두려운 기색이 가득한데, 떵떵대고 큰소리치는 걸 보니 그가 대장인 듯했다. 나름 귀여웠다. 수철은 다정한 시선으로 임준형을 바라보았다. 받아들이는 사람 입장은 어떨지 모르겠지만.

"너희가 하경준에게 무슨 짓을 했는지 순순히 불면 빨리 끝나."

당연히 네 명은 순순히 불지 않았다. 임준형과 박지훈은 반격을 해보겠다며 주먹을 휘둘렀고, 곧 수철의 괴력에 의해 공중에 거꾸로 매달렸다. 네 명은 고분고분해졌고 엎드려뻗친 상태에서 명상의 시간을 갖게 되었다. 아까부터 부들부들 떨던 정주희는 곧 주저앉은 채 울음을 터트렸다. 수철이 다정하게 말했다.
"너희가 말이야, 사회에 나가면 배울 단어가 있어. 연대 책임이라고, 아직 못 들어봤지?"
결국 정주희의 실토를 시작으로, 네 명은 자신들이 벌인 짓을 전부 고백했다.
네 명은 학교에서도 알아주는 일진회였다. 하경준은 이들에게 꾸준히 돈을 지불해왔다. 초반에는 매점에서 간식 사오기, 차비 빌려주기 정도였다. 하지만 시간이 지날수록 액수가 커졌다. 하경준이 돈을 가져오지 못할 때마다 폭력이 가해졌다. 한번 시작된 폭력은 제어할 수 없었다. 상납해야 할 액수는 십만 원대를 넘어갔다. 고등학생인 하경준으로서는 그 돈을 마련할 수 없었다. 일행들은 늦은 밤 하경준을 공원으로 불러내 인적이 없고 나무가 울창한 곳으로 끌고 가 구타했다. 김은지와 정주희는 핸드폰으로 동영상을 찍었다.
폭행을 마친 후, 박지훈은 공원 화장실에 갔다. 잠시 후 돌아온 그는 "재미있는 아이디어가 있어"라며 화장실에서 주워온 종이 명함 하나를 하경준 손에 쥐여주었다.

한 달 안에 갚을 시 무이자! 묻지도 따지지도 않고 바로 빌려드립니다.

사채 명함이었다. 하경준은 코피를 뚝뚝 흘리며 명함을 쳐다보았다. 그날 새벽, 하경준은 가족 등본을 떼고 엄마의 인감도장을 훔쳤다. 이제 갓 서른이나 넘었을까 싶은 사채업자는 낄낄대며 하경준에게 오백만 원을 건넸다.
—너, 이거 안 갚으면 좆 된다. 잘 갚아라.
하경준은 오백만 원을 네 명에게 주었다. 그리고 사라졌다.
"이런 쓰바……."
수철은 저도 모르게 손을 올리다 말고, 이를 악물며 참았다.
"돈 다 어쨌어?"
네 명은 우물쭈물 눈치만 보았다.
"대답 안 하지? 얘들아, 내가 말이야. 보면 알겠지만 파워 히터**** 타입이야."
수철은 팔을 빙글빙글 돌렸다.
"간만에 풀 스윙 좀 날려봐? 마침 인원도 네 명이고, 딱 좋네."
설악산 흔들바위마냥 굵직한 머리가 으드득 소리를 내며 기울었다. 수철은 건들대며 손짓했다.
"순서대로 서. 1루, 2루, 3루, 홈. 너거들 옥수수로 홈런 날려버릴라니까."
네 명은 거의 동시에 비명을 질렀다.
"예쁘게, 착하게, 자신 있게 말해라."

**** 힘에 의존해서 타구를 날리는. 스윙이 호쾌한 타자.

수철의 뼈마디도 웅장한 소리를 내며 꺾였다.

"토, 통장에 있어요."

정주희가 말했다.

"방에……."

박지훈이 말했다. 나머지 아이들도 비슷하게 대답했다.

수철은 곧장 아이들을 차에 태운 뒤, 각자의 집 혹은 은행 ATM기에 들렸다.

"지금 당장 삥 뜯은 거, 십 원 한 장 남기지 말고 챙겨서 튀어옵니다. 실시."

네 명은 꽁지가 빠져라 부리나케 돈을 가져왔다.

"각자 가져간 돈에서 한 장이라도 부족하면 니들은 다 디집니다. 오케이?"

"저…… 조금 썼는데……."

임준형이 말을 더듬었다. 수철의 두꺼운 손이 임준형의 어깨를 움켜쥐었다.

"여기서 문제. 별 도리 없으니 쌩까야 할까요, 메꿔야 할까요?"

"으아아! 메, 메꾸겠습니다!"

"정답. 그럼 어떻게 메꿔야 할까?"

"부…… 부모님께 말씀드려서……."

수철은 다른 손을 들어 임준형의 뒤통수를 때렸다.

"틀렸어. 새꺄, 네가 못된 짓 했는데 왜 부모님한테 돈 달라 그래?"

"그럼 어떻게 해요?"

임준형은 숫제 울기 일보 직전이었다.

"이런 니미 씨……. 주관식 못 하는 건 요즘 애들도 똑같구먼. 잘 들어, 친절하게 보기 준다. 1번 엄마한테 달라고 한다. 2번 아빠한테 달라고 한다. 3번 열나게 아르바이트해서 갚는다."

"사…… 삼 번이요!"

"진작 그래야지."

수철은 손을 풀고 나머지 아이들을 보며 윽박질렀다.

"너희들도 마찬가지야. 알았어?"

"네……."

"소리가 작다. 알아먹은 거야, 못 알아먹은 거야, 쓰……."

"네!"

아이들은 최선을 다해 외쳤다.

돈은 팔십칠만 사천육백 원이 모자랐다. 수철은 자신의 사비로 모자란 금액을 메꾼 후, 사채업자에게 상환했다.

"이자도 받……."

사채업자의 시선이 수철의 불끈대는 근육과 허리춤에 찬 (장난감) 총에 멎었다. 그는 두 손을 가지런히 모으고 조신하게 눈을 내리깔았다.

"한 달 안에 갚으면 무이자라면서?"

수철은 인찮아했다.

"바로 그 말씀을 드리려고 했습니다. 종종 이용해주십쇼."

"그리고 새꺄, 아무리 등본하고 인감도장 들고 왔다고 해도 그렇지. 미성년자인 거 뻔히 알면서 사채를 빌려주고 말이야. 사람

새끼가 할 짓이냐?"

"주의하겠습니다."

"그딴 짓 하다가 한 번만 더 걸려봐."

"제 남은 목숨 걸고 그딴 짓 안 하겠습니다."

사채업자는 수철을 정중하게 배웅했다.

예은과 두진은 말없이 사무실에 앉아 있었다. 퇴근 시간이 훌쩍 지났지만 둘 다 미동조차 하지 않았다. 예은이 자료를 넘겨 볼 때마다 들리는 바스락 소리가 간간이 침묵 사이를 두드릴 뿐이었다.

"범인 잡죠."

한참 후에야 예은이 말을 꺼냈다. 두진은 그녀가 건넨 믹스커피를 받으며 헛웃음을 지었다.

"당연한 말을 왜 그렇게 분위기 잡으며 하냐?"

"계속 가만히 있으면, 선배가 한도 끝도 없이 멍때리고 있을 거 같아서요."

"그래, 잡아야지."

"이미 죽은 사람은 살아 돌아오지 않는다 해도, 남은 사람들의 마음은 어떻게든 살려야죠."

두진은 고개를 떨군 채 종이컵을 만지작거렸다.

"하지만······."

"자책보다 기운 내서 범인 잡는 게 더 훌륭한 사죄라고 생각합니다만."

"누구 파트너인지 말은 잘하네."

두진이 힘없이 웃었다.

두 사람은 화이트보드 앞에 섰다. 왼쪽에는 마포구 지도, 오른쪽에는 강은혜 및 현장 사진이 붙어 있었다.

"대체 왜 불까지 질러가며 죽였을까?"

"불타 죽은 시체라면 방화로 위장할 수도 있었을 텐데. 굳이 하수로에 두고 구두를 신긴 게 이해가 안 가요."

예은이 한 손으로 턱을 괴었다.

"지금 상황에서 부검 요청은 어렵겠지?"

"네. 피해자 부모님께는 시간을 좀 더 드려야죠."

"부검에 동의를 해야 할 텐데."

두진이 한숨을 쉬었다. 그때 사무실로 전화가 걸려왔다.

"예, 마포서 강력반 2팀 김재우입니다."

당직을 서던 김재우가 전화를 받았다. 통화 내용을 메모하던 그는 곧 자리에서 일어났다.

"무슨 일이야?"

두진이 물었다.

"학생 하나가 자살하려고 한대요. 하, 나 이런 거 처음인데."

김재우는 긴장한 표정이었다.

"다녀오겠습니다."

"잘하고 와."

예은과 두진은 다시 화이트보드를 쳐다보았다. 김재우가 사무실 문을 벗어나려던 찰나, 다시 전화가 울렸다.

예은, 두진, 김재우의 시선이 동시에 전화기를 향했다.

―경찰에 신고했어.

 혜준의 목소리가 귓가에 울려 퍼졌다. 한준은 음향 수신기가 꽂혀 있는 귓가에서 손을 뗐다.

 "내가 말한 대로 했어?"

 ―어. 전달도 다 했어.

 "상황 잘 지켜봐. 변동 사항 생길 때마다 바로 말해주고."

 ―라져.

 한준은 심호흡을 했다. 그리고 손을 뻗어 살짝 열려 있는 문을 밀었다. 끼이익 소리와 함께 널따란 옥상이 보였다. 그 가운데에는 하경준이 서 있었다. 상반신은 이미 담벼락 밖에 나와 있었다. 두 손은 담벼락을 짚고, 다리 한쪽은 살짝 들어 올린 상태였다. 조금만 몸을 더 기울이면 떨어지고 만다―.

 한준은 코트 주머니에 손을 찔러 넣은 채 하경준의 뒷모습을 지켜보았다. 하경준의 다리가 부들부들 떨리고 있었다. 몇 번이고 들었다가 내리는 걸 반복했다. 그러다 상체를 다시 뒤로 빼고, 주저앉았다 일어났다. 그러고는 손을 들어 얼굴 쪽을 어루만졌다.

 한준은 천천히 걸음을 옮겼다. 뚜벅뚜벅. 구두 굽 소리가 옥상 바닥에 부딪쳐 튕겨 올랐다. 하경준이 획 뒤를 돌아보았다.

 "누구……?"

 눈가에 맺힌 눈물 자국. 뺨과 눈가에는 진한 보라색 멍울이 들어 있었다. 한준은 덤덤한 표정으로 하경준을 바라보았다.

 "점쟁이."

 "점쟁이가 왜……?"

소년이 어리둥절해하며 물었다.
"점쟁이가 왜 왔겠어? 다 알고 있으니까 왔지."
한준은 한 발짝 더 앞으로 내딛었다.
"다 알아요……? 뭘 아는데요?"
"처음부터 지금까지."
하경준은 호기심과 낭패감이 반반씩 섞인 표정이었다.
"그리고 네 엄마가 지금 널 얼마나 애타게 찾고 있는지도."
한준의 목소리는 무미건조했다. 하경준은 흠칫 몸을 떨었다.
"나 따위는 죽는 게 나아요."
"왜?"
"그냥……. 맨날 얻어맞고, 엄마 돈 훔쳐가고…… 그리고……."
"사채까지 썼으니까?"
한준이 말을 잘랐다. 하경준은 눈을 크게 떴다가 체념한 듯 어깨를 축 늘어뜨렸다.
"오백만 원이에요. 이자가 연 29.85퍼센트래요."
"갚으면 되지."
"사채를 무슨 수로 갚아요!"
하경준이 악을 썼다. 한준은 한 걸음 더 다가갔다.
"갚을 수 있는 방법은 알아봤어?"
"알아볼 필요가 뭐 있어요. 뻔하잖아요. 사채 쓰면 절대 못 갚는다는 거, 다 알아요."
"포인트를 못 알아듣는군."
한준은 혀를 끌끌 찼다.

"갚을 방법이 있는지, 하다못해 경찰에 신고라도 해서 도움 요청해볼 생각은 했는지, 그걸 묻고 있는 거야."

"다 안다면서요!"

하경준의 목소리가 울먹임으로 떨렸다.

"아무도 날 도와주지 않아요. 선생님들이랑 애들도 다 나 못 본 척하고, 걔네들 무서워해요. 엄마는 나 대학 가는 거 외에는 관심도 없고요. 게다가……."

하경준은 팔을 뒤로 뻗어 담벼락을 짚었다.

"내가 왕따에 사채까지 썼다는 말을 어떻게 하란 말이에요!"

그때 옥상 아래에서 경찰차 사이렌 소리와 사람들의 웅성거림이 들렸다. 하경준은 아래를 내려다보았다. 사람들이 잔뜩 몰려 있었다. 맨 앞에는 경찰로 보이는 세 명이 있었는데, 가운데 서 있는 남자는 확성기를 들고 있었다. 두진이었다.

"아아, 하경준 학생. 흥분하지 말고 침착해요. 릴랙스 캄다운."

그 말에 하경준은 더 흥분했다. 한준을 돌아보는 눈빛에는 오기가 가득했다.

"내가 죽어버리면 다 해결될 거예요."

한준은 피식 실소를 흘렸다.

"네가 죽으면 사채가 사라져?"

하경준의 눈에 핏발이 섰다. 밑에서는 "하경준 학생, 진정해요.", "곧 어머니가 오실 거야. 이렇게 뛰어내리면 안 되지.", "무슨 일이 있었는지 다 이해해요. 그러니 무사히 내려와서 우리랑 이야기합시다." 등의 말이 시끄럽게 울려 퍼지고 있었다.

"죽으면 다 해결돼."

하경준은 이를 악물며 말했다.

"뭐, 편하고 좋은 방법이긴 하지."

한준은 한 발짝 더 다가갔다.

"가까이 오지 마!"

"얼씨구. 이제는 반말 메들리네."

한준은 차갑게 미소 지었다.

"그럼 남겨진 네 엄마는?"

"나 같은 자식은 없는 게 더 편해!"

"편하겠지. 연이율 29.85퍼센트나 되는 사채 대신 갚아야 하고, 자식을 자살하게 만들었다는 죄책감 안고 매일같이 울어야 하고, 너를 죽음으로 몰았던 애들이 무사히 자라서 대학 가고 취직하고 시집가고 장가가는 꼴을 지켜봐야 할 테니까."

한준의 말에 하경준은 아랫입술을 깨물었다.

"경준아!"

밑에서 익숙한 목소리가 들려왔다. 윤영숙 사모였다. 밑을 내려다본 하경준은 어깨를 들썩였다. 한준은 그 틈을 타 재빠르게 거리를 좁혔다. 하경준이 뒤를 돌아보았을 때 두 사람 사이는 채 삼 미터도 되지 않았다.

"저리 가!"

하경준이 다리 한쪽을 담벼락 위로 올렸다.

"학교 전체에 저주를 내리고 싶은 마음은 이해해. 지옥 같았겠지. 놈들에게 악몽을 꾸게 하고 싶었을 거야. 반 아이들이 괴로워

하고, 후회하며, 무서워서 어쩔 줄 몰라 하길 바랐겠지. 안 그래?"

한준은 여전히 무표정이었다.

"네가 뭘 알아!"

"어허, 나 점쟁이라고 몇 번을 말해. 다 안다니까."

"좆까. 병신처럼 살아서 뭐 해. 앞으로도 이렇게 살 바에야 죽어버리는 게 낫겠어."

한준은 흐음, 하고 눈을 내리깔았다.

"죽을 용기로 죽을힘을 다해 살아라, 그러면 좋은 날이 온다, 여기서 악다구니 쓰지 말고 세상에다가 악써서 실상을 알려라, 기타 등등의 값비싼 조언을 해도 넌 안 들어먹겠지?"

"뭐라고?"

"내가 딱 보니까, 지금 너 눈 뒤집혀서 내 말 안 들릴 거 같다."

한준은 품에서 쇠방울을 꺼냈다.

"뭐, 뭐 하는 거야……?"

"죽고 싶다며."

"아니, 그건 그런데……."

하경준은 예상치 못한 전개에 어쩔 줄 몰라 했다. 한준은 입꼬리를 올린 채 사악하게 웃었다.

"네가 그렇게 죽고 싶다니까 도와줘야지."

하경준은 사색이 되었다.

"뭐라고?"

한준은 천천히 쇠방울을 흔들기 시작했다. 딸랑, 딸랑, 딸랑……. 쇠 부딪치는 소리가 까만 어둠 사이로 흩어졌다. 그의 홍채가 날카롭게 수축되면서 기묘한 분위기를 풍겼다. 하경준은 비명을 지르며 담벼락에 더욱 바짝 붙었다.

"그분이 온다, 그분이 와……."

한준의 눈이 뒤집혔다. 흰자위가 격렬하게 돌아가는 모습을 보자 하경준은 놀라 담벼락을 붙잡았다. 하경준의 시선이 운동장 아래로 향하려던 찰나, 한준이 어깨를 강하게 붙잡아 돌렸다. 두 사람의 눈이 마주쳤다.

"으아아아아아악!"

하경준이 버둥거렸다. 한준은 겁에 질려 사지를 떨고 있는 소년을 노려보았다. 그때 한준의 귓가에서 치직, 하는 소리와 함께 웅얼웅얼하는 소리가 났다. 언뜻 듣기로는 "지금이야"라는 소리가 난 듯도 했으나, 두려움에 이성을 잃은 하경준의 눈에는 귀신이 낸 소리처럼 들렸다. 그때 한준이 말했다.

"지금 그 모습은 죽여."

지금까지 대화 나눌 때와는 전혀 다른 목소리였다. 한준이 손을 놓았다. 버둥대던 하경준은 중심을 잡지 못한 채 뒤로 넘어졌다. 상체가 담벼락 밖으로 넘어갔다고 느낀 순간, 소년의 몸은 이미 허공에 떠 있었다. 밑에서 비명 소리가 들렸다.

새까만 하늘을 마주한 순간, 머릿속에 떠오른 생각은 한 가지뿐이었다.

죽기 싫어.

비명조차 지를 수 없었다. 주변 풍경이 일그러지고 있음을 느끼며 하경준은 추락했다.

하경준은 눈을 떴다. 흐릿한 시야 사이로 보이는 하늘은 여전히 깜깜했고, 입가에는 뽀얀 입김이 피어오르고 있었다. 귓가는 시린데 몸은 따뜻했다. 무슨 상황인지 분간할 수 없었다. 눈을 깜빡여 초점을 맞췄다. 귓가에서 지잉— 하는 이명음이 울리더니 웅성웅성하는 소리가 점차 크게 들리기 시작했다. 그때 시야에 윤영숙 사모의 얼굴이 들어왔다.
"아이고, 경준아!"
그제야 하경준은 윤영숙 사모가 자신을 끌어안고 있다는 걸 알았다.
"⋯⋯엄마⋯⋯."
"경준아, 내 새끼. 괜찮니? 응?"
윤영숙 사모는 하경준의 뺨을 붙잡고 오열했다. 상황을 지켜보던 두진과 예은이 급히 달려왔다.
"어머니, 그렇게 흔드시면 안 돼요. 뇌나 중심 기관에 문제가 생길 수도 있습니다."
예은이 정중하게 말했다. 윤영숙 사모는 울면서 하경준에게서 한 발짝 뒤로 물러났다.
바닥이 꿀렁, 하고 움직이는 느낌이 들었다. 하경준은 시선을 아래로 돌렸다. 에어 매트였다.
"⋯⋯살았네."

하경준이 중얼거렸다.

그 순간 온몸에서 긴장이 빠져나갔다. 왼쪽 어깨와 갈비뼈에서 약간의 통증이 느껴졌다.

"살았어……."

눈시울이 뜨거워졌다. 하경준은 저도 모르게 흐읍, 하고 작게 울음을 터트렸다.

"어때? 죽었다가 다시 태어난 기분."

고개를 돌려서 보니, 한준이 빙글거리며 웃고 있었다.

하경준은 목 놓아 울었다. 멀찍이서 구급대원들이 들것을 들고 뛰어오는 모습이 보였다.

"원래 나쁜 일은 벼락처럼 나타나고, 좋은 일은 속삭임처럼 다가오는 법이야. 어느 순간 옆을 돌아보면 귓가에 좋은 일들이 들려올 테니까."

한준은 어깨에 잔뜩 힘을 주고 도도한 표정을 지었다.

"지금 그 기분 잊지 말고 열심히 살아."

윤영숙 사모가 한준을 붙잡았다.

"선생님, 정말 고맙습니다. 이 은혜 잊지 않겠습니다."

"부적 써. 그리고."

한준은 손가락을 치켜세웠다.

"대학 가지고 애 잡을 생각 하지 마. 옥상에서 떨어질 때, 이전의 애는 죽었어. 앞으로 얘한테 관심 가져주고 잘 믿어주기만 해. 그럼 알아서 지 밥벌이는 해먹고 살 운명이야."

"아이고, 선생님. 대학 필요 없어요. 건강하게만 살아 있어도 고

마워요."

윤영숙 사모는 또다시 통곡했다.

모자는 앰뷸런스를 타고 현장을 떠났다. 한준은 만족스러운 표정을 지으며 몸을 뒤로 돌렸다. 그때 예은의 카랑카랑한 목소리가 그의 뒷덜미를 붙잡았다.

"저랑 이야기 좀 하시죠."

한준은 귀찮다는 표정으로 고개만 돌렸다.

"왜 그러십니까?"

"그쪽 신딸이라는 사람이 저를 지목해서 전화했어요. 제가 가지 않으면 큰일 날 거라는 말까지 했고요. 반드시 에어 매트를 갖다 놓으라고 해서 그렇게 하긴 했는데……"

예은은 아직도 믿을 수 없다는 듯 고개를 절레절레 흔들었다.

"애가 뛰어내릴 거라는 건 대체 어떻게 알……"

"오늘따라 같은 말 여러 번 하네요. 사람 죽을 거 뻔히 아는데 가만히 보고만 있을까요?"

"제 번호도 보이나요?"

"그것까지 제가 어떻게 압니까? 신딸이 경찰서에 물어봤겠죠."

"왜 하필 나한테?"

"그렇게 연결될 인연이었나 보죠. 그런 건 말로 설명할 수 없습니다."

한준은 어깨를 으쓱했다. 예은은 할 말을 잃었다.

"더 궁금한 거 없으시면 가보겠습니다."

예은이 뭐라고 한마디 던지려 했지만 한준은 기다리지 않았다.

몸을 돌려 성큼성큼 학교 운동장을 가로질러 대로변에서 택시를 타고 미남당 사무실로 돌아왔다.

다음 날 윤영숙 사모는 부적값을 입금했다. 한준은 이탈리아 지인에게 리베라노 서스펜더 및 각종 장신구들을 부탁했으나, 이미 품절되었다는 말에 좌절해야만 했다.

네 명의 일진은 경찰 조사를 받았다. 한준이 익명으로 보낸 CCTV 파일, 수철이 녹음한 아이들의 진술 내용, 정황 증거들이 합쳐져 소년원에 갈 위기에까지 처했다. 하지만 "이제 그런 짓을 멈춘다면 합의를 보겠다"는 하경준의 입장에 따라 봉사 및 별도 교육 정도로 멈출 수 있었다. 네 명의 일진은 하경준과 어머니 앞에서 무릎 꿇고 울며 사죄했다. 임준형의 부모가 "우리 애가 뭘 잘못했느냐"며 따지고 들긴 했지만, 오히려 임준형이 경악을 하며 사과하라고 소리쳤다.

"네가 웬일로?"

"빨리 사과해!"

임준형의 얼굴에는 공포가 가득했다. 부모는 얼떨떨해하며 무릎을 꿇었다. 하경준은 무사히 학교에 복귀했으며, 선생님들을 비롯한 반 아이들의 사과가 이어졌다.

아, 깜빡 잊고 넘어갈 뻔한 사실 한 가지가 더 있다.

"오빠, 여기 좀 봐봐."

거울을 향해 (장난감) 총을 겨누며 포즈를 취하던 수철은 혜준을 향해 고개를 돌렸다.

"뭐 하나?"

혜준은 핸드폰을 들고 있었다.

"오빠 사진 찍게. 웃어봐."

"어디다 쓰려고?"

"오빠 지금 모습 완전 멋있어. 클린트 이스트우드 영화 주인공 같아."

"무슨 영화인지가 중요해."

"〈용서받지 못한 자〉."

"나쁘지 않네."

수철은 웃었다.

"더 환하게."

수철은 최대한 요구에 부응했다. 오 분 후, 혜준은 사진을 네 명의 일진들에게 전송했다. 환하게 웃으며 면전을 향해 총을 겨누는 수철의 사진을 본 일진들은 경기를 일으켰다. 왜 그러느냐는 부모의 말은 들은 체도 하지 않고 그 길로 집을 뛰쳐나와 아르바이트를 구했다. 며칠 후 수철은 일진들이 카페, 피시방, 편의점, 패스트푸드점에서 일을 시작했다는 소문을 들었다.

"격려차 들러야겠는데."

수철이 흐뭇해하며 말했다.

"그래, 종종 들러."

한준이 동의했다. '고객 관리 차원에서'라는 뒷말은 삼킨 뒤 여동생을 돌아보았다.

"혜준아."

"응?"

"너, 왜 한예은 형사를 지목해서 전화했어?"
한준이 물었다.
"내가 얼마나 정확하게 에어 매트 놓을 자리를 계산해냈는데. 다른 떨떨한 형사들이 말 못 알아듣고 엄한 데다 놓으면 곤란하잖아."
혜준은 심드렁하게 대꾸했다.
"그나마 한 형사가 FBI 느낌 나. 김 사모 댁 사건 보니까 일 좀 하더라."

한편, 박진상은 구태수가 꾸미고 있을 음흉한 계략이 신경 쓰여 밥이 목구멍에 넘어가질 않았다. 박동길이 워낙에 임 고모에게 홀려 있는 탓에 구태수를 직접적으로 끌어내리는 건 불가능했다. 묘수를 찾고자 며칠 동안 용하다는 점쟁이를 찾아가보기도 했지만, 한 명은 박진상이 재벌가라는 사실도 맞추지 못했고 나머지는 어째 맞추는 거 같긴 한데 어딘가 모르게 께적지근하고 믿어야 되나 말아야 되나 싶은 마음이 들어 고개를 갸우뚱거리게 되었다. 약 일주일의 시간을 허비한 끝에, 박진상은 머리를 감싸쥐고 괴로워했다. 진즉 예약을 했으면 좋았을걸, 하고 말이다.
결국 그는 비서를 불러 다음과 같은 말을 던져야만 했다.
"그 연남동 박수무당, 예약 잡아."

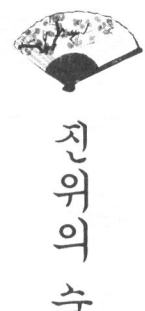

진위의 숲

　고깃집 사장은 경이로운 눈으로 한준을 바라보았다. 한준은 쇠방울을 들고 가게 앞을 왔다 갔다 하고 있었다. 괜히 부채를 쫙 펼친 채 살살 흔들며 가게 안을 노려보기도 하고, 다시 접어 앞으로 내밀고 미소를 짓기도 했다. 한준의 영험함을 잘 알고 있는 사장으로서는 그의 모든 행동이 신비한 의식으로 느껴졌다. 한준은 단순히 이번에 새로 구입한 명품 부채의 아름다움에 심취해 있을 뿐이었지만.
　"역시 잘나가는 박수무당님은 다르시네요."
　사장이 조심스레 말했다. 한준은 홱 돌아보며 눈을 빛냈다.
　"터에서 느껴지는 기운이 예사롭지 않아."
　한준은 검을 겨누듯 부채를 들어 식당을 가리켰다. 한쪽 눈도 찡그려가며 부채 끄트머리를 유심히 살피는 모습에, 괜스레 겁을 집어먹은 사장이 애달픈 목소리로 말했다.

"대체 얼마나 안 좋은 놈이 붙어 있기에 장사가 이 모양일까요?"

오늘 한준을 친히 출장 나오게 한 의뢰인은 대형 고깃집 사장이었다. 한창 잘나갈 때는 건물 삼 층까지 세를 내 고깃집을 운영했는데, 갈수록 매출이 시원찮아진 탓에 운영 규모를 줄일 수밖에 없었다. 한준은 한때 고깃집 단체석 전용이었던 삼 층에 달린 호프집 간판을 애잔하게 바라보았다.

"기다려봐. 지금 신령님 말씀 듣는 중이니까."

한준은 고깃집의 매출이 왜 시원찮아졌는지 잘 알고 있었다. 숙지는 이미 충분히 한 상태이므로 미남당 안에서 시원하게 호통 몇 번 쳐주고 넘길 수도 있는 의뢰였다. 그럼에도 불구하고 굳이 출장을 나온 이유는 '필요하다면 비싼 굿도 불사하겠다'는 사장의 태도 때문이었다. 옷은 아무리 사도 입을 게 없고, 돈이 인생의 전부는 아니지만 대부분이 될 수 있다는 지론을 펼쳐온 한준으로서는 굿 손님이 VIP였다. 백화점에서 보내온 신상 카탈로그를 면밀히 살펴보던 한준은 때마침 자신의 취향에 백 퍼센트 도달한 물건이 있다는 이유 하나만으로, '당장 터를 살펴봐야 한다'며 고깃집 사장에게 전화를 걸었다.

고깃집 매출이 급격하게 떨어진 이유는 빨리 찾을 수 있었다. 고기에 관해서라면 곧장 논문 한 편도 쓸 수 있을 만큼 애정이 깊었던 수철은 다음과 같은 의견을 내놓았다.

"고기 맛이 왜 이래?"

고기는 존재 자체만으로도 배어나오는 기본 맛이 있기 마련이다, 고로 눈 감고 가게를 골라 들어가도 맛없을 수 없는 메뉴가 고기이니라—고 설파해온 수철이 아니던가. 그런 친애하는 파트너의 입에서 고기의 본질을 의심하는 이야기가 나왔다는 건 심각한 문제였다.

"오래된 고기가 나왔어. 밑반찬도 부실해."

수철은 조사 중이란 사실을 잊은 채 고객의 마음으로 항의했다. 그 외 가게의 위생 상태, 식재료 납입 과정, 식당 내부 사정 등을 면밀하게 조사했다. 그 결과 실제로 고깃집에 들여오는 식자재 단가와 사장이 지불한 대납금에 차이가 있다는 사실을 알아냈다. 식자재를 관리하는 주방장이 돈을 빼돌린 것이다. 하지만 가장 중요한 원인은 다른 곳에 있었다.

"어허, 이거 봐라."

한준은 사장의 코앞에 부채를 휙 갖다 댔다.

"이봐, 사장."

"예에?"

부챗살에 초점이 모인 탓에 사장의 눈은 사팔뜨기가 되어 있었다.

"보니까 요즘 가게에 안 붙어 있네? 장사 잘되니까 아주 마음 편하지?"

사장은 헉 소리를 내며 입을 틀어막았다.

"그, 그걸 어떻게……."

"이거 비싼 조언인데 잘 들어. 사장이 일 안 하고 회장 놀이하잖아? 되던 장사도 말아먹어."

한준은 도도하게 턱 끝을 치켜들었다.

"장사 그거 조금 잘된다고 바지 사장 세워놓고 애인이랑 놀러 다니는데 가게가 잘 굴러갈 턱이 있나? 지금 마음 놓을 때 아니야. 가게 확장했을 때 더 열심히 치고 올라갔어야지. 빠져가지고는……."

한준은 혀를 끌끌 찼다.

"그, 그건 또 어떻게……."

"이봐 사장, 주인이 가게 오래 비우면 아무리 성실한 직원이라 해도 풀어지기 마련이야. 다시 정신 바짝 차리고 일해. 코딱지만 한 가게 처음 열었을 때는 그렇게 열심히 했으면서."

크— 오늘따라 입에서 말이 짝짝 잘 붙는다. 한준은 자신의 말이 너무 멋지다고 생각했다.

사장은 잠시 아무런 말도 하지 않았다. 무언가 속으로 느껴진 게 있었는지, 뭉클한 눈으로 자신의 가게 정문을 바라보고 있었다. 널찍하고 깔끔한 인테리어의 식당이지만 손님이 없어 홀 직원들 대부분이 놀고 있었다. 그의 눈 사이로 수많은 감정이 교차하는 게 보였다. 한준은 최대한 멋진 표정을 지으며 사장의 어깨를 두드렸다.

"괜찮아. 잠시 미물에 홀린 게야. 굿해서 털어내고 인테리어만 살짝 바꾸면 다시 장사 흥할 테니까 기운 내."

사장은 한준을 돌아보았다. 사장의 눈동자가 축축하게 젖어 있었다.

"선생님, 저는 지금까지 중요한 점을 잊고 살았습니다."

아직 본격적인 말은 꺼내지 않았지만, 듣는 한준의 마음이 어찌 불안했다. 말을 끊을까 말까 망설이던 찰나, 사장이 감성에 잔뜩 젖은 목소리로 말을 이었다.

"선생님 말씀이 옳습니다. 굿도 중요하지만, 그보다 중요한 건 제 마음가짐이었습니다. 제가 초심을 잃었어요. 선생님이 저를 일깨워주셨습니다."

아니, 이게 무슨 개풀 뜯어먹는 소리란 말인가.

"초심 문제가 아니라니까. 굿해서 털어내야 돼."

"지금 선생님께서 해주신 말씀이 저의 나쁜 기운들을 털어냈습니다."

듣고 싶은 말만 듣는 게 사람이라더니, 지금이 딱 그 짝이었다. 사장은 감격에 찬 얼굴로 한준의 손을 꽉 붙잡았다.

"역시 연남동 명물 남 선생님이십니다! 정말로 감사드립니다!"

고기라도 한 접시 들고 가시라는 사장의 말에 한준은 뚱한 표정을 지었다.

"됐네. 요즘 기도 기간이라서."

―예약 확정했다.

친애하는 파트너는 다짜고짜 본론부터 들이밀었다. 이제 '여보세요'란 말도 귀찮은 모양이었다. 한준은 인상을 찌푸렸다. 그는 미남당 영업을 마감한 후, 근처 카페에서 명란젓과 아보카도를 올린 연어구이를 먹고 있었다. 한 손에는 젓가락을 한 손에는 아이패드를 든 상태였다.

"나 저녁 먹어. 이따 전화하자."

―박진상 이사가 일주일 기다리겠단다. 조사 들어간다.

한준은 진지한 표정으로 젓가락을 내려놓았다.

"금액은?"

―이 말이 조금 이상하긴 한데.

수철은 잠시 뜸을 들였다.

―원하는 대로 해주면 돈은 얼마가 들어가도 상관없대.

"원하는 대로? 굿까지 다 해달라는 이야기인가?"

―그럴 가능성도 높지. 저주를 걸어달라 할 수도 있고.

"그런 건 안 된다고 미리 선 그어."

―알겠어.

"로열패밀리니까, 승계 싸움일 가능성이 높아."

한준은 냅킨을 들어 입을 닦았다.

"최근 경제 신문 보니까, 박 이사는 아예 경영 일선에서 밀린 모양이야. 본인이 이사로 재직하는 회사도 실적이 안 좋아. 그래서 고민이 깊을 거야. 최근 형제들 사이에서 어떤 일이 있었는지, 조이 엔터테인먼트 임직원들과는 관계가 어떤지, 그쪽 위주로 조사해줘."

―라져.

"혜준이는 박진상의 현 재무 상황과 조이 엔터테인먼트에 관해 조사 중이야. 기초 자료 조사해서 밤에 사무실로 와. 같이 1차 브리핑 할 거야."

―그렇게나 빨리?

"에헤이, 아마추어처럼 왜 그러실까."

─초과 근무니까 수당 지급해줘.

"이번 건수는 상위 클래스 대상이니까 인센티브도 20프로인데. 필요 없으신가 보죠?"

─이따 갈게.

수철은 전화를 끊었다. 한준은 한 손으로는 수저를 움직이고, 다른 손으로는 아이패드 화면을 터치하며 식사를 재개했다. 아이패드 화면에는 사 년 전의 뉴스 기사가 떠 있었다. '유성 건설 여직원, 옥상에서 뛰어내려 자살'. 한준은 조용히 입안에 밥술을 밀어 넣었다. 우물대며 기사를 읽는 그의 눈빛이 차가웠다.

*

강은혜의 부모는 놀라울 만큼 딸에 대해 아는 바가 없었다. 강주철은 예은과 두진을 향해 노골적으로 불쾌한 기색을 드러냈고, 오희숙은 연신 흐느끼기만 했다.

"진즉 움직였으면 우리 딸애가 살았을지도 모를 일 아닙니까."

두진이 질문 하나라도 던질라 치면, 이런 식으로 쏘아붙이는 바람에 질문을 제대로 이어갈 수 없었다. 결국 대부분의 질문은 예은이 이끌어갔다.

"실종 신고를 하셨던 당시로 돌아가 보겠습니다. 당시 정황으로는 따님이 아버님과 다툰 이후 사라진 걸로 되어 있는데요. 무엇 때문에 다투셨습니까?"

강주철의 이마에 깊은 주름이 잡혔다.
"딸애가 갑자기 가수인지, 뭔지를 한다고 그랬어요."
"아버님은 반대하셨고요?"
"당연한 일 아닙니까. 절대 안 된다고 그랬더니 울고불고 난리였었습니다."
"반대한 이유가 뭡니까?"
강주철은 그런 걸 질문이라고 하느냐는 듯 예은을 쳐다보았다.
"공부도 착실히 잘하는 애였어요. 그림도 열심히 그렸고요. 연예계 같은 데에 헛바람 잘못 들었다가 나중에 앞길 망치면 어떡합니까?"
"그러고 나서 사라졌고요?"
강주철은 잠시 우물쭈물했다.
"바로는 아니었습니다."
예은은 수첩을 꺼내 강주철의 말을 받아 적었다.
"따님이 사라진 직후 바로 실종 신고를 하셨죠. 보통 하루 정도 기다리는 경우도 있는데, 이유가 뭡니까?"
"그렇게 싸웠다고 해서 가출 같은 걸 할 아이가 아닙니다. 다음 날부터 학교도 안 나왔고요."
강주철이 말했다. 오희숙은 한탄하며 눈물을 훔쳤다.
"부모 말도 잘 듣고, 얼마나 착한 애였는데……."
"따님이 실종되기 직전, 수상쩍은 사람이 주변을 맴돌거나 한 적은 없습니까? 이상한 낌새를 보인 사람이라던가."
예은이 물었다.

"없었소. 착실한 애라 불량한 애들하고 어울린 적도 없어요."
"범인으로 짐작 갈 만한 사람이 아무도 없습니까?"
"없습니다. 그래서 더 미치겠어요."
강주철의 눈빛이 살짝 흔들렸다. 예은은 주머니에서 핸드폰을 꺼내 사진 한 장을 보여주었다.
"혹시 이걸 본 적 있으십니까?"
흰색 구두를 찍은 사진이었다. 발견 당시 강은혜의 발에 신겨져 있던 구두였다. 강주철과 오희숙은 사진을 주의 깊게 들여다보았다.
"본 적 없어요."
"처음 봐요."
부부가 순차를 두고 대답했다.
"평소 따님과 친하게 지낸 친구가 누군지 알 수 있을까요?"
예은이 물었다. 강주철이 아내를 향해 고개를 돌렸다. 오희숙은 눈을 두어 번 감았다 뜨더니 짚이는 이름 하나를 말했다.
"권희주라는 애랑 친했어요. 학원도 같이 다니고, 가끔 놀러오기도 했어요."
권희주. 예은은 수첩을 꾹꾹 눌러가며 세 글자를 적었다.

예은은 퇴근하자마자 홍대로 향했다. 산울림 소극장 쪽으로 걷던 중, 작은 여성 구두 가게 하나가 눈에 들어왔다. 쇼윈도에는 여러 종류의 구두가 진열되어 있었다. 여러 디자인의 구두를 살펴보던 예은은 문을 열고 가게 안으로 들어갔다.

"어서 오세요."

계산기를 두드리고 있던 남자 사장이 말을 건넸다. 예은은 천천히 내부를 둘러보았다. 검정색, 갈색 혹은 어두운 계열의 구두가 대부분이었다. 간혹 컬러가 있다 하더라도 톤이 낮은 붉은색, 푸른색, 베이지색 정도가 고작이었다.

"찾으시는 거 있으세요?"

남자 사장이 다가왔다.

"흰색 구두는 없나요?"

"흰색이요?"

남자 사장은 고개를 갸웃했다. 그러더니 구석에 놓인 흰색 펌프스를 가지고 왔다. 벨벳 소재에 굽도 낮다. 예은은 고개를 내저었다.

"이거 말고요. 하이힐로 주세요. 에나멜이면 더 좋고요."

"겨울에는 에나멜 잘 안 찾아요. 흰색도 많이 안 신으시는데."

남자 사장은 희한하다는 눈초리로 예은을 쳐다보았다. 눈빛을 보아하니 '구두 신고 다닐 스타일은 아닌데'라고 이야기하는 듯했다. 그는 카운터 뒤에 있는 문으로 들어갔다. 부스럭대는 소리가 난다 싶더니, 잠시 후 상자를 하나 들고 돌아왔다.

"웨딩 슈즈 찾으시나 봐요."

사장이 상자를 건넸다. 예은은 안을 열어보았다. 흰색 하이힐이 들어 있었다. 스웨이드 재질이라 부드러운 느낌이 났다. 대충 눈대중으로 굽 높이를 재어보니, 강은혜가 신고 있던 것과 비슷했다.

"굽 몇 센티예요?"

"구 센티요."

"신어봐도 되죠?"

"그러세요."

예은은 자리에 앉아 구두를 신었다. 살면서 한 번도 신어본 적이 없는 굽 높이였다. 자리에서 일어나려니 불편했다. 휘청거리는 몸을 부여잡고 몇 발짝 걸었다. 발가락 끝이 금방 얼얼해져서 걷기가 보통 힘든 게 아니었다. 예은은 인상을 찌푸리며 구두를 벗었다.

"처음부터 높은 굽을 신기는 힘들어요. 낮은 걸 신어보시죠."

사장은 옆에 놓여 있던 낮은 굽을 권했다.

"괜찮아요. 이런 걸 찾았던 거라."

"에이, 익숙하지 않은데 그런 거 신고 데이트 나가면 넘어져요."

"데이트요?"

예은이 눈을 둥그렇게 뜨고 물었다. 사장은 살짝 당황한 기색이었다.

"웨딩 슈즈도 아니라기에, 데이트 나갈 때 신으려고 그러신 줄 알았죠."

"왜 그렇게 생각하셨어요?"

예은은 습관처럼 물었다. 저도 모르게 취조하는 말투가 살짝 섞여 나왔다. 사장은 예은에게서 범상치 않음을 느꼈는지 신발을 내려놓았다.

"솔직하게 말씀해주세요. 그게 더 좋아요."

"별건 아닙니다. 구두보다는 운동화를 더 신으실 거 같은데, 색까지 정해서 고르시는 걸 보고 그렇게 생각했어요. 보통은 무난하게 검정색이나 어두운 색을 찾으니까요."

이놈의 직업병, 하며 사장은 멋쩍게 웃었다.

"저도 마찬가진데요, 뭐."

그렇게 말한 뒤 예은은 시간을 확인했다. 잠깐 머물 생각이었는데 시간이 생각보다 많이 지나 있었다. 그녀는 황급히 약속 장소로 향했다.

예은은 산울림 소극장 근처에 있는 카페에 앉아 사건을 정리하며 누군가를 기다렸다. 일곱 시 오십사 분이 되자, 등에 커다란 가방을 멘 단발머리 여학생이 들어왔다. 예은은 자리에서 일어나 여학생을 향해 가볍게 고갯짓을 했다.

"한예은 형사님 맞으세요……?"

단발머리 여학생은 잔뜩 주눅 들어 있었다. 예은은 가볍게 미소 지었다.

"권희주 학생 맞죠?"

"네……."

"뭐 마실래요?"

권희주는 예은의 눈치를 보았다.

"빵 먹어도 돼요?"

예은은 권희주에게 코코아와 프레첼 두 개를 사주었다.

"강은혜 양과 친했다고 들었습니다."

예은이 물었다. 권희주는 프레첼을 한 입 베어 물며 고개를 끄덕였다. 두 사람은 강은혜의 신변에 대해 간단한 대화를 나눴다. 강은혜는 예쁜 얼굴 때문에 학교에서 유명한 편이었지만 사귀는 이성 친구는 없었다. 얌전한 성격이었고 친구들하고는 두루두루 잘 지냈다. 튀는 외모를 제외하면 나머지는 모난 면이 없는 평범한 학생이었다.

"은혜 양과 마지막으로 연락한 게 언젠가요?"

예은이 물었다. 권희주는 카톡을 보여주었다. 다른 고교생들과 별다를 것 없는 평범한 대화였다. 대화는 강은혜 실종 당일까지 지속되고 있었다. 내용을 쭉 읽어보던 예은은 마지막 부분에 시선을 멈췄다.

-은댕: 이제 연습해야 돼.

카톡을 보낸 시간은 오전 열 시경이었다. 강은혜의 부모가 실종 신고를 한 건 해당일 저녁이다. 예은은 권희주를 돌아보았다.

"은혜 양이 뭘 연습했는지 알고 있어요?"

"노래요."

권희주는 어깨를 움츠렸다. 계속 입술을 우물대며 불안해하는 걸 보니, 뭔가를 알고 있는 듯했다. 예은은 한층 강한 어투로 말했다.

"희주 양, 솔직하게 말해봐요."

"네?"

권희주는 크게 놀랐다.

"강은혜 양에 관한 거라면 하나도 빠트리지 말고 말해줘요. 그래야 범인 잡을 수 있어요."

머뭇대던 권희주는 이윽고 울먹이며 예은을 바라보았다.

"사실…… 은혜, 기획사에 들어갔었어요."

"기획사? 언제?"

"두 달 전에요."

강은혜가 실종되었던 시기와 겹친다. 예은은 딸이 가수가 되려해서 싸웠다던 강주철의 말을 떠올렸다.

"실종되기 전, 이미 기획사에 들어가 있던 상태였나요?"

"네."

"얼마나?"

"이 주 정도 됐어요."

"그럼 이미 은혜 양은 기획사를 다니고 있었던 거네요."

권희주가 고개를 끄덕였다. 강주철은 이 부분에 대해 언급하지 않았다. 오희숙 역시 마찬가지였다. 예은은 권희주의 말을 줄곧 수첩에 받아 적으며 물었다.

"은혜 양이 비밀로 해달라고 했나요?"

"네……. 절대 아빠가 알면 안 된다고, 무슨 일이 있어도 비밀 지켜달라 그랬는데……."

결국 권희주는 눈물을 쏟았다.

"제가 말을 안 해서 은혜가 죽은 걸까요? 제가 은혜 부모님한테 말했더라면…… 은혜는 안 죽었을까요?"

자신의 말이 가슴에 사무쳤는지 엉엉 소리까지 내며 울었다. 예은은 권희주에게 냅킨을 건넸다. 권희주는 냅킨을 받아 들고 크게 코를 풀었다. 예은은 소녀의 어깨를 토닥였다.

죄책감은 선한 자들의 몫이다. 짧은 경력이지만, 강력 사건들을 해결하면서 예외는 거의 없었다. 예은은 씁쓸한 기분을 느끼며 말했다.

"그렇지 않아요. 조금 더 일찍 말했더라면 좋았겠지만."

권희주의 눈이 또다시 뿌옇게 흐려졌다. 예은이 재빨리 덧붙였다.

"잘못은 범인이 저지른 거예요. 나쁜 건 범인이죠. 그러니까 희주 양이 우리를 도와줘야 돼요. 범인 빨리 잡아야지."

네에, 하는 권희주의 대답은 히끅거리는 소리에 묻혀 불분명하게 들렸다.

"은혜 양이 들어간 소속사 이름이 뭐예요?"

"조이 엔터테인먼트요."

예은은 또다시 수첩에 적었다. 볼펜심이 득득 소리를 내며 줄 칸 사이를 횡단했다.

"친구가 두 달간 연락이 없었는데 걱정되지 않았어요?"

"걱정되긴 했는데······."

권희주는 손등으로 눈가를 슥슥 비볐다.

"마지막으로 통화할 때, 당분간 연락 안 된다고 그랬거든요. 생각보다 빨리 데뷔할 수 있을 거 같다고 엄청 기뻐해서······ 데뷔 준비 잘하고 있나 보다, 그렇게만 생각했어요. 데뷔하면 연락 준다고 해서 손꼽아 기다렸는데…….”
 말을 잇기가 힘든지 권희주는 말을 멈췄다.
 “그렇다면 은혜 양은 그날 의도적으로 집을 나간 거네요.”
 “네…….”
 “은혜 양이 어디에 머물고 있었는지는 알아요?”
 “그건 모르겠어요. 그냥 자기 걱정하지 말라고만 했어요.”
 예은은 권희주가 감정을 다 추스를 때까지 기다렸다.
 “데려다줄게요.”
 예은이 말했다. 권희주는 괜찮다며 극구 거절했다. 내심 데려다주는 길에 더 많은 이야기를 듣고 싶었는데, 오늘 알아낼 수 있는 건 여기까지인 듯했다. 예은은 고개를 끄덕였다.

*

 미남당의 응접실은 심각한 분위기였다. 한준, 혜준, 수철은 삼각형 모양으로 선 채 서로를 노려보고 있었다. 셋 다 방탄복을 걸친 상태였다. 혜준의 손에는 (장난감) 권총이 쥐어져 있었다. 그녀는 총구를 한준의 가슴에 겨눈 채 말했다.
 “네 차례야.”
 한준의 눈빛은 단호했다.
 “어림도 없지.”
 혜준은 천천히 방아쇠를 당겼다. 딸각. 공이가 당겨지면서 텅 빈 약실이 돌아갔다. “젠장.” 혜준은 아쉬워하며 한준에게 총을 넘겼다. 한준 역시 빈 소리만 났다. 수철도 마찬가지였다. 총은 다시 혜준의 손에 넘어왔다.

"느낌이 안 좋아."

한준이 얼굴을 찌푸렸다.

"어떤 결과든 받아들여."

혜준의 가느다란 손가락이 방아쇠를 당겼다. 퍽 하는 소리와 함께 한준의 가슴에 샛노란 페인트 탄이 터졌다. 혜준과 수철은 환호성을 질렀다. "으아아!" 한준은 절망에 찬 비명을 질렀지만, 두 사람은 아랑곳 않고 야식 전단지를 한 아름 들고 왔다.

"제발, 냄새만 안 배게 해줘."

한준이 애원했지만 소용없었다. 잠시 후, 배달원들이 연이어 미남당을 찾았다. 치킨, 피자, 족발, 떡볶이, 순대가 먹음직스러운 냄새를 풍기며 브라운 마블 테이블 위에 올랐다. 혜준과 수철이 공격적으로 포장을 벗기는 동안 한준은 열심히 소파에 비닐을 씌웠다. 혜준이 한준을 흘낏 쳐다보며 말했다.

"큰일 날 뻔했네. 쟤가 됐으면 풀떼기만 시켰을 거 아냐."

"야근도 서러운데 영양실조로 쓰러질 순 없지. 하늘이 도왔어."

수철은 한껏 신이 난 표정이었다.

"조사원들이 자료 가져왔어. 박진상 이사, 요즘 고립무원 상태야. 회사 내부에 자기편 없고 힘도 없어. 대표도 바지 사장이야. 실질적 업무 권한은 구태수 이사라는 사람이 쥐고 있어."

그러고는 족발을 한 입 크게 뜯었다.

"회사 홈페이지도 거의 멈춘 상태야. 업데이트는 반년 전에 했고 콘텐츠도 없다시피 해. 소속 아티스트들도 대부분 계약 종료 상태. 실적은 꽝, 분기별마다 적자, 주식은 이면지 값이야."

혜준은 떡볶이를 목에 들이붓느라 평소보다 말이 느렸다.

"진즉 부도가 났어도 안 이상할 정도네."

한준은 우비를 뒤집어쓴 채 멀찍이 떨어져 있었다.

"구태수 이사는 뭐 하던 양반이야?"

"그게 좀 이상해."

수철이 맥주 캔을 따는 걸 보고, 한준은 냉장고를 열어 탄산수 한 병을 꺼냈다.

"직책은 이사인데, 그 전에 뭘 했는지에 대한 기록이 전무해. 회사에 근무한 적도 없고 어디 끗발 있는 집도 아니야. 특이점은 하나밖에 없어. 임 고모라고, 엄청 용한 점쟁이 하나를 끼고 있다는 소문."

"점쟁이?"

한준의 눈썹 끝이 비죽 올라갔다.

"거영 그룹 총수가 그 점쟁이 말이라면 사족을 못 쓰는 모양이야. 그게 영향이 있는지는 모르겠지만, 아들인 박 이사보다 구태수 말을 더 신뢰하고 있어."

"누군지는 몰라도 거물 잡았군. 임 고모는 뭐 하던 사람이야?"

"임 고모는 극소수를 제외하고는 본 사람이 없대. 회장님, 청와대 의원들, 이런 사람들만 상대하나 봐. 지금 정보원들로는 하이클래스 정보 얻기 힘들어."

"구태수는?"

"사진만 겨우 확보했어. 얼굴 알아보기 힘들 거야. 평소 피부병이 심해서 얼굴을 잘 안 드러낸대."

수철이 아이패드를 건넸다. 한준은 사진 파일을 확인했다. 멀리서 줌을 당겨 찍은 사진이 대부분이었다. 밤에 찍은 사진임에도 불구하고 구태수는 짙은 선글라스와 마스크를 쓰고 있었다.

"키랑 얼굴 모양을 보니 거인증을 앓고 있나 보네. 이 장갑은 뭐야?"

한준은 파일을 확대했다. 구태수는 손에 검은 장갑을 끼고 있었다.

"체크해야 할 사항이 한 가지 더 있어."

혜준이 족발을 욱여넣다 말고 한 손을 번쩍 들었다.

"박진상 이사랑 직접적 관련은 없는데, 최근 구태수 이사의 출국이 잦아."

"주로 어느 나라?"

"홍콩, 필리핀, 라스베가스."

"박동길 회장과의 연계 가능성은?"

"아직 거기까지는 모르겠어. 표면적으로는 두 사람 사이에 접점이 없어."

수철이 어깨에 힘을 주었다.

"그 부분에 대해 들은 게 있어. 청담동 블링 바 룸살롱 애들이 그러는데, 얼마 전 전경철이라고. 남문파 실장이 왔었대. 다짜고짜 가게 에이스들을 모아달라고 했다는 거야."

한준과 혜준은 수철의 말에 집중했다.

"마담은 일단 튕겼대. 엔간한 돈으로는 한 명 부르기도 어렵다고. 그러니까 전경철이 뭐랬다는 줄 알아?"

돈은 너희들이 걱정할 필요가 없다. 정치인과 유명 재계 인사를 모셔야 하니, 그에 걸맞은 아이들을 데려와라— 하며 거드름을 피웠다고 했다.

"그러면서 계약금 일억을 놓고 갔대. 대신 누구와 어디서 무엇을 했는지에 관해서는 철저하게 함구해야 한다는 조건을 내세웠어."

"돈의 출처는?"

"몰라. 높으신 분들이 줬겠지."

수철은 길게 트림을 했다. 한준의 표정이 심각해졌다.

"그래서 마담이 각 가게의 에이스들을 모아오니까, 전경철이 누굴 데리고 와서 면접을 실시하더래. 그런데 들어보니, 같이 온 자의 인상착의가 상당히 흡사했어."

"누구랑?"

혜준이 떡볶이를 후루룩 삼키며 묻자 한준이 대신 대답했다.

"구태수겠지."

수철은 김샜다는 표정을 지으며 일어났다.

"화장실 갔다 온다."

"업소 아가씨들이 어디를 갔는지, 어떤 인물들과 접촉했는지는 몰라?"

"그런 꿀 같은 자리 잃을 수 없다면서 끝까지 말 안 해주더라."

수철은 살짝 다급한 걸음걸이로 화장실에 들어갔다. 한준은 자신의 방에서 화이트보드를 끌고 왔다. 마커 펜 뚜껑을 열고 뻑뻑 소리를 내며 '박동길 회장', '박진상 이사', '구태수', '점쟁이', '아가씨들'이라고 적었다.

한준이 읽은 신문 정보에 의하면 거영 그룹의 주식은 연일 상승세였다. 그에 비해 막내아들이 운영하는 조이 엔터테인먼트의 실적은 초라하기 그지없었다. 박동길 회장은 시기적절한 투자와 사업 철수로 이름이 높은 사람이었다. 아무리 가족 경영이라지만, 설립한 이후로 오 년 동안이나 실적도 못 내는 회사를 내버려두는 모양새가 이상했다. 한준은 '박동길 회장'과 '박진상 이사' 사이에 '조이 엔터테인먼트?'를 적어넣었다. 팔짱을 끼고 세 단어를 한참 노려보고 있노라니 떠오르는 게 있었다. 그는 가볍게 손가락을 튕기며 뒤를 돌아보았다. 하나뿐인 사랑스러운 여동생은 내일 지구가 멸망한다는 소식을 들은 사람처럼 음식을 먹고 맥주를 마시고 있었다.

"족보 조사 다시 해볼 생각은 없어?"

한준이 말했다. 혜준은 닭다리를 든 채 고개를 뒤로 돌렸다.

"뭔 소리야?"

"바이킹의 후예가 아닌가 싶어서. 암만 봐도 남씨 집안은 아닌 거 같아."

"답할 가치가 없다."

혜준은 굴하지 않고 꿋꿋이 먹었다. 때맞춰 수철이 배를 두드리며 나왔다. 흡족한 표정을 보니 화장실에서 볼일은 잘 마친 모양이었다. 한준은 두 사람을 보며 말했다.

"돈 안 되는 회사를 굳이 갖고 있는 이유는 둘 중 하나겠지. 가족이 운영하고 있으니까, 아니면 뭔가 구린 걸 숨기고 있으니까."

혜준과 수철의 시선이 한준을 향했다.

"혜준이는 조이 엔터테인먼트의 자금 동향을 추적해줘. 최근 큰돈이 흘러들어왔을 가능성이 커."

"기업 자금 해킹은 엄청 복잡한데."

혜준이 투덜거렸다. 한준은 우비를 벗으며 수철을 쳐다보았다.

"우린 나가자. 검은 옷 입어."

수철은 어리둥절한 표정을 지었다.

"어딜?"

"남문파 사무실."

수철은 손목시계를 들여다보았다. 시계는 열한 시 사십 분을 가리키고 있었다.

"시간이 늦었는데? 전경철 없을 수도 있어."

"그러니까 지금 가야지. 있으면 자료를 훔쳐볼 수 없잖아."

한준이 어깨를 으쓱 올렸다.

예은은 집에 돌아오자마자 곧장 책상에 앉았다. 왼쪽에 수첩을 펼쳐놓고, 스프링 노트를 꺼내 권희주에게서 알아낸 점들을 다시 정리했다. 예은만의 정리 방식이었다. 경찰수첩에 적힌 내용들은 대부분 흘려 쓴 탓에 알아보기가 어려웠다. 사람의 말을 받아 적느라 그렇기도 하지만, 혹여 분실했을 경우 다른 사람이 이해할 수 없도록 일부러 더 지저분하게 쓴 탓이었다. 퇴근하고 나면 내용을 다시 옮겨 적으면서 머릿속을 한 번 더 정리하는 건 예은의 습관이었다. 정리를 마치고 샤워를 하려던 찰나, 두진에게서 전화가 왔다.

―야, 집이냐?

"그런데요."

―신고 들어왔다.

예은은 바로 마포서로 복귀했다.

사건의 전말은 이러했다. 인터넷 방송국의 인기 BJ가 방송 도중 사라졌다. 신고자는 방송을 지켜보던 시청자였다. 두 사람은 신고가 접수된 해당 영상을 확인했다. 방송 시작 후, 약 30분가량은 다른 성인 방송과 다를 바가 없었다. 해당 방송의 진행자인 'BJ 레아'가 이상 증세를 보인 건 32분부터였다. 누렇게 빛바랜 금발에 번진 눈 화장을 한 레아는 흐느적대며 춤을 추더니, 갑자기 동작을 멈췄다. 그러고는 뭐에 홀린 듯 뒤와 모니터 화면을 번갈아가며 쳐다보았다.

"뭡니까?"

예은이 얼굴을 찌푸렸다.

"몰라. 사람들은 귀신 붙은 거 아니냐고 난리야. 벌써 인터넷에 급속도로 퍼지고 있어."

채팅창에는 온갖 추측이 난무하고 있었다.

―**씨발 지금 저거 뭐냐**

―**뭔데**

―**레아 왜 저럼?? 무서워 죽겠어**

─창문 봐 ㅂㅅ들아 아까 닫혀잇엇다

─레아가 아까 뭣ㅂ다고 창문 잠갓는데

─그림자 잇는거 같지 않냐??

비쩍 마른 팔을 휘저으며 주변을 두리번대는 레아의 눈빛은 기괴하게 느껴질 정도였다. 그녀는 느닷없이 비명을 지르더니 모니터 밖으로 달려 나갔다. 방송은 즉시 종료되었다.

예은은 책상에 반쯤 걸터앉았다.

"신고 내용이 뭐예요?"

"BJ 신변에 이상이 생겼을지도 모른다고 확인해달래. 그래서 재우랑 홍식이 현장에 보냈는데―."

레아는 현장에 없었다고 했다.

"이거 봐봐."

두진이 예은에게 휴대폰을 내밀었다. 현장에 출동한 형사들이 보내온 현장 사진이었다. 예은은 사진을 한 장 한 장 넘겨 보았다. 열 평 남짓한 크기의 원룸이 찍혀 있었다. 살림살이가 거의 보이지 않았고, 창문 끄트머리는 깨진 상태였다. 바닥에는 작은 갈색 벽돌 한 장과 유리 조각이 흩어져 있었다. 그 외에는 별다른 침입 흔적이 보이지 않았다.

"창문을 타고 넘어왔다면 족적이 남아 있었을 텐데."

예은이 혼잣말을 했다.

"채취는 했는데, 아직까지는 BJ 지문 외에 다른 게 안 보여. 바닥도 깨끗하대."

"귀신이 곡할 노릇이네."

"한귀니까 가봐야 하는 거 아냐? 귀신은 귀신이 잡아야지."
"실없는 말씀하시긴. 저는 왜 불렀어요?"
예은은 두진에게 휴대폰을 돌려주었다.
"그전부터 징후가 안 좋았대. 자살 시도 할 수도 있다니까 빨리 찾아야 돼."
"에이, 나 바쁜데. 담당 형사들이 잘 찾겠죠."
"뭔 일 나면 어쩌려고 그런 야박한 소리를 해?"
"정보 하나 찾았단 말이에요. 강은혜가 조이 엔터테인먼트라는 소속사에 있었대요. 내일은 거기 관계자 만나봐야 돼요. 선배는 뭐 좀 나왔어요?"
"사체에 신겨져 있던 거 있잖아. 흰색 구두."
예은은 긴장한 얼굴로 두진을 쳐다보았다.
"제조사랑 제조일 알아봤는데, 현재 생산을 멈춘 제품이야. 오 년 전 제작이 마지막이래."
"판매 루트는요?"
"동대문 도매업자가 대량 생산한 거야. 전국 곳곳에 팔렸어."
두진이 한숨을 쉬었다.
"텄네. 다른 쪽으로 알아봐야겠어요."
예은은 시큰둥하게 시선을 돌렸다.
"일단 지금은 재우네 도와줘야지. 가자."
두진이 예은의 어깨를 탁 쳤다. 예은은 구시렁대며 자리에서 일어났다. 그때 두진에게 전화가 걸려왔다.
"어, 재우야. 왜?"

상대편에서 뭐라고 다급하게 떠드는 소리가 들렸다. 잠시 후 두진은 전화를 끊고 예은을 돌아보았다. 표정이 심상치 않았다.
"여자가 납치됐대."

예은은 최대 시속으로 달렸다. 두진은 보조석 손잡이를 움켜쥐고 두 눈을 질끈 감았다. 두 사람은 김재우와 이홍식 콤비의 요청을 받고 용산으로 이동 중이었다. 김재우가 전화 통화로 전달한 상황은 이러했다.

현장에 출동한 김재우는 원룸 내부를 샅샅이 훑어 두진에게 현장 사진을 찍어 보낸 후, 혹시 놓친 게 있나 싶어 화장실과 부엌을 다시 살피고 있었다. 그리고 화장실 수납장 안에서 약병 몇 개를 발견했는데, 그중 한 병이 최근 마약 단속반에서 골머리를 앓고 있는 '허브'였다.

한편 깨진 창문과 벽돌이 신경 쓰였던 이홍식은 창가 바깥을 살폈다. 그러다 창가 바로 옆에 배관 파이프가 설치된 걸 보고, 누군가 외부 침입을 시도했을 수도 있다는 결론을 내렸다. 인근을 이 잡듯이 뒤지던 이홍식은 근처 공사장에 숨어 있는 남자 한 명을 발견했다. 남자는 이상한 낌새를 눈치챘는지 곧장 도주했다. 동네를 두 바퀴 정도 뛴 다음에야 이홍식은 남자를 붙잡을 수 있었다. 그는 남자의 상의 한가운데에 지저분한 먼지와 검댕이 묻어 있다는 사실을 확인했다. 남자가 거칠게 항의했다.

"선량한 시민한테 이래도 됩니까?"
"선량한 시민이 왜 도망가려고 했는지 이유를 말씀해주십쇼.

타당하면 안 하겠습니다."

 남자는 입을 다물었다. 이홍식이 파이프 관에 남자의 가슴을 갖다 대보니 먼지 자국과 파이프 관의 모양이 서로 꼭 들어맞았다. 이홍식이 계속해서 추궁하자 남자는 이내 불안한 표정으로 실토했다.

 남자는 "레아가 끌려갔어요"라며 서두를 뗐다. 그는 최근 레아의 방송이 이상해졌음을 직감하고 그녀의 신변에 무슨 일이 일어난 건 아닌지 걱정이 되었다고 했다. 그래서 며칠간 계속해서 레아의 동태를 살폈다. 이홍식이 "그런 걸 '스토킹'이라고 한다"고 지적하자 남자는 발끈했다.

 "난 다른 남자들과 달라요. 레아를 진심으로 사랑해서 그런 거라고요."

 "그것도 스토커들의 전형적인 착각이고."

 이홍식은 역겹다는 듯 내뱉었다.

 레아가 최근 방송 수위도 너무 심해지고 무리를 하고 있다고 판단한 남자는 레아와 대화를 할 필요를 느껴 창문에 벽돌을 던졌다고 했다. 창문이 깨지자, 레아의 상태가 급격하게 이상해졌다. 남자는 깨진 창문을 통해 집 안으로 들어갈 생각이었다. 하지만 방송이 종료되고 얼마 지나지 않아 검정색 카니발 한 대가 건물을 향해 달려왔다. 남자는 황급히 배관 파이프에서 내려왔다. 잠시 후, 차에서 커다란 덩치의 사내 세 명이 우르르 내렸다. 그들은 건물로 들어가 레아를 끌고 나왔다. 레아는 차에 태워져 어딘가로 사라지고 말았다.

불행 중 다행으로, 그는 레아를 끌고 간 차량 번호를 기억하고 있었다. 이홍식은 즉각 조회를 요청했다. 차주 명의가 남문파의 일원임은 금방 알아낼 수 있었지만, 문제가 한 가지 있었다. 남문파의 거점은 세 군데였다. 신촌에 있는 나이트클럽, 북가좌동에 있는 바다이야기, 용산에 있는 사무실. 태평하게 한 군데씩 들르며 피해자가 어디 있느냐고 물어볼 수는 없는 일이었다. 김재우는 다급히 두진에게 전화를 걸어 지원 요청을 했다. 전화를 끊자마자 예은과 두진은 용산 남문파 사무실로 향했다.

*

주세희의 무릎 위로 눈물이 툭 떨어졌다.

"언니, 울지 마."

그녀의 귓가에 짜증 섞인 목소리가 날아왔다. 와작와작하고 뭔가를 씹는 소리도 났다. 주세희는 고개를 떨군 채 애써 눈물을 참았다. 어디선가 차가운 웃풍이 불었다. 그녀는 스멀스멀 닭살이 솟는 걸 느끼며 몸을 떨었다. BJ 레아로 분해 방송을 하던 도중 발작을 일으켰던 것까지는 기억이 났다. 뒤의 일은 생각나지 않았다. 어느 순간 팔다리에 서늘한 기운이 느껴져 눈을 떠보니 이 사무실에 와 있었다.

"야, 고개 들어."

주세희는 급히 손을 들어 눈물을 닦았다. 고개를 들어 목소리가 들린 곳을 쳐다보았다. 작달막한 키에 절반가량 벗겨진 머리,

날카롭게 쭉 째진 눈, 농담으로도 잘생겼다고 할 수 없는 빈상의 사내가 책상에 앉아 있었다. 남문파의 실장이자 소위 '성인 방송 사업'을 직접 총괄, 진두지휘 중인 전경철이었다. 그 옆에는 열중쉬어 자세를 한 남자 세 명이 서 있었다. 전경철은 커다란 과자 봉지를 들고 주먹째 과자를 집어 먹었다.

"우리 언니, 오늘 왜 그리 컨디션이 저조하셨을까?"

전경철이 과자를 씹을 때마다 부스러기가 지저분하게 날렸다. 주세희는 울먹이며 사정했다.

"잘못했어요. 이제 안 그럴게요, 네?"

"시청자들이 언니 눈깔 돌아간 거 다 봤어. 이제 너 볼 때마다 그 장면 생각나서 기분 잡칠 텐데, 방송을 어떻게 해?"

전경철이 눈을 부릅떴다.

"우리 레아, 부모 사채 빚 갚겠다고 여기까지 온 거잖아. 야무지게 일하고 금의환향할 생각을 해야지. 그런 멘탈로 일 어떻게 하려고?"

주세희는 온몸을 벌벌 떨었다.

"제발, 더 열심히 할게요. 시키는 대로 다 할 테니까 제발 용서해주세요. 실장님, 살려주세요."

전경철이 깊게 한숨을 쉬었다.

"너 때문에 내가 얼마나 애쓴 줄 알아? 그래봤자 너 월평균 매출이 천만 원 겨우 넘어. 다른 애들은 매달 사오천씩 찍고 있는데."

전경철은 손가락으로 주세희의 이마를 쿡쿡 찔렀다.

"너는 표정부터가 글렀어."

그러더니 갑자기 주세희의 손목을 잡아 올렸다. 뼈마디가 붉어진 그의 손가락 아래로 여러 개의 흉터가 보였다.

"뒈질 깡다구도 없는 년이."

전경철은 혐오스럽다는 듯 주세희의 손목을 탁 내던졌다. 그러고 옆에 서 있던 커다란 덩치의 남자를 향해 물었다.

"쟤 빚 얼마 남았냐?"

"일억 삼천 남았습니다."

"저 상태로는 방송도 못 돌리는데, 어떻게 벌충한다……."

주세희는 신경이 바짝 얼어붙는 듯했다. 전경철의 말 한마디에 자신의 남은 인생이 결정된다……. 입안이 바짝바짝 마르는 걸 느끼며 주세희는 자신의 몸을 감싸 안았다.

"원룸에 쟤 물건이랑 흔적 남겨둔 거 없지?"

"네. 소지품 전부 챙겨왔습니다."

"바로 비디오 찍어. 요즘 제일 잘 나가는 게 뭐야?"

"몰카, 강간물, 치한물이 잘 나갑니다."

"그걸로 돌리고 손님 받게 해."

전경철이 덩치의 팔을 툭툭 쳤다.

"실장님, 제발! 저 진짜 열심히 할게요!"

주세희가 전경철의 바짓가랑이를 잡고 매달렸다. 전경철은 귀찮아하며 주세희의 배를 걷어찼다. 주세희가 비명을 지르며 쓰러졌다.

"열심히 한다고 되는 세상이면 네가 여기까지 안 왔지."

전경철은 무릎을 굽혀 손가락으로 그녀의 턱을 잡아 올렸다.

"그간 네가 먹은 약값도 있다는 거 잊지 마."

주세희의 눈빛이 멍하니 흐려졌다. 전경철은 자리에서 일어나며 말했다.

"최대한 빨리, 많이 찍어서 뿌려. 언제까지 버틸 수 있을지 몰라."

그리고 사무실 문을 열고 나가려는데, 웬 근육질의 상체가 문 앞을 떡하니 가로막고 있었다. 전경철은 천천히 고개를 위로 들었다. 수철이 얼굴을 묘하게 일그러뜨린 채 그를 내려다보고 있었다. (사실 수철은 절체절명의 순간에 나타난 영웅처럼 멋진 미소를 짓는 중이었지만 그를 처음 본 전경철은 그렇게 받아들일 수 없었다.)

"으아아아악!"

전경철은 비명을 지르며 뒤로 폴짝 뛰었다.

"사람 얼굴을 보고 비명을 지르다니, 그런 노 매너가 어디 있어?"

수철은 미소를 거두었다.

"그리고 요 앞에서부터 이야기 듣자듣자 하니까 너무한 거 아뇨?"

"이, 이 새낀 뭐야?"

전경철은 적잖이 당황한 기색이었다.

"아무도 없는 줄 알고 놀러온 건데, 이런 일이 벌어질 줄은 몰랐네."

뒤에서 나타난 한준이 천연덕스레 말했다.

"뭐, 뭐어?"

전경철의 얼굴 근육이 꿈틀거렸다. 그는 여전히 열중쉬어 중인 덩치들을 돌아보았다.

"야, 보내."

덩치 세 명이 동시에 수철에게 덤벼들었다. 수철은 왼쪽에서 덤비는 덩치를 두꺼운 어깨로 막아 벽으로 밀어붙이고 주먹으로 턱을 후려쳤다. 그와 동시에 정면에서 달려드는 덩치의 배를 발로 걷어차 날려 보냈다. 세 번째 덩치는 날아오는 두 번째 덩치와 부딪치면서 바닥에 나뒹굴었다. 수철은 친절하게 세 번째 덩치의 인중을 가격했다. 세 명의 덩치는 전부 기절했다. 남은 건 순식간에 종료된 상황에 얼떨떨해하는 전경철뿐이었다. 수철은 천천히 권총집에서 (장난감) 글록 18을 꺼내 이마에 겨누었다.

"너네 뭐하는 새끼들이야?"

전경철은 저도 모르게 양손을 치켜들었다.

"그, 금융 관련이랑…… 접대 서비스를 제공하고 있……."

"사채랑 술장사에, 아까 대화 내용으로 봐서는 IP*에다 불법 콘텐츠도 제공 중이시네. 아주 종합 예술인이셔."

한준은 어느새 사무실 안쪽에 들어와 있었다.

"누…… 누구십니까? 경찰은 아닌 것 같은데……."

전경철은 수철의 눈치를 보며 말끝을 흐렸다.

---

* 통신망을 통해서 사용자들이 요구하는 정보를 제공하고 이에 대한 사용료를 받아서 운영하는 업체.

"착한 일을 불법적으로 하는 사람."
"네?"
"배트맨 같은 거라고 해두지. 그나저나 말이야."
책상을 뒤지던 한준이 전경철을 쳐다보았다.
"내가 궁금한 게 좀 있어서 말이야. 재빨리 물을 테니 신속하게 대답해."
"뭐…… 뭐가 궁금하십니까?"
"구태수 이사랑 남문파랑 무슨 관계야?"
전경철은 흠칫 놀랐다.
"박진상 이사가 보내서 온 겁니까?"
한준은 싱긋 미소 지었다.
"높으신 분들이 뭘 좋아하시나 궁금해서 그래. 그쪽은 대답만 해. 아까 접대 서비스를 제공한다고 했지? 골프인가?"
전경철은 다리를 달달 떨었다. 한준은 그에게 얼굴을 가까이 갖다 대며 속삭였다.
"……아니면, 도박을 좋아하시나?"
전경철이 눈꺼풀을 바르르 떨었다. 동공이 수축되는 바람에 가뜩이나 작은 눈이 거의 보이지 않을 지경이었다.
"무슨 말씀이신지 모르겠습니다만……."
전경철은 손가락을 들어 코밑을 슥 만졌다.
"에이, 모르긴 왜 몰라."
한준은 몸을 뒤로 뺀 뒤 다시 책상과 캐비닛 안을 뒤졌다.
수철은 겨누고 있던 총부리를 이마 한가운데에 꾹 짓눌렀다.

그는 고개를 한쪽으로 기울인 채 최대한 굵은 목소리를 내며 위협했다.

"그런다고 넘어갈 줄 알아? 뇌를 많이 다쳤군."**

한준은 설정이 과하다고 말해주고 싶은 걸 참았다. 친애하는 파트너는 철컥 소리를 내며 총을 장전했다. 수철의 총이 진짜라고 믿고 있는 전경철은 사색이 되었다. 한준은 서류를 뒤적이며 시선을 돌렸다.

"실장님, 빨리 대답하는 게 좋을 거야. 저 친구 성격 급해서 진짜 한 방 날리는 수가 있어."

그래봤자 페인트 탄이지만.

전경철이 하얗게 질린 채 몸을 떨었다.

"임 고모 알지? 어디 가면 만날 수 있어?"

"모릅니다. 한 번도 본 적이 없어요."

한겨울인데도 전경철의 이마에서 땀이 흘렀다. 수철이 천천히 방아쇠를 당겼다.

"으아악! 정확히는 모르지만 짐작 가는 곳이 있습니다! 제발 살려주십시오!"

수철은 전경철의 관자놀이에 총구를 꾹 찔러 넣었다.

"방아쇠를 당길지 말지 결정하는 건 네놈 대답이야."***

"그건 너무 멀리 갔다."

** 영화 〈분노의 질주 4〉에 나오는 대사.
*** 영화 〈대부〉에 나오는 대사.

진위의 숲

보다 못한 한준이 말을 끊었다. 수철은 상처받은 눈빛으로 동료를 돌아보았다.

"임 고모는 진짜 모릅니다! 때려 죽여도 몰라요! 구, 구 이사가 가끔 부암동에 드나드는 건 봤습니다."

전경철은 게거품을 물며 외쳤다. 한준은 싱긋 웃었다. 책상에서 서류 파일 두 개를 집은 뒤, 전경철에게 다가가 겉옷을 툭툭 쳤다.

"벗어."

"왜, 왜요?"

전경철이 어리둥절해하며 반문했다. 수철이 즉각 손을 치켜들며 "빨리 안 벗어?"라고 으르렁대자 그는 황급히 겉옷을 벗었다. 한준은 덜덜 떨고 있는 주세희의 몸을 덮어주었다. 그때 복도 멀리서부터 달음박질 소리가 들려왔다.

"다른 패거린가?"

수철은 긴장하며 문가를 향해 총을 겨누었다. 전경철의 얼굴에 화색이 돌았다. 이윽고 날카로운 소리와 함께 예은이 들이닥쳤다.

"경찰이다! 피해자를 순순히……."

그녀는 위협적인 표정으로 총구를 겨누고 있는 수철과 눈이 마주쳤다.

"……내놓는 게 좋을……?"

예은이 말꼬리를 흐렸다. 수철은 두 눈을 끔벅끔벅하며 예은을 바라보았다.

"그쪽들이 왜 여기에……?"

뒤이어 두진이 헉헉대며 달려왔다. 두 형사는 묘한 표정으로 내부를 살펴보았다. 바닥에 쓰러져 있는 덩치 세 명, 수철의 옆에 쪼그려 앉아 있는 전경철, 부들부들 떨고 있는 주세희, 경찰을 향해 총을 겨누고 있는 수철, 책상 옆에 서서 도도한 표정을 짓고 있는 한준의 모습. 누가 봐도 한준과 수철이 악당처럼 보였다.

형사들의 분위기가 심상치 않음을 느낀 한준은 재빨리 책상을 확인했다. 커다란 과자 봉지 하나가 있었다. 한준은 과자 봉지를 집어 들고 천천히 사무실 한가운데로 걸어 나왔다. 눈을 부릅뜨고 주문이라도 외듯 혼자 중얼중얼대는**** 한준의 모습에, 수철을 제외한 나머지 사람들은 등줄기를 타고 흐르는 공포를 느꼈다.

"저기, 선생님?"

예은이 조심스레 말을 건넸다. 순간 한준은 과자를 한 움큼 집어 전경철의 얼굴에 사정없이 뿌렸다. 팝콘 모양의 과자가 흰색 분말가루와 함께 눈처럼 흩어졌다.

"물렀거라!"

"가……갑자기 이게 무슨…….."

전경철이 벙찐 얼굴로 물었다. 한준은 아랑곳 않고 과자가 동날 때까지 물렀거라를 외쳤다. 수철은 그 틈을 타 슬그머니 (장난감) 총을 품에 집어넣었다.

**** 한준이 중얼거린 건 더 콰이엇의 〈Be My Luv〉 랩 가사였다.

"이봐요, 지금 우리는 그자를 잡……."

예은이 한 발자국 앞으로 나서자 두진이 급히 그녀의 팔을 붙잡았다.

"기다려봐. 저런 거 잘못 건드렸다가는 네가 씌는 수가 있어."

"선배, 무슨 그런 말도 안 되는 소리를 해요?"

예은이 화를 내려던 찰나, 한준은 마지막 과자 한 줌까지 모조리 뿌린 후 그녀를 휙 돌아보았다.

처음 보는 낯선 눈빛이었다. 몸에서 이상한 기운이 흐른다는 착각까지 일었다. 예은은 저도 모르게 입을 다물었다. 몇 십 초 후, 한준은 눈빛을 풀고 평소의 도도한 얼굴로 돌아왔다.

"하도 안 좋은 기운이 느껴져서 와봤더니, 이 사무실에 악귀가 씌어 있었지 뭡니까."

한준이 천연덕스레 말했다. 전경철은 히익 소리를 내며 손가락질을 했다.

"뭐야, 점쟁이였어? 박진상이 보낸 게 아니고?"

곧이어 수철의 다정한 시선이 날아왔다. 전경철은 입을 다물었다.

"형사 분들이 오신 걸 보니, 역시 범죄와 연관되어 있는 게 확실하군요."

한준은 확신에 찬 얼굴로 미소 지었다. 예은은 못마땅한 얼굴이었다.

"아셨으면 이제 나오시죠."

예은은 시선을 옮겨 수철을 쏘아보았다.

"장난감 총은 그만 갖고 노시라고 저번에 말씀드렸을 텐데요."

한준과 수철은 슬금슬금 옆걸음으로 빠져나왔다. 한준의 어깨가 예은의 어깨를 가볍게 스쳐 지나갔다. 예은은 그가 겨드랑이에 끼고 있는 서류 파일철 두 개에 시선을 던졌다. 한준은 자연스레 몸을 반대로 틀었다.

"참, 한 형사님. 이자를 잘 조사해보시는 게 좋을 겁니다."

"그게 무슨 소리죠?"

예은의 시선이 자연스레 한준의 얼굴을 향했다.

"아주 안 좋은 장면이 보입니다. 이자의 어깨에 수많은 여자들의 원한이 서려 있어요."

한준은 뒷짐 지는 시늉을 하며 서류 파일철을 뒤로 감췄다. 전경철은 흠칫 놀라 손으로 자신의 어깨를 만졌다. 한준은 턱을 치켜든 채 그를 깔아 보았다.

"다 한 만큼 돌아오는 법이야. 자네가 지금 저지르는 일들이 곧 자네를 죽일 걸세."

"뭐라고요?"

한준은 안됐다는 표정으로 전경철을 바라본 뒤, 예은과 두진을 향해 싱긋 미소 지었다.

"두 분 다 수고하십쇼."

수철은 차에 시동을 걸며 툴툴댔다.

"괜히 경찰이랑 맞부딪치기만 하고 얻은 소득은 없고."

"얻은 게 왜 없어?"

한준이 안전벨트를 매며 룸미러로 얼굴을 살폈다.

"뭘 얻었는데? 전경철 저 새끼가 쓰레기 짓 한 거?"

"그건 기본 옵션이지. 뜻하지 않은 일 때문에 조금 귀찮아지긴 했지만 정보는 얻었어."

수철은 순진무구한 눈빛으로 한준을 쳐다보았다.

"구태수는 지금 불법 도박 원정대와 연관되어 있을 가능성이 높아. 본인이 직접 갬블을 하고 있지는 않을 거야. 전경철을 시켜 도박 원정대에 붙일 여자들을 구한 걸 보면, 가서 놀기보다 관련된 사람들을 접대하는 입장이겠지. 최근 거영 그룹의 주식이 상승세인 걸로 보아 로비는 만족스럽게 진행 중일 테고. 박동길이 능력 없는데 돈 펑펑 쓰기로 유명한 막내아들보다 그자를 신뢰하는 것도 당연한 일이야."

"임 고모란 사람은?"

"구태수가 임 고모를 끼고 있다니까, 둘이 짜고 점괘를 조작해 박동길의 경영에 관여하고 있을 가능성이 높다고 봐."

날씨가 추운 탓에 시동이 늦게 걸렸다. 수철은 잠시 예열을 한 뒤 액셀을 밟고 핸들을 꺾었다. 두 사람을 태운 업무용 검정색 세단이 어둠 속으로 미끄러졌다.

"구태수와 박진상은 대립 이상의 관계일 거야. 박진상이 우릴 찾은 건 경영난이라는 순진한 이유만은 아니겠지. 박진상은 구태수에게 큰 위기의식을 느낄 만한 상황에 몰려 있어. 이 지점만 잘 파고들면 나머지는 박진상이 알아서 리액션 보일 거야."

"그걸 다 어떻게 알아? 전경철은 별 대답 안 했잖아."

수철이 물었다. 한준은 피식 웃었다.

"대답 다 해줬어. 친절할 정도로."

수철의 얼굴에는 여전히 물음표가 떠 있었다.

"내가 구태수 이사라는 단어를 꺼내자마자 '박진상 이사가 보냈느냐'며 곧장 패를 보여줬지. 두 사람이 좋은 관계라면 그런 상황에서 박진상의 이름을 떠올릴 리 없잖아."

한준은 히터를 켰다.

"내가 골프를 언급했을 때 전경철은 다리를 떨기만 했어. 자기 수하들은 다 기절한 상태에 정체를 알 수 없는 사람들이 와서 총을 겨누고 있으니까 긴장을 감추지 못했던 거지. 그런데 내가 도박을 언급하자 동공이 수축되고 눈꺼풀을 바르르 떨었어. 본래 사람은 보고 싶지 않거나 원치 않는 상황에 처하면 저절로 동공이 수축되거든."

"눈꺼풀은 왜 떨었는데?"

"곤란한 질문을 받았으니까. 심리적으로 긴장한 거지."

차량 송풍구에서 따뜻한 바람이 불었다. 한준은 가볍게 하품을 했다.

"말은 꾸며낼 수 있지만, 그 어떤 사이코패스도 동공과 눈꺼풀은 꾸며낼 수 없어. 아주 기초적인 지식이야. FBI는 이 두 가지만으로도 산업 스파이를 잡아내곤 했으니까. 전경철은 아주 정직하게 대답을 해준 셈이지."

"전경철이 경찰에 불면 어떡하지?"

"뭘?"

"우리가 했던 말들."

"절대 그럴 수 없을걸."

한준은 확신에 차서 단정했다.

"구태수와 연관된 성매매 알선은 고위층과 연결되어 있어. 차후 밥줄을 생각할 줄 아는 놈이라면, 섣불리 입을 놀리지는 않을 거야."

"그러면 다행이고."

"혜준이가 조이 엔터테인먼트 자금 동향까지 파악해오면 박진상 건은 완전 끝난 거야. 할 이야기 많겠어."

한준은 만족스러운 표정을 지었다.

"이번 건만 잘 해결되면, 재벌들 사이에서 금방 입소문 나겠네."

"그래야지. 그러려고 시작했으니까."

한준이 씁쓸하게 미소 지었다.

한편 혜준은 한준과 수철의 옷에 장착된 초소형 카메라로 모든 상황을 지켜본 후였다. 그녀는 사무실에 들어서는 두 사람을 도끼눈을 뜨고 바라보았다.

"오빠들."

너희들이 아니라 오빠들이라니. 한준과 수철은 분위기가 심상치 않음을 직감하고 어깨를 수그렸다.

"앞으로 몰카, 강간물, 치한물, 롤리타물, 기타 범죄 기획물 보는 게 적발될 시."

혜준의 목소리는 비장했다.

"손가락 및……."

뒷말은 듣고 싶지 않았지만 그들에게는 선택권이 없었다.

"……그와 비슷한 형태의 신체를 전부 절단해버릴 거야."

상상만으로도 사타구니가 마비되는 기분이었다. 한준과 수철은 몸을 부르르 떨었다.

"이게 무 자르는 일도 아니고, 어떻게 야동을 당장 싹둑 끊어? 그런 놈이 더 변태야."

한준이 항의했다. 혜준의 얼굴이 한층 더 싸늘하게 가라앉았다.

"야동을 버리느니 계좌를 털리는 게 더 낫겠지?"

"이건 협박이야."

수철이 소심하게 외쳤다. 두 사람을 노려보던 혜준은 선심 쓰듯 말했다.

"〈색계〉까지는 허용해줄게."

그건 명작 멜로거든. 한준은 차마 그 말을 뱉지 못하고 속으로 삭였다. 혜준은 뚝심 있는 아이다. 자신의 목표는 반드시 이루고 한 번 한 말은 책임진다. 한준과 수철은 여동생이 컴퓨터를 해킹하는 일을 방지하고자 재빨리 하드 디스크를 포맷했다. 하지만 인터넷 쿠키와 캐시 및 검색 기록에까지는 생각이 미치지 못했다. 다음 날, 그들은 혜준에게 가루가 되도록 까였다.

다른 곳에 출동했던 김재우와 이홍식은 재빨리 사무실로 달려왔다. 마포서 강력반 2팀은 전경철과 세 명의 덩치들을 전부 입

건했다. 주세희는 정신 불안 증세를 보여 병원으로 호송되었다. 경찰서로 돌아가는 길에 예은이 물었다.

"선배, 점쟁이가 사건 맞추는 경우도 있어요?"

"그럴 때도 있고, 안 그럴 때도 있고. 점쟁이가 다 맞추면 형사가 뭐 하러 필요하겠어?"

"웬일로 그런 말을 해요? 오늘의 운세 마니아께서."

"기댈 데 없고 앞날이 불안하니까 보는 거지. 우리 같은 직종들은 언제 어디서 칼 맞을지 모르는데."

두진은 턱을 괸 채 창밖을 바라보았다. 밤하늘을 메운 구름은 금방이라도 눈을 흩뿌릴 듯 축축한 공기를 머금고 있었다. 앙상한 가지와 회색빛만 남은 나무들이 우울한 분위기를 풍기며 차창 뒤편으로 사라져갔다.

"그나저나 저 박수무당 꽤 유명하더라. 돈 있으면 점이나 보고 싶다."

"복채가 얼만데요?"

"우리 같은 사람들은 엄두도 못 내."

"오늘의 운세로도 안 되는 게 있나 보죠? 뭐가 궁금한데요?"

예은은 놀리듯 말했다. 두진은 조용히 차창 밖을 바라보았다.

"강은혜 누가 죽였냐고."

예은은 입을 다물었다.

침묵이 무겁게 내려앉았다. 예은은 어색한 분위기를 환기하기 위해 라디오를 켰다. 복고풍의 비트와 멜로디가 흘러나왔다. 누구의 노래인지도 모른 채, 두 사람은 습기에 젖어 번들거리는 마포 대로를 달렸다.

　전경철을 비롯한 덩치들을 취조한 결과, 주세희는 부모의 사채 빚 때문에 서울까지 끌려와 강제로 음란 방송을 하고 있었다는 사실을 확인할 수 있었다. 사채업자들은 감시 카메라를 통해 그녀를 감시하고 방송 채팅창으로 지시를 내리며 음란 행위를 강요했다. 스티커를 적게 받아 매출이 급감할 때면, 사채업자들은 남자를 투입해 더 센 강도의 음란 행위를 하며 시청자들의 결제를 유도했다. 현재 방송통신법상 직접적인 음란 행위 및 성기가 카메라에 노출되지 않는다면 법적 제재를 받지 않는다는 점을 이용, 주세희의 방송에 투입된 남자들은 교묘히 카메라 앵글을 피해 그녀를 강간해왔다. 지속적인 방송을 위해 주세희에게 강제로 '허브'를 먹이기도 했다. 그녀는 점점 약에 중독되었다. 방송 마지막 날 불안 증세를 보인 건 그 때문이었다.

　조사 결과, 주세희와 비슷한 상황에 놓인 여자 세 명이 더 있다는 사실도 드러났다. 마포서 강력반 2팀은 감금되어 있던 다른 BJ들을 구출했다. 그녀들 역시 주세희와 비슷한 상태였다. 예은과 두진은 전경철을 집중 취조했다. 그는 남문파가 사채 및 음란 방송 사업을 하고 있었다는 사실은 인정했지만, 자신은 직접적으로 관여한 적이 없다고 시치미를 뗐다.

　"이거 왜 이러서, 현장에 주세희 있었잖아."

　두진이 을러댔으나 전경철은 표정 하나 변하지 않고 어깨를 으쓱했다.

　"저는 모르는 일입니다. 열심히 일하고 있는데, 밑의 애들이 갑자기 여자를 데려왔어요. 자초지종을 듣고 나서 좀 살살하라고 말하던 참이었습니다만."

전경철의 말을 뒷받침하듯 세 명의 덩치들도 일제히 같은 자백을 했다.

"요즘 고래 잡는 손님들이 눈에 띄게 줄어들어서 곤란했습니다. 빚진 년들 잡아다 성매매도 시켜봤는데 화대가 너무 적어서 벌이가 안됐어요."

"손님들한테 꼰지르는 년들도 있었어요. 소문 잘못 퍼지면 안 되겠다 싶은 때에 인터넷 방송을 알게 됐습니다."

"수입이 화대 받을 때랑 차원이 다르더라고요."

덩치들은 나머지 채무자들에게도 음란 방송을 강요했다고 진술했다. 인기가 없는 BJ나 방송을 시킬 수 없는 이들은 몰카나 변태적인 성향의 야동을 찍게 했다. 이 모든 건 자신들이 주도해서 저지른 일이라고 말했다. 예은은 피가 거꾸로 솟는 기분이었다. 심증은 구속력을 갖지 못한다. 결국 예은은 덩치들의 자백을 토대로 취조서를 작성했다. 전경철은 휘파람을 불며 사무실을 벗어났다. 얄미운 뒷모습을 보며 예은은 한준이 던지고 간 마지막 말을 떠올렸다.

―이자를 잘 조사해보시는 게 좋을 겁니다.

단순히 용한 박수무당의 말이어서 그런 건 아니었다. 예은은 전경철에게 뭔가 더 있다는 느낌이 들었다.

"너무 예민하게 매달리지 마. 자백, 정황, 증거가 다 일치하잖아."

두진은 예은의 등을 툭툭 두드렸다.

뭔가를 더 파내기에는 아는 사실이 모자랐다. 김재우와 이홍식은 검찰에 기소장을 넘겼다.

예은은 찝찝한 뒷맛을 떨치지 못한 채 강은혜 사건 조사로 돌아왔다. 제일 먼저 인터넷에서 '조이 엔터테인먼트'를 검색해 주소와 위치를 확인하고 수첩에 주소를 베껴 적었다.

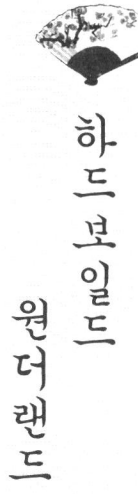

하드보일드 원더랜드

　미남당의 붉은 대문 앞에는 '당분간 지리산으로 기도하러 갑니다. 예약 불가'라고 쓰인 팻말이 걸려 있었다. 한준은 멀찍이 떨어져 팻말이 제대로 걸려 있는지 점검했다. 별다른 이상은 보이지 않았다.
　"좋아. 완벽해."
　한준은 흐뭇한 얼굴로 고개를 끄덕였다.
　박진상은 오늘 저녁 일곱 시에 찾아오기로 되어 있다. 원래 여섯 시 이후로는 칼같이 문을 닫는 미남당이지만, 그는 무려 일억이라는 계약금을 호쾌하게 송금해준 특급 VIP 아니던가. 자본주의 체제를 철저하게 따르는 한준으로서는 자신의 가치를 가장 예의 바른 방법으로 알아봐준 자에게 특혜를 베풀지 아니할 수 없다. 그는 사무실로 들어가 집 안에 먼지는 없는지, 백화점에서 공수해온 유명 디저트는 신선한 상태인지, 자료는 문제가 없는지 점검했다. 모두 완벽했다. 이전에 미리 예약해놓은 고객들에게는 미안하지만 장사라는 게 별 수 없다. 엄연히 우선순위라는 게 있는 법. 한준은 인터넷 뱅킹을 열고 화면에 찍힌 일억 원이라는 숫자를 흐뭇하게 들여다보았다.

"다음에는 백지 수표다."

야심차게 선언하고, 한준은 책상에 앉았다. 박진상이 오려면 아직 멀었다. 시간도 때울 겸 최종 점검도 할 겸 혜준이 조사해온 '조이 엔터테인먼트의 자금 동향에 관한 보고서' 서류를 들춰 보았다. 이런 보고서는 어디서 가져왔느냐는 한준의 물음에 그의 하나뿐인 혈육은 이렇게 답했다.

"게임하다가."

"무슨 게임을 하는데 이런 보고서를 가져와?"

"말하면 알아?"

"회사 이름이 뭔데?"

"지하 경제계에서 활동하는 주식회사야. 이름 같은 거 물으면 안 돼."

혜준은 시큰둥하게 키보드를 두드리다 말고 문득 생각났다는 듯 한준을 돌아보았다.

"참, 혈맹원한테 사준 아이템은 경비 처리한다."

"알았어. 얼마나 한다고."

제대로 외울 수도 없을 만큼 긴긴 이름의 아이템 가격을 본 순간, 한준은 힘들게 남 뒷조사 하지 말고 열심히 아이템 발굴해서 장사를 하는 게 투자 대비 수익이 더 많겠다는 유혹에 시달렸다.

하지만 게임에 가입하고 한 시간 동안 NPC*만 주구장창 두드려 패고 난 후 바로 포기했다.

보고서는 한준과 수철이 조사했던 내용과 크게 다르지 않았다. 상, 하반기 실적 그래프와 자금 내역들을 살피던 한준은 뒷부분에서 시선을 멈췄다. 최근 거영 그룹에서 오십억 원가량의 돈을 조이 엔터테인먼트에 지급한 내역이 있었다. 이유는 '거영 패션 이미지 브랜딩 사업'이었다. 조이 엔터테인먼트가 지급받은 오십억 원의 돈은 다시 세 개의 하청 업체에 나누어 입금되었는데, 각각 '5인조 여성 아이돌 육성 및 제작비', '홍보 제작 지원비' 등의 명목이었다. 하지만 최근 조이 엔터테인먼트 사업 보고서에는 '걸 그룹 피치(가제) 프로젝트 기획안' 정도만 올라와 있을 뿐, 실질적으로 진행되는 사안은 없었다.

"완전 날로 먹는군."

한준은 심드렁하게 보고서를 내려놓았다. 어지럽게 널브러진 서류들 사이로 전경철의 사무실에서 가져온 서류 파일철 두 개가 눈에 띄었다. 촉박하게 박진상 뒷조사를 하느라 깜빡 잊고 있던 물건이었다. 한준은 파일철을 펼쳤다. 첫 번째 파일철에는 세 장의 사진과 프로필 서류가 들어 있었다. 셋 다 여자였다. 보아하니 도박 원정대에 보낼 성매매자 리스트인 듯했다. 그중 눈에 띄는 사람이 있었다.

---

* Non-Player Character의 준말이다. 게임 안에서 플레이어가 직접 조종할 수 없는 캐릭터.

강은혜: 18세 / 45kg / 조이 엔터테인먼트 / 여고생

화려한 여자들 사이에 혼자 말갛고 수수한 인상이라 그런지, 강은혜가 유독 튀어 보였다. 다른 이들은 대부분 술집 종사자, 연예계 종사자에 스무 살 이상이었는데 혼자 여고생이라는 점도 그러했다. 화장도 거의 하지 않았고 코스튬용이 아닌 진짜 교복을 착용하고 있었다. 다른 서류철도 뒤적어보았지만 미성년자는 강은혜 한 명이었다.

"열여덟 살은 너무 심한데. 세상 말세일세."

한준은 혀를 끌끌 찼다. 다른 서류에는 성매매자들의 출입국 스케줄이 빼곡하게 정리되어 있었다. 여권 이름을 대조해보니 프로필에 있는 세 명을 제외하고 열 명의 성매매자가 더 있었다.

대충 그림이 나왔다. 전경철이 여자들을 선별해 보내면, 구태수가 불법 도박단에 성매매 여성들을 붙여 로비를 한다. 거영 그룹의 입장은 점점 유리해진다. 사업은 순풍 만난 배처럼 거침이 없고 주식은 빠르게 상승한다. 이 상황에서 다 죽어가는 조이 엔터테인먼트에 슬그머니 오십억이 들어왔다. 이게 처음은 아닐 터. 근 오 년간 투자금이라는 명목 하에 꾸준히 돈이 들어왔을 가능성이 높다. 그렇다면—

"비자금이네."

한준은 골치 아프다는 듯 손바닥으로 관자놀이를 짚었다.

박동길이 개인 비자금을 조이 엔터테인먼트에 돌린다. 구태수는 '걸 그룹 프로젝트'라는 명목으로 여러 하청 업체에 자금을 분

산 집행한다. 정작 걸 그룹 진행은 제대로 이루어지지 않았다. 패션 필름, 작곡, 출연료 등 제각각의 명목으로 돈이 나갔지만 결과물은 나오지 않았다. 돈이 사라졌다.

"문제는 이 비자금의 목적이 뭐냐는 건데—."

한준은 화이트보드에 붙어 있는 구태수의 사진을 쳐다보았다.

*

조이 엔터테인먼트는 생각보다 외진 곳에 있었다. 삼 층짜리 건물인 데다 길고 좁은 모양새였다. 예은과 두진은 사전 연락 없이 불시에 기획사를 찾았다.

"강은혜요?"

두 형사를 맞이한 실장 매니저는 당혹스러운 표정을 지었다.

"그 애가 어떻게 되었다고요?"

도리어 되묻기까지 했다.

"최근까지 이 회사에 소속되어 있던 걸로 알고 있습니다. 소식을 전혀 몰랐나요?"

예은의 물음에 실장 매니저는 고개를 저었다.

"초반에만 조금 나왔어요. 이후로는 연락도 두절되고 연습도 안 나와서 연습생 명단에서 삭제했습니다."

"인적 사항을 좀 볼 수 있을까요?"

실장 매니저는 어렵지 않다는 듯 서류를 빼서 보여주었다. 연습생 명단에 적혀 있는 주소는 부모님 집 주소였다. 가출 후 강은혜가 어디서 머물고 있었는지는 역시 알 수 없었다.

"연락이 두절된 때가 언젠가요?"

"한 달 조금 안 됐을 거예요."

예은은 수첩에 그 사실을 적었다. 권희주는 강은혜가 두 달 전 기획사에 들어갔다고 진술했다. 그녀가 연희동 하수로에서 시신으로 발견된 건 이 주 전이다. 한 달 하고도 이 주 동안의 행적이 빈다.

"연습생 기간 동안 피해자가 어디 머물렀는지 알 수 있을까요?"

두진은 일부러 느슨한 표정을 지으며 물었다. 실장 매니저의 얼굴에 더 큰 물음표가 떴다.

"글쎄요……. 집에서 다니지 않았을까요?"

"피해자에 관한 거라면 뭐든 좋습니다. 갑자기 연습실에 안 나왔다고 했는데 짚이는 점 없습니까?"

"저는 매니지먼트 기획 담당이라서요. 회사에서 진행 중인 걸 그룹 프로젝트 후보로만 알고 있습니다. 애들을 직접 관리하는 건 연습생 매니저에게 물어보셔야 할 겁니다."

실장 매니저는 짐짓 거만한 표정을 지었다.

"연습생 관리자는 어디에 있죠?"

"지하 연습실에 있을 겁니다."

예은과 두진은 실장 매니저의 안내에 따라 지하 일 층으로 내려갔다.

연습실은 이 건물의 크기만큼이나 작았다. 안에는 네 명의 연습생이 있었다. 전부 여자였다. 나이는 십 대 중반에서부터 이십

대 초반들로 보였다. 연습 중인지 몇 번이고 노래를 반복 재생하며 춤을 추고 있었는데 그런 쪽에 문외한인 두 형사들의 눈에도 형편없는 수준이었다.

실장 매니저는 뒷벽에 기대 연습생들을 찍고 있는 뚱뚱한 남자를 불렀다. 그가 연습생 매니저라고 했다. 툭 튀어나온 입술과 부어 보이는 눈이 어딘가 모르게 우둔하고 미련한 인상을 풍겼다. 연예계 관련 종사자라기보다는 운동선수에 가까운 느낌이었다.

"경찰이요?"

연습생 매니저는 히익 소리를 내며 예은과 두진을 쳐다보았다.

"경찰이 무슨 일로?"

"강은혜 양에 대해 묻고 싶은 게 있습니다."

두진이 말했다. 연습생 매니저의 얼굴은 하얗게 질려 있었다.

"자자, 선생님. 그냥 몇 가지 물어보러 온 겁니다. 너무 겁먹지 마세요."

두진은 능글맞은 표정을 지으며 연습생 매니저의 어깨를 두드렸다. 예은은 연습생 매니저의 안색을 자세히 살폈다.

"그 애한테 무슨 일이 있나요?"

그는 잠시 숨을 돌린 후에야 간신히 질문을 꺼냈다. 예은은 사건 자초지종을 설명했다.

"죽어……요?"

그는 통통한 입술을 축 늘어뜨렸다. 느릿하고 낮은 어투였다.

"연습실에 나오기 전에 이상한 점은 없었는지, 주변에 수상쩍은 인물은 없었는지 알고 싶습니다. 아주 조금이라도 좋으니 아는 건 다 말씀해주세요."

예은이 말했다. 연습생 매니저는 고개를 떨군 채 한참 동안 두 손을 만지작거렸다.

"걔, 한 달 좀 넘게 나오고 그 뒤로는 안 나왔어요."

"마지막으로 나온 날짜가 언젭니까?"

"잠깐만요."

연습생 매니저는 연습생 출석 일지를 기록한 노트를 가져왔다.

"11월 5일 이후로 안 나왔네요."

"출석하는 동안 이상했던 점은 없습니까? 누가 오는 걸 두려워한다거나, 특정 연락이 오면 분위기가 좋지 않았다든가."

"아, 그게……."

연습생 매니저는 힐끗 고개를 돌렸다.

"저기, 쟤 보이시죠?"

그의 시선은 연습실 내부에 머물러 있었다. 연습생 매니저는 손가락을 들어 긴 머리를 묶고 제일 엉성하게 춤을 추고 있는 연습생을 가리켰다.

"한 달 다 되어갈 때 쟤랑 크게 싸운 적 있어요. 강은혜 그 친구, 얌전한 줄만 알았는데. 그것 때문에 깜짝 놀랐어요."

"싸운 이유가 뭡니까?"

예은이 머리 묶은 연습생을 돌아보며 물었다.

"자기 연습하는 데 방해된다고 그랬다나 봐요. 둘이 머리채 쥐어뜯고 싸우기에 말렸는데 저를 똑바로 보더니 제 편드는 게 좋을 거예요, 하면서 턱을 꼿꼿이 치켜세우더라고요. 열여덟 살짜리가 하는 말치고는 너무 가관이어서 헛웃음이 다 났어요."
"그 후에 또 다른 일이 있었나요?"
예은은 부지런히 연습생 매니저의 말을 받아 적었다.
"그 후론 안 나왔어요."
연습생 매니저가 고개를 젓자 투실투실한 볼이 흔들렸다. 예은은 볼펜 끄트머리로 머리 묶은 연습생을 가리켰다.
"저 친구와 이야기 좀 나눌 수 있을까요?"
잠시 후 두 형사는 머리를 묶은 연습생과 대면했다. 커다랗게 뜬 두 눈에 살짝 튀어나온 앞니 때문에 토끼 같은 인상을 주었다. 그녀는 강은혜라는 이름을 듣자마자 미간을 찌푸렸다.
"죽었다니까 좀 그렇긴 한데……. 걔 좀 이상했어요."
"왜요?"
예은의 물음에 머리 묶은 연습생은 입술을 모으며 애교 섞인 표정을 지었다. 버릇인 듯했다.
"처음에는 안 그랬거든요? 말을 막 많이 하고 그러진 않았는데, 그냥 인사하고 같이 연습하면서 잘 지냈어요. 그런데 한 이 주 지나니까 우릴 쌩까기 시작하더라고요."
"그게 언제부터였어요?"
예은의 눈빛이 날카롭게 빛났다. 연습생은 한쪽 손으로 턱을 괴었다.
"이사님 개인 면담하고 나서부터 좀 변했던 거 같아요."
"개인 면담? 무엇 때문에?"
두진의 물음에 연습생은 고개를 저었다.

"내용은 몰라요. 처음에는 가르쳐달라고 엄청 졸랐는데, 절대 비밀이라면서 혼자 막 좋아했어요."

'좋아했다—.' 예은은 수첩에 그 말을 휘갈겨 적은 뒤 크게 별표를 쳤다.

"그 후로도 몇 번 더 이사님이랑 면담했어요. 그래서 다들 쟤는 데뷔 확정인가 보다, 그렇게 생각하긴 했었어요. 솔직히 우리 중에서 제일 예뻤거든요. 비주얼 담당으로 픽스된 줄 알고 나름 잘 보이려고도 했어요."

하지만 연습생들은 강은혜에게 말 한 번 제대로 붙여보지 못했다. 의식적으로 그들을 피하기 시작하더니 나중에는 같은 공간에 있는 것도 불쾌해했다며 머리 묶은 연습생은 열불을 냈다.

"인사 무시는 기본이고, 우리가 연습하고 있으면 엄청 한심하다는 듯 쳐다봤어요. 지도 우리랑 같은 연습생이면서 벌써 잘나가는 아이돌처럼 굴더라고요."

"혹시 싸운 이유가?"

예은이 툭 던지듯 물었다.

"연습하다가 실수로 걔 옷을 밟았어요. 그런데 그거 가지고 난리도 아니었어요. 난 또 대단한 명품인 줄 알았는데 그것도 아니었어요. 흔한 메이커 가지고 왜 그렇게 게거품을 물었나 몰라."

"피해자가 뭐라고 말했는지 기억나요?"

"조심해야 할 거 아니냐, 더러워졌는데 어떡할 거냐, 그러면서 아주 악을 썼어요. 제일 어이없던 건 그거였어요. 재수 없게 부정 타면 책임질 거냐고요. 그 말 들으니 웃음밖에 안 나더라고요."

"피해자가 어디 살고 있었는지는 알아요?"

두진이 묻자 머리 묶은 연습생은 흥, 하고 코웃음을 쳤다.

"워낙 공주님이셔서. 우리 같은 애들하고는 같이 다니지도 않았어요."

그때 문가에 머리를 빠끔 내밀고 있던 단발머리 연습생이 외쳤다.

"강은혜 걔, 2호선 타는 거 봤어요!"

두진과 예은은 연습실 문가를 쳐다보았다. 머리 묶은 연습생에게 집중하느라 몰랐는데, 언젠가부터 대화를 엿듣고 있었던 모양이다.

"어느 방향으로?"

예은이 말을 건네자, 단발머리 연습생이 사뿐한 걸음걸이로 다가왔다.

"홍대 방향이요."

시선이 갑자기 쏠리자 부담스러운 듯했다. 단발머리 여학생의 목소리가 작게 줄어들었다.

"어디서 내렸는지 알아요?"

"그건 몰라요. 걔랑 같이 타기 싫어서 일부러 다음 거 타고 그랬어요."

예은은 속으로 한숨을 쉬었다. 그때 머리 묶은 연습생이 고개를 갸웃하며 반문했다.

"걔, 처음 들어왔을 때는 공덕 산다고 하지 않았어? 6호선 갈아타야 된다고 그랬던 거 기억나는데."

"내가 봤을 때는 2호선 타고 가던데?"

예은이 두 사람 사이에 끼어들었다.

"2호선 탔을 때가 언젠가요?"

"한 달 전인가, 그랬던 거 같아요."

그렇다면 집을 가출한 이후의 시점이 된다. 예은은 혼자 고개를 끄덕였다. 두진이 연습생 매니저를 향해 고개를 돌렸다.

"피해자가 면담했다는 이사가 누굽니까?"

연습생 매니저는 곤란하다는 듯 머리를 긁적였다. 두 형사는 재촉하지 않고 기다렸다. 뒷짐을 지고 쭈뼛대며 한참을 예은과 두진의 눈치를 살피던 연습생 매니저는 조심스레 입을 열었다.

"구태수 이사님이요."

"하압!"

그간 갈고닦았던 판소리가 제 실력을 발휘했다. 한준이 기합을 넣으며 허공을 향해 방울을 내리치자 박진상은 놀라 걸음을 멈췄다. 한준은 싸늘한 표정으로 그를 노려보았다.

"돌아가."

"뭐라고?"

박진상의 얼굴이 분노로 일그러졌.

"네까짓 게 암만 용을 쓰면 뭐 해? 하는 일은 족족 다 엎어져, 집안에서는 아무도 인정 안 해줘, 옆에서는 돈이 철철 새나가고 있는데 눈 뜨고도 모르잖아. 돌대가리야?"

한준이 일갈했다. 박진상은 슬쩍 표정을 풀더니 호기심 어린 눈빛으로 그를 쳐다보았다.

"옆에 붙은 부정한 기운이 아주 장난 아냐. 나 이거 손 못 대. 돌아가."

한준이 손을 휙휙 내저었다. 박진상의 입술 한쪽 끝이 씰룩거렸다.

"이봐, 네가 받은 계약금이 얼만 줄이나 알고……."

"이놈이!"

한준이 책상을 쾅 내리쳤다.

"내가 돈 때문에 이 짓 하는 줄 알아? 어차피 네놈 것도 아닌 돈, 당장 돌려주마!"

"내, 내 거가 아니라니?"

당황한 박진상은 말을 더듬었다.

"그 나이에 애비 돈 갖다 쓰면 부끄러운 줄 알아야지. 그리고."

한준은 턱을 당기고 눈을 위로 흘겨 뜬 채 나직이 목소리를 낮추었다.

"네놈 애비 옆에 엄청 큰 귀신 붙었어. 나, 그거 감당 못 해."

"그걸 어떻게……. 아, 아니."

박진상은 황급히 한준 앞에 앉았다.

"이봐, 너무 그렇게 야박하게 굴지 말고……."

한준은 있는 힘껏 복식 호흡으로 숨을 끌어 모았다.

"사태 파악 안 돼? 어서 감히 반말질이야!"

"그게 저기……. 내가, 아니, 제가 뭐라고 불러야 할까요?"

"선생님."

한준은 코끝을 치켜세웠다.

"선생님, 기왕 이렇게 왔는데 점은 봐야지. 아니, 봐주셔야죠."

"아까 다 말해줬잖아. 네 애비랑 네 옆에 쌍으로 귀신 붙었어. 너 앞으로도 팔자 안 풀려."

"아버지는 잘되고 있는데요."

주눅 든 목소리였지만, 박진상의 눈초리에서는 아직도 의심이 묻어났다.

"돈 잘 벌고, 회사 커지니까 잘되는 거 같지? 한 치 앞만 보는 한심한 놈 같으니라고."

한준은 혀를 끌끌 찼다.

"내 장담하는데, 오 년 안에 망해. 너희 부자한테 붙어 있는 귀신 때문에."

박진상은 책상에 한층 더 가까이 다가왔다. 얼굴을 코앞까지 들이미는 바람에 한준은 인상을 쓰며 상체를 뒤로 뺐다.

"선생님, 대체 어떤 귀신이 붙었기에 그러십니까? 묫자리가 잘못됐나? 우리나라 최고 풍수 전문가가 터를 골랐는데요."

한준은 팔짱을 끼고 코웃음을 쳤다.

"꼭 죽어 없어져야만 귀신인 줄 알아?"

박진상의 두 눈에 물음표가 떴다.

"죽어서 구천 떠도는 놈들보다 살아 움직이는 놈들 중에 훨씬 무서운 귀신 많아. 네놈도 잘 알 텐데."

"무슨 말씀이신지 도무지……."

한준은 느닷없이 박진상의 눈앞에 방울을 내밀었다. 짤랑하는 소리에 놀란 박진상이 몸을 뒤로 물렸다. 한준은 눈을 지그시 감고 천천히 방울을 흔들었다.

"보인다, 보인다, 보인다……."

박진상은 침을 꿀꺽 삼켰다.

"보인다, 키 엄청 크고……. 피부병 봐라, 엄청 심하네……. 어디 보자, 보니까 부하 같긴 한데……. 쯔쯔, 네놈 말을 쥐똥으로도 안 듣고. 당연하지, 네놈 애비가 사람을 안 믿고 귀신을 믿으니……."

"선생님!"

결국 박진상 역시 미남당에 온 이들이라면 응당 거치는 코스를 밟았다.

"선생님, 저 어떻게 하면 됩니까? 돈은 얼마든지 내겠습니다. 제발 살려주십쇼."

박진상은 오열하며 무릎을 꿇었다. 때마침 팔이 아프던 찰나였다. 한준은 방울 흔들기를 멈추고 한쪽 눈을 슬쩍 떴다.

"무슨 일이든 할 자신 있어?"

"물론입니다."

박진상의 얼굴에 오만한 표정은 온데간데없었다. 한준은 방울을 내려놓았다.

"지금 네가 하는 일마다 자빠지는 건 그 키 큰 놈 때문이야. 위험해."

"정확히 뭐가 어떻게 위험하다는 말씀입니까?"

"그놈이 위험한 일에 너무 손을 많이 댔어."

박진상은 침을 꿀꺽 삼켰다.

"아버지 옆에 있다는 귀신은……."

한준은 상대를 쏘아보았다.

"뭘 알면서 물어."

박진상은 입을 꾹 다물었다. 놀란 티를 감추려 애쓰는 게 눈에 보였다.

"그 키 큰 놈이랑 요사스런 점쟁이 둘이서 네 아비를 흔들고 있어. 조만간 너희 집안 회사 말아먹을 일 생길 거니까 정신 단단히 차려."

"세상에, 선생님! 그렇잖아도 제 고민이 그겁니다!"

박진상이 외쳤다. 한준은 에헴, 헛기침을 하며 말을 이었다.

"가서 회사에 돈이 어떻게 흐르고 있는지 똑바로 확인해봐. 꼴을 보아하니, 아랫사람들한테 줄기차게 시킬 줄만 알았지 정작 회사가 어떤 꼬락서니로 돌아가는지는 하나도 모르는 놈이네. 그리고 하나 더!"

박진상은 바닥에 거의 납작 엎드릴 기세였다. 한준은 왕과 충신 사이를 이간질하는 간신배처럼 속삭였다.

"보니까 네 애비는 네 회사에 관심이 없는데. 실적 같은 거 내지 말고 조용히만 있으라고 한 적 없어?"

박진상은 눈이 뒤집히기 일보 직전이었다.

"그랬습니다. 대체 왜 그런 겁니까?"

"네가 그러니까 형제들한테 밀리는 거야. 네 애비, 네 회사 이용해서 돈 빼돌리고 있어."

"목적이 뭡니까?!"

"거기까지는 안 보여."

한준은 새침한 표정을 지으며 시선을 돌렸다. 점을 칠 때의 묘미는 여기에 있다. 적절한 시점에 끊어서 상대방의 애간장을 닳게 만드는 것.

"선생님, 저 이제 앞으로 어떻게 하면 좋을까요? 제발 알려주십시오."

박진상이 애원했다. 한준은 슬쩍 그를 쳐다보며 허공에 주먹을 갖다 댔다.

"두 가지 방법이 있어. 첫 번째."

그러면서 집게손가락을 폈다.

"그 키 큰 양반 쫓아내. 자네가 잘라봤자 애비가 컨펌 안 해주겠지만, 어떻게든 해봐. 두 귀신 떨어뜨려놔야 자네 집안이 살아."

무거운 공기가 미남당 내부를 짓눌렀다.

"두 번째."

한준이 가운뎃손가락을 폈다.

"굿해. 그 귀신들이 보통 센 게 아니야. 자네 혼자서는 감당 못할 수도 있어."

박진상은 숨을 훅 들이마셨다.

"대신 굿을 할 경우, 자네 애비도 약간의 타격을 입게 될 거야."

"만약 제가 그 귀신들을 못 쫓아낼 경우 어떻게 됩니까?"

진지하게 묻는 박진상의 모습은 비장함마저 느껴질 정도였다.

"자네 집안에 패가망신살이 껴 있어. 엄청나게 재산 날리고 사람들한테 손가락질당할 일이 생길 걸세."

한준은 손을 거두고 다시 팔짱을 꼈다. 박진상은 무릎을 꿇었다.

"굿하겠습니다."

한준은 딴청을 피운 채 무덤덤하게 말했다.

"엔간한 굿으로는 어림없어."

"오억 드리겠습니다."

한준은 잠시 침묵했다.

조이 엔터테인먼트와 구태수, 거영 그룹 사이에 범죄가 연루되어 있는 건 확실하다. 구태수가 주관하는 불법 도박단에 유수의 정재계 인사들이 껴 있는 만큼 건드리기 힘든 사건이다. 과연 이걸 받아들이는 게 현명한 일일까. 해결 과정에서 드는 비용과 목숨값에 오억이면 손해 보는 장사 아닐까, 기타 등등의 생각이 스쳐 지나갔다.

한준은 쉴 새 없이 머릿속으로 계산기를 두드렸다. 암만 생각해도 수지 타산이 맞지 않는다. 한준이 얼굴을 찌푸리며 입을 열려는 순간, 박진상이 다시 한 번 입을 열었다.

"십억."

순간 한준의 머릿속이 밝아졌다. 흠, 십억이면 나쁘지 않다. 나름 고민해볼 만한 액수다. 지금까지 미남당을 운영하면서 받은 최고로 높은 복채가 삼천만 원인걸 생각해보면 파격적이긴 하다, 라는 문장이 뇌 주름 사이로 출력되었다. 어디 한 번 뜸이나 좀 들여볼까 하며 한준이 입을 열려던 찰나—.

"……을 더 드리겠습니다"

박진상이 비장하게 말했다.

한준의 머릿속에 동전이 촤르륵 쏟아지는 소리와 함께 '십오억'이라는 숫자가 떠올랐다.

"좋네."

한준은 즉각 내뱉었다.

"선생님만 믿겠습니다."

박진상이 넙죽 엎드렸다. 한준의 귀에 부착한 음향 수신기에서 하나뿐인 혈육의 격려가 울려 퍼졌다.

—넙죽 일 받기는. 가오 떨어지게.

예은과 두진이 기획사를 나왔을 때는 이미 날이 저물어 있었다. 한겨울이라 해가 짧은 탓이다.

"말을 너무 많이 했더니 배고픈데요."

예은이 배를 문질렀다.

"근처에서 먹고 들어갈까?"

두진이 주변을 둘러보았다. 황량한 회색 건물들 사이로 편의점 하나 보이지 않았다.

"가서 먹죠."

"에이, 강남 밥 좀 먹어보나 했더니."

두 사람은 차를 세워둔 곳을 향해 몸을 돌렸다.

"결국 구태수 이사 얼굴은 못 봤네요."

예은이 허탈한 목소리로 말했다.

"어디 골프나 치러 갔겠지."

"연습생 매니저요. 뭔가 알고 있는 눈치 아니었어요?"

예은이 상체를 웅크리며 말했다. 두진은 쯧, 혀를 찼다.

"두꺼비처럼 생겨가지고는 땀만 뻘뻘 흘리던데 뭘."

"단순히 그렇다고 하기에는 안색이 너무 안 좋았어요. 꼭 뭔가 감추고 있는 사람처럼."

예은은 두진을 획 돌아보았다.

"선배는 못 느꼈어요?"

"얌마, 경찰이 갑자기 와서 사람 죽었다고 하면 놀라지. 내가 봤을 때는 네가 예민한 거야."

두진이 고개를 저었다.

"흐음."

예은은 나직한 신음 소리를 내며 패딩 점퍼를 여몄다. 빌딩 사이를 뚫고 들어오는 바람이 차가웠다. 목을 움츠리고 차를 주차해놓은 곳을 향해 걷는데, 뒤에서 가녀린 목소리가 들려왔다.

"저기, 형사님."

칼바람이 윙윙 소리를 내며 울어대는 턱에 처음에는 알아듣지 못했다. 예은과 두진은 빠르게 걸었다. 그러자 누군가가 헉헉 숨을 내뱉으며 예은의 팔을 붙잡았다.

"뭐야?"

예은이 놀라 뒤를 돌아보았다.

"형사님, 아까부터 불렀는데."

몸집이 작고 깡마른 여자 애가 서 있었다. 아까 지하 연습실에 있던 연습생 중 하나였다. 한마디씩 할 말을 보탰던 세 명의 연습생에 비해 유독 조용히 입을 다물고 있어서 기억이 났다.

"무슨 일이에요?"

예은이 물었다. 깡마른 연습생은 아직도 숨이 찬지 호흡을 몇 번 가다듬었다. 뭔가를 확인하듯 주변을 둘러보더니 조심스레 물었다.

"형사님, 강은혜요. 진짜 살해당했어요?"

깡마른 연습생이 물었다. 예은은 고개를 살짝 끄덕였다.

"아……."

깡마른 연습생은 입을 일자로 꾹 다물었다. 잠시 고민하는 눈치였다.

"드릴 말씀이 있어요."

예은은 상대가 겁에 질려 있음을 눈치 챘다.

"저, 봤어요."

"어떤 거?"

두진이 끼어들었다. 깡마른 연습생은 뾰족한 턱을 들며 말했다.

"강은혜요. 걔가 연습실 안 나오기 전에…… 이상한 일이 있었어요."

예은은 숨을 멈췄다.

*

미남당이 이렇게 진지한 분위기에 휩싸인 건 개업 이래 처음이었다. 한준, 수철, 혜준은 응접실에 모여 앉아 화이트보드를 뚫어져라 쳐다보았다. 어찌나 진지했던지, 혜준과 수철이 한 번도 야식 이야기를 하지 않을 정도였다. 세 사람은 격렬한 토론을 벌였다. 대화가 사공 많은 배마냥 엄한 곳으로 흘러갈 때쯤, 한준이 손바닥으로 화이트보드를 탕 내리쳤다.

"대화 잠깐 스톱. 정리 한번 하고 넘어가자."

한준은 보드의 여백에 한 줄씩 상황을 정리해서 써 내려갔다.

1. 구태수와 임 고모라는 점쟁이 콤비가 박동길 회장을 흔들고 있다.
2. 박동길 회장은 투자라는 명목 하에 조이 엔터테인먼트에 지속적으로 거액의 회삿돈을 송금했다.
3. 구태수는 여러 명목으로 회삿돈을 분산시켰다.
4. 실질적으로 결과물이 나온 프로젝트는 거의 없다.
5. 구태수는 현재 정재계 인사들이 포함된 해외 원정 도박단을 케어하며 로비를 하고 있다.

한준은 뭉툭한 마카 펜 끄트머리로 1번을 짚었다.

"아마 임 고모는 주식이나 사업 방향성을 박 회장에게 조언해 주고 있을 거야."

그러고는 쭉 선을 그어 5번과 연결했다.

"점쟁이의 조언은 구태수에게서 나왔겠지. 거영 그룹에 유리하도록 로비를 하고 있으니까. 우리처럼 선 처리 후 점괘 시스템일 가능성이 높아. 그렇다면—."

한준은 2번을 툭툭 건드렸다.

"지금 상황으로 봐서는 박동길 회장이 조이 엔터테인먼트로 회삿돈을 빼돌려 비자금을 만들고 있어. 그런데 의심되는 건 구태수야. 단순히 은닉하려고 돈을 분산시킨 건지, 아니면 본인이 박 회장 몰래 돈을 먹고 있는 건지, 이걸 모르겠단 말이야."

한준은 한쪽 팔을 벽에 기댄 채 화이트보드를 뚫어져라 쳐다보았다.

"만약 박 회장이 본인 비자금을 만들려고 하는 거라면, 구태수가 저지르고 있는 범죄를 언론에 까발리면 돼. 십 대 소녀가 성매매로 끼어 있을 정도니까 파장이 클 거야. 임 고모 역시 구태수 뒤에서 사기를 조장한 셈이니까 구속될 가능성이 크고. 그러면 두 사람은 자연히 박 회장에게서 떨어지게 돼. 요게 플랜 A."

한준의 시선이 구태수의 사진으로 옮겨갔다.

"하지만 박 회장은 구태수가 돈을 분산시켰다는 사실을 모른다면?"

혜준이 뿔테 안경을 추어올리며 물었다. 한준은 경쾌하게 손가락을 튕겼다.

"그럼 구태수가 박 회장 돈을 야금야금 먹고 있는 거지. 그 편이 더 좋아. 구태수와 임 고모가 짜고 사기 행각을 벌였다는 증거를 찾아 박 회장에게 은밀히 전달하면 되니까. 조용히 일 처리 할 수 있어. 그게 플랜 B."

화이트보드를 멍하니 쳐다보던 수철은 뚱한 표정을 지었다.

"그런데 임 고모가 진짜 용한 점쟁이일 수도 있잖아. 그래서 박 회장과 구태수가 임 고모의 말을 따르고 있을지도 모르지."

한준은 코웃음을 쳤다.

"아무리 용한 점쟁이라도 사람의 과거와 현재를 맞히는 게 고작이야. 그렇게 순순히 맞출 수 있는 미래면 세상이 왜 요 꼴로 굴러가겠어?"

수철은 아랫입술을 비죽 내밀었다.

"그럴 가능성도 있다는 말이지."

"여하튼."

한준은 '임 고모' 단어에 별표를 그렸다.

"임 고모가 핵심 키워드야. 구태수가 자신이 원하는 대로 점괘를 말하게 했다는 증거를 찾아야 해."

한준은 수철을 쳐다보았다.

"임 고모의 점집은 어디인지, 집은 어디인지, 주로 나타나는 데가 어디인지 샅샅이 조사해줘."

"정보원들이 계속 박 회장 뒤를 따라다니고 있어. 조만간 나올 거야."

한준은 고개를 돌려 혜준과 눈을 마주쳤다.

"혜준이는 구태수 개인 정보를 파악해줘. 구태수 핸드폰을 복사할 수 있으면 더 좋고."

"롸져."

혜준은 고개를 끄덕였다.

"대충 정리됐으면 고기 먹으러 가자."

"그래, 오늘은 한우 최고급 등심 먹자."

생각만 해도 기분 좋다는 듯 혜준이 웃었다.

"십오억짜리 건수인데 그 정도는 먹어야지."
한준이 어깨에 힘을 주었다.

예은과 두진, 깡마른 연습생은 기획사에서 조금 떨어진 곳으로 자리를 옮겼다. 주차한 곳에서 일직선으로 쭉 내려오니 바로 압구정 로데오가 나왔다. 세 사람은 비교적 한적해 보이는 카페에 들어가 자리를 잡았다. 깡마른 연습생의 이름은 황지은이라고 했다. 한기가 빠지지 않았는지 몸을 오들오들 떨었다. 예은과 두진은 그녀가 입을 열기를 기다렸다.
"일주일 전인가 그랬어요. 그 일이 있고 나서 강은혜가 회사를 안 나왔어요."
지은은 따뜻한 물을 한 모금 마시고 나서야 이야기를 시작했다.
"연습이 밤 아홉 시쯤 끝나거든요. 집에 가려고 지하철역에 갔는데, 연습실에 지갑을 두고 온 거예요. 다시 되돌아갔죠."
지은은 눈을 가늘게 뜨며 당시의 상황을 회상했다. 회사는 불이 꺼져 있었다. 혹여 회사 전체가 잠겼을까 봐 조마조마해하며 현관문을 열었다. 다행히 지하 연습실 문이 열려 있었다. 안으로 들어온 지은은 환하게 불이 켜진 춤 연습실을 보고 의아해하며 문가로 다가갔다.
"음악 소리가 들렸어요. 남아서 연습할 정도로 열심인 사람이 없는데 이상했죠."
지은은 벽에 몸을 숨긴 채 눈만 내밀고 안을 들여다보았다. 연습실 안에는 강은혜가 서 있었다. 그 앞에는 의자에 앉아 있는 두 사람과 카메라를 들고 서 있는 사람 한 명이 있었는데, 지은이 있는 쪽에서는 등밖에 보이지 않았다. 지은은 조금 더 가까이 다가가 거울에 비친 이들의 얼굴을 보았다.

"한 명은 회사 이사님이었고, 나머지 두 명은 모르는 사람이었어요."

"인상착의 기억나요?"

예은이 볼펜을 쥔 손에 힘을 주었다.

"이사님 옆에 앉아 있던 여자는 엄청 하얗고 예뻤어요. 배우인 줄 알았어요. 그런데 서 있는 남자는 너무 못생겼더라고요. 머리도 벗겨져서 엄청…… 변태처럼 보였어요."

지은은 인상을 썼다. 짚이는 바가 있었다. 예은은 핸드폰을 꺼내 전경철의 사진을 보여주었다.

"혹시 이 사람인가요?"

"맞아요."

지은은 눈을 휘둥그레 떴다.

"그래서, 다음은 어떻게 됐어요?"

"춤 다 추고 나니까, 여자가 뭐라고 말했어요. 말소리는 잘 안 들렸어요. 이사님이랑 카메라로 찍고 있던 남자도 무슨 말을 한 거 같은데, 강은혜가 울려고 그랬어요."

강은혜는 머뭇거렸다고 했다. 그러자 여자가 일어나 강은혜를 다독였다. 부드러운 표정으로 몇 마디를 하자, 강은혜는 천천히 옷을 벗었다.

"옷을 벗었다고?"

두진이 화등잔처럼 눈을 크게 떴다.

"네, 옷을 벗더니 교복으로 갈아입었어요. 그걸 다 찍고 있더라고요."

지은은 끔찍하다는 듯 아랫입술을 깨물었다.

"그래서 바로 도망 나왔어요. 들켰다가는 저한테도 시킬 거 같아서……. 그런데 다음 날 회사 가니까 매니저 오빠가 저한테 그랬어요."

어떻게 알았는지 연습생 매니저가 자신을 따로 불러 입단속을 시켰다고 했다.

"강은혜가 비공개 영화 오디션을 봤대요. 엄청 큰 배역이라서 회사의 사활이 걸렸으니까 절대 말하지 말라고 그랬어요."

지은은 금방이라도 울음을 터트릴 듯한 강은혜의 얼굴이 마음에 걸렸지만, 한편으로는 질투가 났다고 했다. 이후 강은혜의 태도가 점점 변하기 시작했다. 다른 사람을 벌레 취급하며 큰소리를 치는데도 회사 사람들은 별다른 제지를 하지 않았다. 심지어 강은혜가 다른 연습생과 싸움을 일으켰는데도 매니저는 조용히 넘어갔다. 혐오와 질투가 반씩 섞여 기분이 복잡했다.

"뜨고 싶으면 이상한 걸 많이 겪어야 한다더니 정말이구나, 그렇게 생각했어요."

싸움 이후 강은혜는 다른 연습생들과 더욱 데면데면해졌다. 일주일이 지나자 아예 나오지도 않았다. 그렇게 조용히 잊히는 듯했다.

"가뜩이나 그 장면 보고 마음이 심란했었거든요. 연습생 관둘까 말까 고민하던 찰나였는데, 형사님들이 와서 강은혜가 죽었다고 하니까……. 겁이 덜컥 났어요. 말하지 않으면 안 될 거 같았어요."

예은은 지은의 증언을 빠짐없이 기록했다.

"지은 양은 연습생으로 지낸 지 얼마 안 됐어요?"

"저는 사 개월 정도 됐어요."

"나머지 친구들은?"

두진이 물었다.

"다 비슷해요. 회사에서 첫 걸 그룹 만든다고 해서 거의 동시에 들어왔어요."

"강은혜 양이 제일 늦게 들어왔네요."

예은이 볼펜 끝으로 턱을 누르며 물었다.

"네. 그런데 자꾸 이사님에게 불려가고 그러니까 우리끼리 불만이 많았어요."

"왕따를 시킨 적은 있나요?"

"일부러 그런 건 아닌데, 애가 점점 싸가지 없어지니까……."

지은이 말끝을 흐렸다.

"그때 같이 있었다는 이사 이름이 구태수인가요?"

예은이 지은을 향해 상체를 기울였다.

"맞아요. 그 이사님, 어쩐지 기분 나빠요."

지은이 놀라며 고개를 끄덕였다.

"어떤 점 때문에요?"

예은이 묻자 지은이 고개를 절레절레 저었다.

"키도 괴물처럼 큰데 생긴 것도 무섭고……. 가끔씩 피 냄새가 나기도 해요. 괜히 길고양이 죽이고 다니는 사람 같지 않느냐고, 우리끼리 그런 말 한 적도 있어요."

"구태수 아니면 전경철이야."
사무실에 돌아오자마자 두진이 내뱉었다.
"둘 다일 수도 있어요."
예은은 책상에 다리를 올린 채 수첩을 유심히 들여다보았다.
"전경철의 수하들이 여자들을 성매매한 전력이 있잖아요. 강은혜도 그런 식으로 엮이지 않았을까요? 오디션을 옷 벗고 봤다는 게 너무 수상한데."
"전경철한테는 살인 동기가 없어. 나이 어려, 얼굴 예뻐. 내가 전경철이었으면 BJ로 돌렸겠다. 별풍선 빵빵 터질 텐데 뭐 하러 죽여."
예은은 끄응 소리를 냈다.
"대체 왜 죽였을까. 난 이유 자체가 감이 안 와."
"전에 부검 이야기한 건 어떻게 됐어요?"
강은혜의 사체가 발견된 초반에만 해도 강주철의 태도는 완강했다. 예은의 거듭된 설득 때문에 '고민하겠다'라는 말까지는 간신히 받은 상태였지만 아직 확실한 답은 듣지 못했다.
"어제 연락해봤는데 아직도 갈팡질팡하나 봐."
예은은 손가락 끝으로 볼펜을 돌렸다.
"구태수 이사라는 사람도 끼어 있는 걸 보면, 그쪽으로 생각해봐야 하지 않을까요. 여자 연예인들 시켜서 접대하는 경우도 많잖아요."

"접대하다가 뭔가 일이 틀어져서?"

"강은혜가 보면 안 될 걸 봤다던가."

"그래서 범인이 불태워 죽였다?"

'불타 죽었다'는 지점에서 또다시 말문이 막히고 만다.

"왜 하필 불로 태웠을까요?"

"그러니까 범인이 변태 새끼인 거지. 그렇게 태울 바에는 화재 사고로 위장할 수도 있었는데, 굳이 하수로까지 와서 유기한 거잖아."

"흰색 구두까지 신겨가면서요."

예은은 깊은 한숨을 쉬었다. 아무리 생각해봐도 시신에 구두를 신긴 이유를 짐작할 수 없었다. 구두를 신었을 때의 느낌은 딱 한 가지뿐이었다. 불편함.

"지금 알아낸 거 가지고는 추측하기도 어려워."

"사건들이 전부 이상해요."

예은은 자리에서 일어나 화이트보드 앞에 섰다.

"강은혜는 연예인이 되기 위해 집을 나갈 정도로 의욕적이었어요. 권희주의 말에 따르면 성격도 얌전하고 차분한 편이라고 했는데, 막상 기획사에서는 정반대 행보를 보였고요. 연습도 제대로 안 하고 연습생과 싸웠다니."

예은은 한쪽 머리를 쥐어뜯으며 짜증을 냈다.

"진짜 돌아버리겠네."

"그 이상한 오디션 보고 크게 충격받은 거 아닐까?"
"오디션을 본 건 강은혜가 사라지기 일주일 전이었어요. 연습 끝나고 2호선 홍대입구 쪽으로 돌아갔다는 거 역시 그 시기고……."
"약 한 달간의 행적이 비슷아."
"제 말이 그거예요."

예은은 책상에 엉덩이를 반쯤 걸치고 앉았다. 수첩을 꺼내 오늘 조사한 것들을 넘기며 읽다가 연습생 황지은이 증언한 부분에서 멈췄다.

"연습생 매니저, 뭔가 있어요. 아까 안색도 그렇고, 연습생도 역시 그렇게 말했잖아요. 연습생 매니저가 자기한테 와서 설득했었다고."
"한귀 감 발동이여?"

두진은 못 말린다는 표정을 지었다.

"전경철과 연습생 매니저가 실마리를 쥐고 있을 거예요. 하나씩 찾아보자고요."

예은은 수첩을 덮었다.

"그래, 기왕 조지는 거 제대로 조져보자고."

두진이 길게 기지개를 폈다.

*

"임 고모 말이야. 존재하는 사람이긴 해? 박 회장 혼자 셀프로 대화 주고받고 점 치고 그러는 거 아냐?"

수철은 미남당 사무실로 돌아오자마자 인상을 썼다.

"왜, 아예 노래 한 곡 뽑지 그래. 박동길 속엔 박동길이 너무도 많아. 쉴 곳 없이 서로 대화 나누고?"

한준은 한심하다는 듯 실눈을 떴다.

"대기업 회장이 〈아이덴티티〉 찍고 있는 거면 대박이겠다."

혜준이 무심하게 덧붙이자 한준이 한숨을 내쉬었다.

"논할 가치 없는 이야기로 에너지 소모하지 맙시다. 박동길뿐만 아니라 다른 재계 인사, 톱스타들도 점을 본다잖아."

한준이 잘라 말했다. 수철의 얼굴이 새빨갛게 달아올랐다.

"그것도 뜬소문 아냐? 임 고모뿐 아니라 점을 본 사람도 나타나지 않아. 누가 점을 봤을 거다, 이런 추측만 무성하지 정작 봤다는 사람은 없다니까?"

"그런 하이클래스들이 미쳤다고 얼굴에 나 점 봤소, 써 붙이고 다니겠어? 그런 사실이 밝혀지면 이미지에 박격포 맞는데."

"누가 그걸 몰라서 그러나. 대체 꼬리를 밟을 수가 없으니 하는 말이지."

수철이 소파 구석에 앉아 투덜거렸다. 한준은 날카롭게 동생을 돌아보았다.

"구태수 정보는 어떻게 됐……."

혜준은 눈살을 찌푸리며 머리를 긁었다. 새하얀 비듬이 그녀의 회색 맨투맨 위에 쌓여 설원을 이루는 모습을 보며 한준은 차마 뒷말을 잇지 못했다.

"구태수라는 이름도 잘못된 거 아냐? 아무리 뒤져봐도 인적 사항이 안 나와."

혜준이 말했다.

"주민등록번호가 없다는 말 아냐?"

"아아아주 옛날, 전산 시스템 도입 이전에 발급된 주민등록증이면 누락되는 경우도 있긴 하지만. 구태수가 그렇게 나이 먹진 않았을 거 아냐."

한준은 구태수의 사진 앞에 서서 팔짱을 꼈다.

"암만 많이 봐도 삼십 대 중반인 거 같은데."

"설마 아예 출생 신고를 안 한 거야? 그럼 회사 일은 어떻게 해?"

"제기랄, 전산 조회 해보니까 구태수의 인적 정보가 없는데 거기선 어떻게 일하고 있습니까? 이리 물어볼 수도 없는 노릇이고."

한준은 한숨을 쉬었다.

"박 회장이 꽂아줬다니까 그 부분은 알아서 무마했겠지만. 하, 이 콤비 대체 뭐야? 임 고모든 뭐든 일단 실체를 알아야 굿하는 시늉이라도 할 거 아냐."

한준은 신경질적으로 내뱉었다.

박진상조차 임 고모의 목소리 한번 들어본 적 없다 하니 답답하고 환장할 노릇이다. 박동길과 구태수에게 감시도 붙여보았지만 박동길은 굴지의 대기업 회장답게 뒤를 쫓기 녹록치 않았으며 구태수 역시 어찌나 경계가 심한지 툭하면 놓치기 일쑤였다.

"보통 흥신소 직원들로는 무리야."

수철이 한탄했다.

"박진상도 점 보려고 했다가 퇴짜 맞았지. 누가 점을 어떻게 봤는지도 알 수 없지. 루트를 알아야 등이라도 비벼볼 텐데."

한준은 소파에 주저앉아 머리를 쥐어뜯었다.

"십오억 뱉어내야 하는 거 아냐?"

혜준의 말에 한준은 비명을 질렀다.

"어떻게 얻은 기회인데. 그럴 순 없어. 다들 빨리 아이디어 모아. 1인당 하나 이상 내놓지 않으면 오늘부터 야근이야."

"당장 임 고모를 찾을 수 없으면, 구태수부터 노려보는 게 어떨까? 도박단을 조직하고 있다 했으니 신분 위장해서 그 판에 끼는 거야. 그러다 보면 임 고모와도 선이 닿지 않을까?"

혜준이 다급하게 말했다. 손깍지를 낀 채 고심하던 한준은 고개를 저었다.

"임 고모가 원정 도박단에 직접 모습을 드러낼 가능성은 적어. 거긴 말 그대로 구태수가 판을 벌려놓은 곳이니까 임 고모의 점괘랍시고 정보를 들고 나와 사람들을 흔드는 정도에 불과할 거야."

누가 도박판에 참여했는지 파악할 수 있다면 구태수의 범죄 사실을 입증하는 데는 유리하지만, 임 고모한테까지 손을 뻗을 수는 없다. 임 고모는 자신은 점만 쳤을 뿐, 도박판은 모르는 일이라고 잡아떼면 그만인 일 아닌가. 구태수와 임 고모가 사기를 공모해 박동길의 돈을 빼돌리고 있다는 걸 증명해야 하는 미남당의 목적과 맞지 않는다.

"우리 쌔빠지게 고생하지 말고 박진상 쪽을 조지자."

수철이 말했다. 남매는 뜨억한 표정으로 친애하는 파트너를 쳐다보았다.

"갑자기 엄한 의뢰인은 왜?"

"임 고모를 제일 자주 만나는 사람이 박동길 회장이잖아. 지 아버지니까 어떻게 좀 알아내보라 그래."

"천하의 연남동 박수무당 체면이 있지, 어떻게 의뢰인 본인한테 알아보……."

목소리를 높이려던 한준은 갑자기 말을 멈추고 화이트보드를 쳐다보았다. 한가운데에 붙어 있는 박동길, 박진상, 구태수의 사진과 물음표로 표시된 부분을 뚫어버릴 기세로 응시하던 한준은 자리에서 벌떡 일어났다.

"뭐, 뭐야?"

혜준과 수철은 긴장했다.

"역시 내 친애하는 파트너답다. 오늘 야근 없음."

"뭔지는 모르지만 일단 좋아는 할게."

수철이 얼떨떨해하며 말했다.

"뭘 어떻게 하려고?"

혜준 역시 어리둥절한 표정이었다.

"등잔 밑이 어두웠네. 내가 너무 어렵게만 생각했어."

한준이 유쾌하게 말했다.

"대한민국 재벌만 한 만사형통 부적이 없지. 멀리 돌아가지 말자고."

*

　예은은 책상 위에 푸른색 파일철 묶음을 올려놓았다. 성인 방송 BJ 사건 때문에 전경철의 수하들을 입건하는 과정에서 가져온 증거품인데, 당시에는 이미 해결된 사건이라 생각해서 유심히 들여다보지 않았다. 이상한 오디션이 벌어지던 현장에 전경철이 있었다는 사실을 알게 되자 그제야 파일철의 존재가 떠올랐다.

　혹여 강은혜에 관한 실마리를 찾을 수 있을까. 예은은 막연한 기대감으로 파일철을 훑었다. 내용의 대부분은 강제로 성인 방송 BJ가 된 채무자들의 정산 내역과 성매매에 관한 것이었다. 이름과 숫자의 나열뿐인 서류들을 연신 보고 있노라니 눈이 뻑뻑했다. 그러고 보니 요즘 쉴 틈 없이 사건이 터지는 중이었다. 이불 속에 몸을 쭉 뻗고 숙면한 게 언제인지 기억도 나지 않았다. 예은은 한숨을 쉬며 커피를 한 잔 탔다.

　정신을 차리고 남은 파일들을 마저 검토했다. 내용들이 엇비슷해서 점점 눈에 빨리 들어왔다. 부지런히 종이를 넘기던 예은의 손이 멈춘 건 마지막 파일철에서였다. 내용이 달랐다.

이명준 2, 11, 16, 25
김근희 8, 11, 15, 30
남필구 2, 11, 20
박정현 1, 13

"이게 뭐지?"

예은은 이마를 찌푸렸다. 몇 번을 들여다보고 종이를 천장에 비춰보기도 했지만 쓰인 건 이름과 의미를 알 수 없는 숫자가 전부였다.

"낯익은 이름이 있는데……."

아무리 머리를 쥐어짜보아도 피곤에 지친 탓인지 머리가 잘 돌아가지 않았다. 그렇게 하면 기억을 깨울 수 있다는 듯 한 손으로 머리를 두드리고 있는데 복도 쪽에서 시끄러운 발소리가 들렸다. 유동우와 양진명이었다.

"저희 한 건 했습니다."

그러면서 사무실에 있는 일행들을 향해 씨익 웃어보였다.

유동우와 양진명 형사는 강은혜의 시신이 발견된 곳이 연희동이었다는 점과 강은혜가 2호선 홍대 방향의 지하철을 탔다는 연습생의 증언을 토대로 무작정 일대를 돌며 탐문을 이어가고 있었다. 그러다 연희동 교차로에 위치한 편의점에서 강은혜를 알아보는 아르바이트생을 만났다.

"본 적 있어요."

아르바이트생은 이제 갓 스물 넘었음직한 청년이었다.

"가끔 여기서 먹을 거 사가지고 들어갔었어요."

"주로 몇 시쯤 이곳을 방문했습니까?"

아르바이트생이 뒤통수를 긁적였다.

"일정치는 않았어요. 아침일 때도 있었고, 오후에도 오고 그랬어요. 제가 오전 파트라 저녁은 잘 모르겠네요."

"혼자였습니까?"

"네. 항상 혼자였어요."

"나갈 때 어느 방향으로 갔는지 아십니까?"

"저 앞 오피스텔로 들어갔어요."

"꽤 유심히 보셨네요."

유동우가 툭 내뱉었다. 아르바이트생은 당황해하며 얼굴을 붉혔다.

"바로 앞이라 보이기도 하고……. 너무 예뻐서 저도 모르게 그만……."

"마지막으로 본 게 언제인지 기억나십니까?"

"그것까지는 모르겠어요. 그렇게 자주 온 건 아니라서."

두 형사는 아르바이트생이 가리킨 오피스텔을 확인했다. '옐로우 힐'이라는 이름의 건물이었고, 지어진 지 오래되지 않은 듯 보였다.

오피스텔 경비 역시 강은혜를 알아보았다.

"1802호 사람이네."

경비는 고개를 끄덕였다.

"학생인 거 같은데, 낮에도 왔다 갔다 하고 그러더라고. 이상해서 물어봤죠."

학교 안 가느냐고 묻자 강은혜는 배시시 웃기만 했다며 경비는 고개를 갸우뚱했다.

"얼굴이 예쁜데 좀 모자란가 싶었지. 안됐다 했는데, 죽었을 줄은 몰랐네."

"찾아온 사람은 아무도 없었습니까?"

"부동산 업자가 한 번 다녀갔어요. 집 내놨나 보더라고."

두 형사는 경비가 알려준 부동산을 찾아갔다. '그린 부동산'은 오피스텔에서 한 블록 떨어진 곳에 있었다. 두 사람이 문을 열고 들어가자 책상에 앉아 있던 뚱뚱한 남자가 반색하며 일어났다.

"어서 오시죠. 오피스텔 보시게?"

"옐로우 힐 오피스텔 1802호 세입자에 대해 좀 물어보려고 왔습니다."

뚱뚱한 남자는 경계하는 눈빛으로 두 형사를 쳐다보았다. 유동우가 배지를 내밀었다.

"경찰입니다. 1802호를 계약한 사람이 누구인지 알려주시면 대단히 감사하겠습니다."

"무슨 일입니까?"

"거기 세입자가 시체로 발견되었습니다."

뚱뚱한 남자는 곱은 손을 맞비볐다.

"1802호라. 잠시만요."

뚱뚱한 남자는 파일을 뒤적여 커다란 파일철을 꺼냈다. 엄지와 집게손가락에 침을 발라가며 열심히 종이를 넘기던 그는 계약서 한 장을 꺼냈다.

"아, 강은혜. 미성년자가 혼자 계약하러 와서 기억납니다."

"혼자 계약했다고요? 그게 가능한가요?"

양진명이 얼굴을 찌푸렸다.

"부모가 지방에 계셔서 올라올 수 없다면서 삼촌이랑 집을 보러 왔었어요. 어차피 단기 월세인 데다 아버지랑 통화해서 동의도 얻었고요. 그러면 계약서 작성에는 문제가 없죠."

"그러니까, 집을 볼 때는 삼촌이랑 같이 있었고 계약서를 쓸 때는 혼자 왔다는 거죠?"

유동우가 확인하듯 재차 물었다. 남자는 고개를 끄덕였다.

"단기요? 얼마나?"

"한 달 주기로 갱신하기로 했었어요."

"삼촌의 인상착의 기억납니까?"

"키가 엄청 작았어요. 빈상에다 말투도 껄렁껄렁해서 집안에 뭔가 문제가 있나 보다고 생각했죠."

"아버지랑 통화하셨다고 했죠? 목소리가 어땠습니까?"

"엄청 걸걸하대요. 쇳소리가 장난 아니었어요. 자기가 몸이 안 좋아서 그런다면서, 딸애 집을 잘 부탁한다고 하더군요. 계약금이랑 월세도 바로 입금됐어요."

"입금 내역 좀 볼 수 있습니까?"

뚱뚱한 남자는 계약서와 통장 사본 내역을 보여주었다. 천에 백이십만 원. 송금자 이름은 전경철이었다. 유동우는 내역을 사진으로 찍었다.

"집을 내놨다고 들었는데."

"네. 삼촌이란 사람이 전화해서 집을 뺀다고 했어요. 그때는 죽었다는 이야기 없었는데."

뚱뚱한 남자는 이해가 되지 않는다는 표정이었다. 두 형사가 남자를 이해시킬 의무는 없었다.

"수사에 협조해주셔서 감사합니다."

두 형사는 다시 옐로우 힐 오피스텔로 돌아갔다.

"1802호를 좀 볼 수 있을까요?"

유동우가 요청했다. 경비는 문을 열어주었다.

집 안은 텅 비어 있었다. 가구는 이미 다 빼간 상태인 듯했다. 도배는 깨끗하게 새로 되어 있는 상태라 알아낼 수 있는 게 없었다. 하지만 벽 모서리 사이를 마감해놓은 나무들은 그대로였다. 약간 낡긴 했지만 그을음은 없었다.

두 사람은 1802호를 나와 편의점에서 음료수 한 박스와 주전부리를 사서 경비에게 건넸다.

"선생님, CCTV 좀 확인하겠습니다."

경비는 열람 요청에 기꺼이 응했다. 유동우와 양진명은 경비실에 앉아 강은혜가 입주한 날부터 시신이 발견된 12월 5일까지의 CCTV를 돌려 보았다. 그리고 네 시간 후, 점점 집중력이 흐트러지고 있던 두 형사는 12월 3일 자의 지하 주차장 CCTV에서 깜짝 놀랄 만한 장면을 목격하게 되었다.

예은과 두진은 유동우와 양진명이 가져온 CCTV를 확인했다. 강은혜가 오피스텔에 입주한 이후 가장 꾸준히 모습을 드러낸 이는 전경철이었다. 그는 지하 주차장에 차를 대고 건물 엘리베이터 쪽으로 사라졌다가, 잠시 후 강은혜를 데리고 나왔다. 다른 날짜에도 마찬가지였다. 그때마다 강은혜는 교복, 체육복, 십 대들이 즐겨 입을 법한 발랄한 캐주얼 복장을 하고 전경철의 뒤를 따르고 있었다.

"이제 빼도 박도 못하겠군."

예은은 회심의 미소를 지었다.

"3일 자 CCTV 보세요."

유동우가 화면을 빠르게 돌렸다. 3일 자 CCTV가 재생되자 예은과 두진은 모니터에 얼굴을 갖다 붙일 기세로 집중했다. 화면을 보고 있던 두 형사는 거의 비슷한 때 "어, 어!" 하고 소리쳤다. 네 시경, 해당 오피스텔 주차장에 흰색 벤츠가 멈춰 섰다. 누군가 문을 열고 나오더니 급하게 엘리베이터 건물을 향해 뛰어갔다.

"아니, 저거 사람이야? 왜 이렇게 커?"

뒤쪽에서 CCTV를 지켜보던 김재우가 놀라 소리쳤다. 화면 속에 찍힌 이는 머리가 주차장 천장에 닿을 정도로 키가 컸다. 모자와 마스크를 쓰고 선글라스까지 낀 탓에 얼굴은 알아볼 수 없었다. 그는 잠시 후 담요로 둘둘 만 길쭉한 무언가를 품에 안고 나왔다. 안에 든 게 사람의 형태라는 건 쉽사리 알 수 있었다. 시간은 다섯 시 이십 분.

예은은 흥분한 기색으로 두진을 돌아보았다.

"지은이가 했던 말 기억나요?"

"뭐?"

두진이 눈을 홉떴다.

"구태수 이사 인상착의요. 키가 괴물처럼 크고 기분 나쁘게 생겼다고 했잖아요."

"어, 그러고 보니."

두진은 다시 한 번 CCTV 속 화면을 들여다보았다.

"피 냄새도 났다고 하지 않았나?"

예은은 고개를 끄덕였다. 지은의 증언에 의하면 구태수는 강은혜가 수상한 오디션을 받던 날, 연습실에 있었다. 그렇게 눈에 띌 정도로 큰 키라면 다른 사람과 헷갈릴 리 없다. 구태수는 강은혜와 깊은 연관이 있는 게 분명했다.

"시신 발견된 날이 언제지?"

두진이 물었다.

"5일이요."

생각이 확신으로 굳어지는 걸 느끼며 예은은 대답했다.

"구태수 이사 몽타주 떠. 그 지은이란 친구 불러서 연습실에 있던 인간들 몽타주도 뜨고."

두진이 손을 휘휘 내저었다. 예은은 자리를 박차고 일어났다.

*

신통방통한 연남동 박수무당의 점괘 앞에서 박진상은 진즉 재벌 3세라는 자아를 잊은 지 오래였다. 그는 한준의 호출에 달음박질로 뛰어왔다가, 눈앞에 펼쳐진 풍경에 압도되었다.

"이, 이게 대체 무슨 일입니……?"

"빨리 문 닫아!"

한준의 호통과 함께 부채 하나가 허공을 가르며 박진상의 귓가를 스쳤다. 그는 놀라 황급히 문을 닫았다.

미남당 내부는 깜깜했다. 한준은 양반다리를 한 채 앉아 있었고, 양옆에는 혜준과 수철이 후드를 뒤집어쓴 채 촛불을 들고 서 있었다. 어둠이 드리워져 윤곽이 지워진 얼굴 사이로 흔들리는 촛불이 기괴하게 느껴졌다.

세 사람은 둥그런 모양으로 늘어놓은 양초 안에 있었다. 어찌나 많은 초가 타고 있는지 연기와 파라벤 냄새로 인해 머리가 아플 지경이었다. 희미하게 일렁이던 촛불을 지켜보던 박진상의 눈 초점이 점차 흐려졌다. 한준이 다시 한번 일갈했다.

"정신 차리게!"

박진상은 깜짝 놀라 자신의 뺨을 가볍게 때렸다.

"선생님, 지금 이건……."

그러면서 조심스레 한준을 향해 다가갔다.

"스톱!"

한준이 소리쳤다. 박진상은 깜짝 놀라 한 발짝 뒤로 물러났다.

"지금 함부로 다가오면 안 돼. 거기 꼼짝 말고 있어."

한준은 자리에서 일어나 염불을 외우듯 이상한 소리를 냈다. 그리고 품속에 손을 집어넣어 미리 준비해둔 밀가루를 꺼내 박진상에게 확 뿌렸다. 열심히 눈을 까뒤집고 외치는 말 중에 알아들을 만한 건 '물렀거라' 정도였다. 잠시 후, 곧 튀김기에 들어가도 손색없을 만큼 밀가루를 잘 뒤집어쓴 거영 그룹 재벌 3세는 예기치 못한 상황에 놀라 두 눈만 끔뻑끔뻑했다.

"이, 이게 대체 뭡니까?"

박진상이 물었다.

"지금 자네의 몸에 결계를 쳤네."

한준은 남은 밀가루를 음산하게 허공에 뿌렸다.

"퇴마라고 들어봤겠지. 그쪽에 붙은 두 귀신이 생각 이상으로 강력해. 그저 단순히 자네의 운을 막고 앞날을 꼬이게 만드는 정도가 아니야."

긴장했는지, 박진상은 주먹을 꽉 움켜쥔 채 한준의 말을 경청했다.

"프로젝트마다 엎어지고, 무슨 일만 하려고 하면 귀신이 곡할 지경으로 말렸을 거야. 그렇지?"

한준 역시 긴장한 눈빛으로 밀가루를 쥔 손에 힘을 주었다. 박진상은 허옇게 된 얼굴을 열심히 끄덕였다.

"생각 이상으로 큰일이 될지도 몰라. 열심히 기도를 올리며 놈들을 쫓아본 결과, 굿을 자칫 잘못 했다가는 우리가 당하네."

"그, 그럼 큰일이잖습니까?"

박진상이 허둥거렸다.

"큰일 정도가 아니야. 나와 신딸, 신아들은 목숨을 걸고 악귀들과 싸울 생각일세."

"선생님!"

목 놓아 부르며 무릎을 꿇는 박진상의 얼굴에는 두려움과 감동과 얼떨떨함이 복잡하게 뒤섞여 있었다.

"각오는 되어 있나?"

한준이 물었다.

그런데, 울먹이며 선생님의 뜻이라면 뭐든 따르겠노라고 외칠 거라 생각한 한준의 예상과 달리 그는 몇 번이고 손끝을 만지작거렸다. 살짝 당황한 한준이 그를 쳐다보자 박진상은 엉거주춤하며 엉뚱한 말을 했다.

"굳이 선생님과 일행을 사지로 몰아넣을 필요가 있을까요?"

"뭐라?"

한준의 눈썹이 활처럼 휘었다.

"그렇잖아도 한국이 정 힘들면 해외 쪽으로 사업을 돌려볼까 했거든요. 선생님, 무서운 퇴마 같은 거 하지 말고 다른 점 봐주시죠. 첫 타깃은 어디로 잡으면 좋을지, 뭐 이런 거."

"자네, 나한테 십오억이나 줘가면서 귀신 쫓으려던 거 아니었어? 자네뿐만 아니라 집안 자체가 위험하다니까?"

"사람이 줄줄이 죽어나가면 그건 그거대로 집에 액운이 낄 거 같은데요. 게다가 자칫 선생님이 죽으면 앞으로 제 점은 누가 봐줍니까?"

한준의 입술 한쪽이 일그러졌다.

"처음에는 구 이사를 끌어내리고 거영 그룹을 제대로 돌아가게 할 생각이었는데, 자칫 잘못해서 저까지 역살 맞느니 이 터를 떠나서 사업 크게 벌리는 게 더 이득일 것 같습니다. 아버지도 항상 해외 수주를 염두에 두고 계시니, 조금만 고생하면 형들보다 입지가 더 굳어질 거 같고요. 선생님만 계시면 그 정도는 일도 아니지 않겠습니까?"

경제 신문에서는 항상 여자와 술을 끼고 노는 놈팡이로만 나오더니, 의외로 현실적인 말을 논리정연하게 늘어놓는다. 예상치 못한 반응에 한준은 헛기침을 했다.

"자네가 그래서 안 되는 걸세."

잠시 뜸을 들인 후에야 한준이 입을 열었다. 박진상은 얼굴을 찌푸렸다.

"한 번 낀 액운이 이곳을 벗어난다 해서 털어낼 수 있을까? 달아난다고 피할 수 있는 저주라면, 나 같은 무당은 뭐 하러 신내림 받아? 평생 고독하고 힘들기만 한데."

실내의 공기가 무겁게 내려앉았다. 해외로 나가서 신내림을 피했다던 사례를 박진상이 언급할 경우를 예상해, 한준은 재빠르게 여러 답변을 준비했다. 다행히 박진상은 아무 말도 하지 않았다.

"이대로 피하면 자네는 미미한 효과만 본 채 십오억을 헛되이 쓸 뿐이야."

촛농이 뚝뚝 소리를 내며 바닥에 떨어졌다. 손가락 끝에 닿았는지 수철이 으헉 소리를 내며 요란하게 초를 떨어뜨렸다. 덩달아 옷자락이 펄럭이는 바람에 근처의 촛불이 삽시간에 꺼졌다. 박진상은 놀라 고함을 쳤다.

"결계를 쳤다면서요. 안전하지 않은 겁니까?"

한준이 눈을 부릅떴다.

"어디로 달아난다 한들, 근본을 해결하지 않으면 일은 계속 똑같이 반복되네. 내가 반드시 그놈들을 잡아 뿌리를 뽑고 말겠어."

"선생님."

박진상은 지금까지 본 이래 처음으로 진중한 표정을 지었다.

"지금까지 제게 한 푼이라도 더 받아내려는 사람은 많이 보았지만, 선생님처럼 받은 돈에 책임감을 느끼는 사람은 처음입니다."

오장육부에 닭살이 이는 이런 상황을 원한 건 아니었지만, 어쨌든 박진상의 마음은 돌렸다. 한준은 입을 다문 채 그의 말을 들었다.

"부디 잘 부탁드립니다."

박진상은 처음으로 아버지 외의 다른 사람에게 머리를 숙였다. 그 모습을 지그시 바라보던 한준은 들고 있던 부채를 살살 흔들다가 탁 소리를 내며 접었다. 일행은 한준에게 집중했다.

"본격적으로 퇴마를 하기 위해서는 직접 임 고모의 실체를 찾아내 마주쳐야 하네."

한준이 말했다. 박진상은 의문스럽다는 표정을 지었다.

"선생님의 신력이면 임 고모가 어디 있는지 충분히 찾아낼 수 있지 않습니까?"

"물론 그렇지. 하지만."

한준은 이를 꽉 깨물며 말을 이었다.

"현재 그놈들이 힘을 감추고 있어. 기운을 느끼지 못하고 사람의 몸만 찾게 되면 시간이 상당히 걸리네. 지금 우리는 여유 부릴 때가 아니야. 그놈들이 언제 급습할지 몰라."

한준은 슬슬 실내 공기가 탁해지는 걸 느끼며 다음 말을 서둘렀다.

"그럼 이제 어떻게 하면 됩니까?"

촛불을 쳐다보던 박진상의 눈빛이 다시 멍해졌다. 한준은 가볍게 그의 뺨을 쳤다.

"정신 차리고, 내가 시키는 대로 하게."

박진상은 고개를 세차게 끄덕였다. 한준은 만족스러운 표정으로 박진상의 어깨를 꽉 붙잡았다.

"꽤 큰 퇴마 작전이 될 터이니 복채 좀 더 쓰고."

미남당의 인력만으로는 일 처리가 쉽지 않았지만, 박진상이 힘을 보태자 일사천리로 진행되었다.

"그자들을 찾기 위해서는 은밀하게 정보를 모아야 하네. 내 신력으로 최선을 다해 방향을 잡을 터이니, 자네는 물리적인 움직임을 쫓을 수 있도록 최선을 다해주게."

그게 무슨 말인지 모르겠다며 의문을 몇 번 제기했다가 얻어먹은 욕만 몇 바가지인지 셀 수 없는 박진상이었다. 한준의 말에 그저 고개만 끄덕일 수밖에 없었다.

"무엇이 필요하십니까?"

"자네가 가진 게 뭐다?"

"돈뿐입니다."

살면서 이렇게 정직한 고백을 들을 일이 또 있을까. 한준은 박진상에게 최첨단 컴퓨터 시설을 요구했다. 그 결과, 혜준은 FBI에 재직하던 시절보다 훨씬 더 업그레이드된 기계들로 가득한 개인 작업실을 선사받았다.

"이제야 일할 맛 나네."

혜준은 근 몇 년 만에 환한 미소를 지었다. 위치는 미남당에서 도보로 십 분 정도 떨어진 건물이었는데, 얼마 전까지만 해도 미남당 일행이 단골로 다니던 이자카야가 있던 곳이었다.

"여기 꼬치 맛 그립네. 사장이 정말 열심히 일했었는데. 단골 가게가 사라져서 아쉽구먼."

한준은 뒷짐을 지고 건물을 바라보았다.

"건물주가 말도 안 되게 가격 올려서 쫓겨났잖아. 젊은 양반이 안됐어."

"그 건물주 돈도 많다던데 그렇게 욕심 부리다가는 벌 받지."

수철이 혀를 끌끌 찼다. 그런데 옆의 분위기가 싸했다. 돌아보니 박진상이 어쩔 줄 몰라 하고 있었다.

"죄송합니다."

한준과 수철은 건물과 박진상을 번갈아가며 쳐다보았다. 잠시 후, 박진상은 머리에 꽂힌 쇠방울을 떼어내며 두 사람의 뒤를 따랐다.

"회장님 비서진에 사람을 넣을 수는 없나? 아예 매수한다거나."

한준의 말에 거영 그룹의 왕자는 고개를 저었다.

"불가능합니다. 아버지는 의심이 많으셔서 최측근을 쉽게 들이거나 바꾸지 않아요. 지금 비서진들도 오래 충성한 사람들이라 매수도 어려울 겁니다."

결국 미남당 일행은 차선책으로 전직 특수 부대 출신의 조사 요원들을 모집, 박동길과 구태수를 24시간 밀착 마크하는 방법을 택했다.

"돈이 좋긴 좋아."

미남당 일행은 뒤에서 몰래 쑥덕거렸지만 박진상 앞에서는 내색하지 않았다.

"아버지한테 이렇게 관심 가져본 건 처음이네요."

미남당에 앉아 조사원들에게 보고를 받으며 박진상은 묘한 표정을 지었다.

"일주일에 한 번 정도는 임 고모를 찾아가시니, 곧 알아낼 수 있을 겁니다."

박진상의 말을 증명하기라도 하듯 다음 날 박동길은 평소와 다른 움직임을 보였다.

―회장님과 구 이사가 동시에 움직입니다. 어떻게 할까요?

조사원의 전화에 박진상이 한준을 쳐다보았다.

"움직입시다."

한준과 수철이 자리에서 일어났다.

"저, 저도요?"

박진상은 당황한 기색으로 두 사람을 쳐다보았다. 한준은 재킷의 깃을 날카롭게 세우며 말했다.

"상황이 고정될 때까지는 자네의 정보가 계속 필요하네. 움직이세."

*

황지은은 조이 엔터테인먼트를 이미 그만둔 상태였다. 예은은 몽타주 전담 형사와 함께 지은의 집을 찾아가 당시 강은혜와 함께 연습실에 있던 인물들의 몽타주를 작성했다. 예은은 제일 먼저 구태수 이사의 키와 얼굴부터 확인했다. 예상대로 CCTV 속 인물과 동일했다.

예은은 곧장 조이 엔터테인먼트로 향했다.

"또 뵙네요, 선생님. 구 이사님은 오늘도 안 계십니까?"

예은은 연습생 매니저를 향해 살짝 고개를 숙였다.

"외부 일정이 있으셔서 오늘은 안 오십니다."

그는 창백한 안색으로 커피 한 잔을 내왔다.

두 사람은 사무실 휴게 공간에 앉아 서로를 마주 보았다. 연습생 매니저는 어색한 기색을 감추지 못했다. 굳은 입가, 미세하게 떨리는 손. 예은은 일부러 차가운 표정을 지었다.

"선생님, 제게 하실 말씀이 있을 거 같은데."

툭 던진 말에 연습생 매니저는 화들짝 놀랐다.

"뭐, 뭘 말입니까?"

"제가 별명이 한귀거든요. 한예은 귀신. 척 하면 척이라서."

예은은 호로록 소리를 내며 커피를 한 모금 마셨다.

"선생님, 저희 지금 그림 나온 게 꽤 많거든요. 용의자도 나왔어요. 짐작 가는 거 있으시죠?"

"저는 아무 상관이……."

"강은혜의 집 CCTV에 구태수 이사가 찍혔어요."

예은은 눈을 치켜떴다.

"강은혜가 이 기획사에서 무슨 일을 겪었는지 알고 계시잖아요."

연습생 매니저는 시선을 바닥에 떨구었다.

"계속 침묵하시면 더 이상 상관없다는 말씀 못 하세요. 범인 은닉죄, 최소 삼 년입니다."

"저는 아무 짓도 안 했어요."

연습생 매니저가 고개를 번쩍 들었다. 예은은 가볍게 턱을 주억였다.

"그러셨을 거예요. 하지만 위에서 지시가 있었겠죠. 무슨 이유로 선생님이 강은혜를 특별 커버 쳐주셨는지 알아야겠습니다."

연습생 매니저는 무릎에 얹은 통통한 두 손을 꼭 움켜쥐었다.

"말씀해주세요. 선생님이 무슨 지시를 받았는지, 강은혜의 신변에 무슨 일이 일어났는지 말입니다."

"그게……."

그는 입술을 살짝 떨었다.

"고모님이라고, 구 이사님과 아는 분이 계세요."

"고모요?"

예은은 의자를 더 가까이 끌어당겼다.

"아주 가끔 오셨어요. 그때마다 은혜를 구 이사 방으로 부르셨어요."

연습생 매니저는 침을 꿀꺽 삼켰다.

"거기서 뭘 했는지 알고 계십니까?"

"아니요, 모릅니다. 구 이사가 절대 아무도 못 들어오게 했거든요. 은혜는 거기서 두어 시간 정도 있다가 나오곤 했어요. 그런데……."

나올 때마다 강은혜의 상태가 어딘지 모르게 이상했다며 그는 몸을 움츠렸다.

"어떻게 이상했어요?"

"술 취한 사람처럼 비틀거리고, 실실 웃는데 눈은 풀려 있고……."

강은혜가 그런 모습을 보였던 첫날, 의아해하는 연습생 매니저에게 구태수는 이렇게 말했다고 했다.

"은혜가 특별 경락과 마사지를 받았는데, 그거 하고 나면 원래 이러니까 정신 들 때까지 따로 돌봐주라고 했어요. 모양새는 보기 안 좋으니 사람들 눈에 띄지 않게 하라고요."

연습생 매니저는 특별 시술이 끝날 때마다 구태수의 사무실 옆에 딸린 방으로 강은혜를 데리고 들어갔다.

"중요한 배역에 캐스팅되어서 관리를 해주는 거라고 했어요. 워낙 특이한 시술들이 많으니까 저도 그러려니 했죠."

"그 고모님이란 분이 강은혜를 관리한 건가요?"

"저도 처음에는 관리사인가 싶었는데, 그러기에는 구 이사님이 너무 정중하게 대하셨어요. 얼굴도 배우처럼 예뻤고. 관리사 느낌은 아니었어요. 뭐 하는 분인지 모르겠습니다."

예은은 여성이 그려진 몽타주를 내밀었다.

"이 사람입니까?"

연습생 매니저는 흠칫 놀랐다.

"맞습니다."

"이름이나 인적 사항에 대해 알고 계신 건 없나요? 아주 작은 거라도 상관없어요."

연습생 매니저는 물을 한 모금 삼킨 후 대답했다.

"다른 건 몰라요. 구 이사님이 그분 보고 임 고모님, 그렇게 부르는 것만 들었어요."

임 고모. 예은은 수첩에 휘갈겨 적었다.

"깨어난 후의 강은혜 상태는 어땠나요?"

"혼이 나간 사람 같았어요. 기억도 잘 못하고……. 한번은 걱정돼서 관리받는 거 괜찮냐고 물어봤는데 아무 말도 안 하더라고요. 연습생 애들한테 이야기 들어서 아시겠지만 날이 갈수록 성격도 예민해지고 이상해졌어요."

이건 제 예상이지만, 하고 연습생 매니저는 조심스레 말했다.

"관리 과정에서 프로포폴 같은 걸 맞는 게 아닐까, 그런 생각도 들더라고요. 성형이나 여러 시술에 그거 많이 들어간다던데."

"약물 투여 여부가 의심스럽다는 거죠?"

연습생 매니저는 고개를 끄덕였다.

"피해자가 이곳에서 오디션을 봤던 사실, 알고 계시죠?"

"네……."

"선생님은 거기서 뭘 하고 계셨습니까?"

"잡일을 했습니다. 다들 늦게 모이셔서……. 건물 문도 여닫아야 하고, 필요한 거 챙기거나 뒷정리도 해야 했으니까요."

"거기에 있던 이들과는 전부 구면이었습니까?"

"네. 통성명하고 그런 건 아니었지만 오다가다 하면서 봤어요."

예은은 전경철의 사진을 보여주었다.

"이 사람도 평소 여기를 드나들었나요?"

"네……. 가끔 은혜를 데리고 갔어요. 다시 돌아올 때도 있었고, 그대로 안 올 때도 있었고요."

"어딜 다녀왔는지 이야기해본 적은 없습니까?"

"은혜의 행적에 관해서는 전부 비밀이었어요. 윗분들만 알고 계시고, 저는 몰라요. 그 아이도 말하면 안 된다면서 알려주지 않았어요."

예은은 그의 말을 꼼꼼히 기록했다.

"그 오디션 있잖아요. 꽤 비중 있는 배역 때문에 피해자가 옷을 벗고 그랬다던데, 영화 제목이 뭔가요?"

연습생 매니저는 머뭇거렸다.

"진짜 오디션인 건 맞아요?"

연습생 매니저는 그때의 상황을 떠올리기라도 하듯 생각에 잠겼다. 연신 입술을 입 안쪽으로 말아 넣다가 한숨을 쉬기도 했는데, 괴로움과 두려움이 동시에 뒤섞여 얼굴 근육 전체를 굴러다니는 듯했다.

"저는 말단이라 정확한 내용은 모르지만…… 느낌이 별로 안 좋았어요. 아무리 생각해도 오디션 같지 않아요."

"그럼 왜 그런 영상을 찍었을까요?"

연습생 매니저는 금방이라도 울음을 터트릴 듯한 표정이었다.
"저도 모르겠어요. 알고 싶기도 하고, 알고 싶지 않기도 하고……. 그래요."

예은이 마포서로 돌아왔을 때, 두진은 전경철을 취조 중이었다. 예은은 곧장 취조실로 갔다.
전경철은 내내 딱딱하게 굳어 있었다. 두진이 어르고 달래도 요지부동이었다. 예은은 두진을 불러내 연습생 매니저에게서 알아낸 사실들을 알려준 후 함께 취조실에 들어갔다.
"부동산 업자가 너 얼굴 확인했어. 강은혜랑 같이 집 구하러 다닌 거, 네가 강은혜 태워서 어디론가 가는 거까지 다 나왔다니까."
두진이 을러댔다.
"증인, 증거까지 다 확보된 상황입니다. 계속 부인해봤자 소용없어요. 서로 편하게 갑시다."
예은이 단호한 어조로 말했다. 전경철은 앞에 놓인 수사 보고서를 보고도 입을 굳게 다물었다.
"우리 전 선생님이 본 게 많으셔, 그치? 드라마나 영화에서 뻑하면 묵비권 행사하고 말이야. 그런데 대부분 이건 모르시더라. 불필요한 권리 행사에는 괘씸죄가 따라붙어요. 우리가 이런 질문을 했는데 상대가 묵비권 행사함, 이렇게 보고서에 쓰면 판사가 어떻게 생각할 거 같아?"
두진은 벽에 기대어 선 채 끌끌 혀를 찼다.
"구 이사의 부탁으로 특별 케어를 했을 뿐입니다. 곧 데뷔할 메인 멤버인 데다 향후 연기 진출도 예정되어 있었기 때문에 별도로 숙소를 얻어준 거예요."

전경철은 시선을 다른 곳으로 돌렸다. 두진은 풋 소리를 내며 웃음을 터트렸다.

"연기 진출이라. 어린 여학생 옷 벗기는 해괴한 오디션 말인가?"

"예술이 원래 그런 거요. 모르면 말을 마슈."

전경철이 빈정거렸다.

"기획사에서 연습하는 강은혜를 종종 데리고 나갔다고 들었습니다. 어디를 다닌 거죠?"

예은이 물었다.

"이리저리 관계자들한테 인사시켰습니다. 비즈니스지."

"강은혜의 잦은 해외 출국은 어떻게 설명하실 겁니까?"

"걔. 해외 진출 계획도 있었어요. 영어와 외국 문화, 무대 매너를 익히게 하려고 그런 겁니다."

"강은혜 양을 트레이닝시킨 선생이 있다는 걸 증명할 수 있습니까?"

"선생님들 연락처 다 알려드릴 테니 직접 확인하시죠."

어깨를 으쓱하는 전경철을 보며, 예은은 입술을 꾹 다물었다.

"성매매와 살인이 함께 엮인 사건입니다. 조만간 증거가 더 나올 텐데, 입 꾹 다물고 있다가는 그쪽에게 좋을 거 없어요."

예은이 전경철을 노려보았다.

"어차피 마지막 CCTV에 찍힌 이는 구 이사라면서요. 그분 불러다 물어보시죠."

전경철이 말했다. 예은이 더 물고 늘어지려던 찰나, 두진이 밖을 향해 고갯짓을 했다. 둘은 전경철을 취조실에 남겨둔 채 밖으로 나왔다. 두진이 말했다.

"오늘은 여기까지 하지. 너 오기 전에 있는 대로 용써봤는데, 요지부동이야."

"좀만 더 파고들면 나올 수 있지 않을까요?"

"이 정도 증거로는 안 될 거 같아."

예은은 머리에 손을 얹고 힘껏 헝클어뜨렸다.

"너무 짜증 내지 말고. 전경철이, 만만한 놈 아니야."

"알겠어요. 뭐 하나만 던져보고요."

예은은 사무실에 가서 서류를 가지고 왔다. 몽타주를 뜨러 가기 전에 들여다보고 있던 서류였다.

그녀는 네 명의 이름과 숫자가 적힌 서류를 전경철 앞으로 내밀었다.

"이거 뭔지 알죠?"

예은이 물었다.

"이건 또 뭡니까?"

전경철이 건들거리며 시선을 내렸다. 서류에 적힌 이름을 확인한 순간, 그의 안색이 변했다.

"모른다고 하기는 어려울 겁니다. 그쪽 사무실에서 가져온 거니까."

예은은 전경철을 노려보았다. 그는 뻣뻣하게 굳은 상태로 서류를 쳐다보다가 말했다.

"기억이 잘 안 납니다."

뭔가 있다.

"어차피 금방 나옵니다. 얼렁뚱땅 넘어갈 생각 마시죠."

전경철은 아무런 대꾸도 하지 않았다. 계속 이런 식으로 버틸 작정인 듯했다. 두진이 다시 한번 독촉했다.

예은은 전경철을 돌려보냈다. 허겁지겁 취조실을 벗어나는 전경철의 뒷모습을 보며 두진이 정색했다.

"쟤 때렸지?"

예은은 정색했다.

"때리긴 뭘 때려요. 요즘 같은 세상에 큰일 날 소리 하시네."

"나랑 있을 때까지만 해도 아주 취조실 바닥에 누워 라면도 끓여 먹을 거 같던 놈이, 왜 갑자기 사색이 돼서 나가?"

예은은 손에 든 서류를 흔들어 보였다.

"이거 보더니 저러네요."

두진이 서류를 낚아채듯 가져갔다. 슥 서류를 훑어보던 그는 움푹 파인 두 눈을 비비더니 다시 한 번 내용을 확인했다.

"야."

두진의 목소리가 심각했다.

"여기 적힌 사람."

"뭐가요?"

예은은 흘깃 시선을 돌렸다. 두진의 손가락이 이름 하나를 짚고 있었다.

"이거, 그 사람 아니냐?"

그림자 없는 인간

한준과 수철, 박진상이 탄 차는 조용히 박동길의 뒤를 쫓았다. 여의도에 위치한 본사 건물에서 출발한 박동길의 차는 어느새 북악산 진입로로 접어들고 있었다. 미남당 일행이 탄 차 역시 적당한 간격을 두고 달렸다. 그때, 차가 천천히 속도를 줄였다. 조사원이 룸미러에 비친 한준과 시선을 맞추었다.

"목표 차량이 저 안쪽으로 들어갔습니다."

일동은 동시에 조사원이 가리킨 방향을 쳐다보았다. 제법 커다란 한옥집이 서 있었다. 대문에는 '청각정(青閣停)'이라는 팻말이 붙어 있었는데, 박동길은 그 안으로 들어가는 중이었다.

"저기, 아버지 단골 요릿집인데."

박진상이 중얼거리듯 말했다. 청각정은 제법 컸다. 겉으로 봤을 때는 야외에 위치한 이 층짜리 가든 갈비집 정도의 크기인데, 지하로 내려가면 더 넓은 공간이 있다고 했다. 옆에는 자그마한 별채가 딸려 있었다.

"좀 더 설명해봐. 내부 공간, 구조 같은 거."

한준의 재촉에, 박진상의 얼굴에는 잊고 있었던 재벌 3세의 자아가 치솟아 올랐다. 아주 잠깐이긴 했지만.

"전부 방으로 되어 있습니다. 방음 처리도 잘 되어 있어서 밀담 나누기에는 이만한 곳이 없어요. 아버지도 웬만한 접대는 여기서 다 하십니다."

박동길이 찾는 방도 고정되어 있다고 했다.

"오른쪽 끝에 있는 별채만 쓰세요. 거기서 일을 진행해야 잘된다고."

한준의 얼굴에 화색이 돌았다.

"잘됐군. 옆방에서 기회를 노려봐야겠어."

"청각정은 예약 손님 아니면 안 받습니다."

박진상이 찬물을 끼얹었다.

"자네가 요청해도?"

"그런 부분에 있어서는 엄격합니다. 철저하면서도 프라이빗한 예약 관리, 이게 청각정의 메리트라서."

"일단 알겠네. 우리는 슬슬 행동 개시할 테니까, 자네는 돌아가서 연락을 기다리게."

한준의 말에 뭘 상상했는지, 박진상은 저 홀로 긴박감 넘치는 표정을 지었다.

미남당 일행이 차에서 내리자 차는 조용히 자리를 벗어났다. 한준과 수철은 초소형 카메라가 장착된 뿔테 안경과 음향 수신기를 착용했다.

—안경테 똑바로 써. 기울어져서 어지러워.

곧바로 혜준의 음성이 들렸다. 두 사람은 실질적 리더의 분부를 따른 뒤, 천천히 주변을 돌며 동태를 살폈다.

청각정은 커다란 나무에 둘러싸여 있었다. 나무 뒤에 숨어 가지 틈으로 들여다본 결과, 내부로 들어가는 현관문에는 남자 한 명이 있었다. 카운터 뒤에 앉아 뭔가를 계속 점검하고 무전기로 지시를 내리는 걸 보니 가게 매니저인 듯했다. 예약 상황은 다 체크되어 있을 터이니 뻔뻔하게 기존 손님인 척 정문으로 통과할 수는 없다. 종업원들은 전부 개량 한복 유니폼을 입고 있어서 위장하기도 어려웠다.

한준과 수철은 청각정 뒤편으로 돌아갔다. 뒤쪽에는 자갈이 깔린 주차장이 있었다. 기사 몇몇이 발레 파킹하는 이들과 자판기 커피를 마시며 수다를 떠는 모습이 보였다. 한준과 수철은 거의 기다시피 하며 별채 쪽으로 방향을 틀었다.

본 건물에 비해 별채는 작은 편이었다. 앞에는 박동길의 수행원 두 명이 지키고 서 있었고, 청각정의 직원이 부지런히 요리를 나르는 중이었다. 한준은 조용히 수철을 돌아보았다.

"안 돼. 뭔지는 몰라도 그런 느끼한 눈빛으로 쳐다보지 마. 나 죄 없는 사람은 안 때려. 안 돼."

수철은 손을 들어 거부 의사를 밝혔다.

"내가 유인할게."

한준 역시 손을 들어 수철의 손과 가볍게 맞부딪쳤다.

"한 사람당 삼 분 안에 깔끔하기 끝내기, 콜?"

"제기랄."

수철이 투덜거렸다.

한준은 별채로 걸어가 그나마 몸집이 왜소해 보이는 왼쪽 수행원에게 접근했다.

"박진상 이사님께서 좀 보자십니다."

다짜고짜 앞뒤 맥락 없는 본론에 수행원은 당황해 했다.

"뭐?"

"그쪽이 꼭 해야 할 일이 있다며 직접 얼굴을 봐야겠다고 하셨습니다."

사람이란 게 본디 근본 없는 자신감을 마주하게 되면, 아— 뭐가 있는 건가? 이유 없이 저러지는 않겠지? 하는 생각이 들면서 고개를 숙이기 마련이다. 게다가 거영 그룹의 셋째 아들 이름을 저리 거침없이 말하는 데다 차림새를 보아하니 전부 명품이라 수행원은 혼란에 빠졌다. 자신의 신분을 밝히지는 않았지만, 저리 나오는 걸 보니 박진상의 비서진인가 싶기도 했다. 잠시 고민하던 수행원은 오른쪽 수행원에게 말했다.

"잠깐 다녀오겠습니다."

왼쪽 수행원보다 덩치가 더 큰 오른쪽 수행원이 고개를 끄덕였다. 십 분 후, 왼쪽 수행원은 청각정에서 조금 떨어진 곳에 위치한 나무에 묶이는 신세가 되었다. 그 건너편 나무에는 음식을 나르던 종업원이 묶여 있었다. 입에는 재갈을 문 채 기절해 있는 수행원과 종업원을 보며, 수철이 얼마나 죄책감에 시달렸는지는 하늘만이 알 터였다.

　수철은 말없이 왼쪽 수행원이 있던 자리에 가서 섰다. 오른쪽 수행원이 의아해하며 물었다.

"뭡니까?"

　수철은 최대한 목소리를 깔았다.

"그 친구는 작은 잘못을 저질렀습니다. 더 깊이는 묻지 마십쇼."

　그러고는 입을 다물었다.

　여기서 또다시 인간학 하나를 꺼내보자면, 상대의 말수가 적을수록 알아서 상상력을 풀가동해 오만 가지 잡생각으로 공백을 채워 넣는 게 사람이다. 오른쪽 수행원은 범상치 않은 기운을 풍기는 수철의 모습을 보며, 방금 전까지 있던 수행원이 재벌가의 사생활을 모 기자에게 떠벌렸다가 청각정의 이슬로 사라지는 장면을 상상했다. 그는 프로답게 입을 다물기로 했다.

　두 사람은 말없이 별채 앞을 지켰다. 잠시 후, 종업원 복장으로 갈아입은 한준이 서빙 카트를 밀며 나타났다. 수철은 별채의 문을 열어주었다.

　별채 입구는 작은 정원처럼 꾸며져 있었다. 한가운데에는 길쭉한 물길이 파여 있었고 그 주변을 온갖 꽃과 화분, 수석이 장식하고 있었다. 물길 속에는 잉어 몇 마리가 유유히 헤엄치며 알록달록한 자태를 뽐냈다. 정원 뒤쪽에는 방이 하나뿐이었다. 문은 닫혀 있었는데 창호지에 고운 그림을 그려넣은 모양새가 마치 병풍을 일자로 펼친 것처럼 아름다웠다.

"들어가겠습니다."

한준은 천천히 문을 열었다. 문이 옆으로 밀려나면서 방 내부가 모습을 드러냈다. 기다란 상 위에는 이미 음식이 그득히 차려져 있었다. 방 내부에는 네 사람이 앉아 있었다. 구태수, 박동길, 길쭉한 말상의 남자 그리고 초록색 레이스 원피스를 입은 자그마한 몸집의 여인.

여인은 지나가는 이가 한 번쯤 뒤돌아볼 정도로 아름다웠다. 오똑한 콧날에 눈동자는 투명한 갈색이었다. 금방이라도 눈물을 떨어뜨리기 직전처럼 촉촉하게 젖은 눈 때문에 신비로운 분위기를 풍겼다. 초록색 옷 덕분에 하얀 피부가 더욱 도드라져 보였고, 가만가만 움직이는 손동작이 청초한 분위기를 배가시켰다. 도저히 나이를 짐작할 수 없는 미모였다.

한준은 저도 모르게 여인을 뚫어져라 쳐다보았다. 시선을 느꼈는지 여인이 살짝 고개를 들었다. 두 사람의 눈이 마주쳤다.

"뭐 하는 거야?"

고막을 긁는 듯한 소리에 놀라 정신이 들었다. 구태수는 불쾌한 표정이었다. 한준은 들고 있던 불고기 접시를 빈자리에 황급히 내려놓았다.

"죄송합니다."

그리고 서빙 카트에 놓인 나머지 음식들을 내려놓았다. 여인은 한준을 유심히 살폈다. 맑은 눈이 반짝이며 그의 전신을 훑는 듯했다. 한준은 알 수 없는 불쾌감을 느끼며 고개를 수그렸다.

"너, 이상하다."

여인은 우아한 손짓으로 턱을 괴며 말했다.

"……보니까 나랏밥 먹고 있을 팔자인데, 왜 여기서 이러고 있지?"

한준은 순간 너무 놀라 접시를 떨어뜨릴 뻔했다.

"고모님, 갑자기 그렇게 말하면 듣는 사람 놀라."

박동길이 껄껄 웃었다.

"복채 내야겠네. 야, 이분이 누구신 줄 알아? 대한민국 최고 점술가야. 얼굴 아깝게."

말상 남자가 농담이랍시고 이죽거렸다. 별 재미도 없는 이야기에 네 사람은 껄껄 웃더니, 곧 시답잖은 일상 대화를 나누었다. 한준은 그들이 자신에게 신경 쓰고 있지 않다는 걸 확인하고는, 조심스레 갈비찜이 담긴 마지막 접시를 내려놓았다. 가운데가 오목하게 파인 접시였는데, 밑바닥 부분에는 작은 도청기가 붙어 있었다.

음식을 다 올려놓고, 한준은 고개를 꾸벅 숙였다. 말상 남자의 얼굴이 어딘지 모르게 익숙했는데 당장 떠오르지 않았다. 어디서 본 듯한 얼굴이라 생각하며 방을 나가려는데, 말상 남자가 한준을 불렀다.

"이봐."

"네."

말상 남자는 한준이 마지막으로 내려놓은 갈비찜 접시를 손가락으로 가리켰다.

"이거."

그의 눈빛이 날카로웠다. 한준은 저도 모르게 앞치마를 꽉 움켜쥐었다.

두진이 '이명준'이라는 이름을 손가락으로 가리켰다.
"그 사람 아니야? 국민평화당 의원."
예은은 놀라 잠이 퍼뜩 깼다.
"이번에 서울 시장 출마하는 이명준 의원이요? 정말 동일 인물이라고?"
"확신하는 건 아니지만, 아니란 법도 없잖아."
"남문파가 그렇게 큰 조직은 아니잖아요."
"하긴, 사이즈가 안 맞지."
두진은 고개를 갸우뚱했다.
이명준은 국민평화당 경선에서 압도적 지지를 받고 시장 후보에 출마한 인물이다. 기껏해야 동네에서 조그맣게 바다이야기나 돌리고 있던 전경철 패거리와는 급 자체가 맞지 않는다.
"이 숫자는 대체 뭐지?"
예은은 의자에 앉아 한참 동안 숫자를 바라보았다. 두진과 머리를 맞대고 이런저런 가능성을 추측해봤지만 그럴듯한 건 없었다. 결국 두진은 두 손을 들었다.
"야, 야. 이건 나중에 생각하고, 너 가서 잠 좀 자. 눈이 시뻘건 게 단단히 한 맺힌 귀신 같다."
"저는 조금 더 조사해보고요. 선배 먼저 주무세요."
"살살 좀 해. 그러다 훅 간다."

두진은 입이 찢어져라 하품을 했다. 하필 오늘이 당직이라며 투덜대고는 담요 한 장을 어깨에 걸친 채 당직실로 사라졌다.

예은은 믹스커피 한 잔을 더 탔다. 카페인 때문에 제명에 못 살겠다 싶었지만, 피곤을 버티기 위해서는 뭐든 해야 했다. 입에서 단내가 나는 걸 느끼며 서류에 쓰인 이름을 쳐다보았다. 왜 전경철은 이 이름들을 보자마자 사색이 되어 뛰어갔을까. 몇 번이고 질문을 해봐도 돌아오는 건 졸음뿐이었다.

"무슨 일이신지……."

한준은 쥐어짜듯 간신히 말했다. 말상 남자는 젓가락으로 접시를 툭툭 쳤다.

"잘라야 먹을 거 아냐."

"아, 예."

한준은 허둥지둥 서빙 카트에서 가위를 꺼내 갈비찜을 잘랐다. 혹여 서투른 솜씨를 책잡힐까 싶어 끝나자마자 바로 방을 빠져나왔다.

수철은 여전히 별채 앞에서 장승처럼 서 있었다. 한준은 서빙 카트를 끌고 나오면서 친애하는 파트너에게 눈을 찡긋해보였다. 한준은 서빙 카트를 본채 주방에 대충 놓아둔 뒤 별채 근처에 적당히 자리를 잡았다. 접시에 붙어 있는 도청기는 크기가 작고 눈에 잘 띄지 않는 대신, 수신 가능 지역 폭이 그다지 넓지 않았다. 거리가 멀어질수록 수신 감도가 떨어지기 때문에 위험하긴 하지만 별채 근처에 붙어 있을 수밖에 없었다.

네 사람은 거영 그룹에서 벌이고 있는 사업에 대해 이야기를 나누는 중이었다. 누군가가 '고모님'이라고 부르면 여자가 속삭이듯 대답했다.

초록색 원피스를 입은 여자는 임 고모가 맞다. 하지만 맞상 남자는 누군지 감이 오지 않았다. 분명 어디서 본 얼굴이다. 낯은 익지만 연예인은 아닌 듯했다. 곰곰이 생각하던 중, '의원님'이라는 말을 듣자 떠오르는 장면이 하나 있었다. 얼마 전 국민평화당 내에서 치열한 접전을 벌인 끝에 경선에 당선된 이명준 후보의 모습이었다.

한준은 신경을 곤두세운 채 그들의 대화에 귀를 기울였다. 청각정 별채 내부에는 은은한 가야금 소리가 울려 퍼지고 있었다.

"덕분에 경선 잘 치렀습니다."

이명준의 목소리였다.

"다 이 의원님 재량 아니겠습니까."

"고모님께도 신세 많이 졌습니다. 다음번에도 잘 부탁드립니다. 고모님 점괘 없으면 내가 불안해서 못 움직여."

"이제 쭉쭉 나가서서 잠룡으로 날아오르셔야지요."

"아직 시장 대선도 안 치렀는데 잠룡이라니요."

그 말이 싫지는 않은 듯 이명준은 허허 웃었다.

"F&ROSE와 기술 합작은 잘되어갑니까?"

"대한민국 반도체 기술이야 말하면 입 아프지요. 이 의원께서 잘 도와주시기만 하면 됩니다."

두 사람은 통신법 규제 관련 법안에 관해 간단한 이야기를 나누었다. 어느 정도 분위기가 무르익자 이명준이 넌지시 말을 꺼냈다.

"그나저나, 저번에 말했던 필리핀 일 말입니다. 해결 좀 됐습니까? 구 이사님."

"그건 걱정하지 않으셔도 돼요."

대답은 임 고모가 대신했다.

"주변 정리가 안 되면 생각지도 못한 일이 생기잖습니까. 이번 대선만 잘 넘기면 나머지는 쭉쭉 나갈 일만 남았으니 신경 써주십시오."

"염려 마세요. 그 아이에 관한 건 이제 깨끗하니까요. 의원님은 사업 입찰에만 신경 써주시면 됩니다."

임 고모의 목소리가 나긋하게 귓가를 휘감았다. 이명준은 허허 웃더니 다음 화제로 넘어갔다.

"아직 정부 발표 나가려면 멀었지만, K-POP 열차 사업을 시작으로 서울역에 별도 시설을 준공할 겁니다. 서울역을 K-POP 허브로 못 박고, 홍대서부터 강남까지 연결되는 관광 시설들을 만든다 이 말이에요."

"고모님은 시설을 어디다 어떻게 지어야 할지, 땅 기운 잘 잡아주시고. 입찰 과정은 어차피 형식적인 거니까 회장님께서는 자재 물량 안 달리게 미리 준비 좀 해주십시오. 공사 들어갈 데가 한두 곳이 아닙니다."

박동길은 흡족한 웃음을 터트렸다. 임 고모도 따라서 나직하게 웃었다.

"내가 이전부터 이 의원님께 거영 그룹 이야기 많이 했어요."

"거영 그룹 주식이 곧 천장 뚫을 거니까 미리 매수하라고 어찌나 잔소리를 하시는지, 허허."

"두 분 합이 잘 맞아. 사업 시작하기 전에 결의 다지는 건배 한 번 하세요."

"무슨 소리야. 다 같이 건배해야지. 구 이사, 자네도 계속 자리판 만드느라 고생했어."

"아닙니다."

"김근희, 남필구, 박정현이 말이야. 그 친구들 남자야. 사람 대접할 줄 알아."

이명준은 흡족해하며 술을 털어 넣었다.

"이번 필리핀이 아주 좋았어. 좋은 인연들도 만나고. 그 친구들이 언론이고 지인들이고 할 거 없이 신사업 바람 잘 불어주기로 했어. 앞으로도 계속 부탁하자고."

이 의원의 목소리가 한층 높아져 있었다.

"회장님은 올해 말에 횡재수가 있어요. 그러니 이 사업 성공적으로 들어갈 때까지 이 의원님 지원 든든히 해주셔야 해요."

임 고모가 나긋나긋하게 말했다.

"의원님만 믿고 따라갑니다. 돈 걱정은 마시고, 마음껏 뜻 펼치십시오."

네 사람의 잔이 부딪치고, 식사가 이어지는 듯 달그락거리는 소리가 들렸다. 일상적인 대화들과 웃음소리가 이어졌다. 그런데 어느 순간부터 임 고모가 아무 말도 하지 않고 있다는 걸 한준은 문득 깨달았다.

"왜 그러십니까?"

구태수의 목소리였다. 이어서 임 고모가 구태수의 귓가에 뭐라고 속삭이는 소리가 들렸다.

갑자기 통신이 끊겼다. 한준은 불길한 예감을 느끼며 자리에서 일어났다.

예민한 탓에 이런저런 감이 좋은 한준이지만, 안 좋은 느낌은 특히나 더 잘 맞았다. 급히 수철이 있는 곳을 향해 가려는데 누군가가 한준의 등을 발로 걷어찼다.

"억!"

한준은 그대로 바닥을 굴렀다. 곧이어 자신의 옆에 퍽 하는 소리와 함께 수철이 나뒹굴었다.

고개를 들어보니 다섯 명의 덩치와 구태수, 임 고모가 서 있었다. 나긋한 미소가 감돌고 있던 방금 전과 달리, 임 고모의 얼굴에는 아무런 표정이 없었다.

"이야, 진짜로 영험하실 줄은 몰랐네."

한준은 애써 미소를 지었다.

"쥐새끼 접근한 거 알면 이 의원이랑 박 회장님 기분 상하셔. 조용히 처리해."

임 고모가 속삭이듯 말했다. 구태수는 가볍게 고개를 숙였다.

"조각해도 상관없어."

임 고모의 눈빛에 퍼런 서슬이 어렸다.

*

 그 시각, 박진상은 인근의 적당한 곳에 자리를 잡고 청각정을 주시하고 있었다. 그저 회사를 굴러가게만 놔두라고 했던 아버지의 말을 귓등으로도 안 들은 채, 열심히 이런저런 사업을 벌였던 박진상의 뚝심이 여기서도 기질을 발휘했다. 그중에는 퇴마에 관한 호기심도 섞여 있었다. 요란한 돌풍이 치솟고 붉고 푸른 귀신들이 싸움을 벌이는 장면을 상상하며 청각정을 주시했다.

 기다리는 일은 지루했다. 사업 성과 외에는 원하면 뭐든지 척척 나오는 삶을 살았던 박진상은 점점 심경이 복잡해졌다. 자신의 먼 미래까지 책임질 절대자이자 존경하옵는 연남동 박수무당의 점괘를 되짚으며 자신의 삶에 대한 상념에 잠겼고, 내면에 휘몰아치는 숱한 질문들과 싸웠다. 자기 자신이 대체 뭐 하는 사람인지 이렇게 깊이 심사숙고해본 것은 생전 처음이었다. '대체 내 팔자는 왜 이렇게 꼬인 걸까'로 시작한 자아 성찰적 질문이 육두문자로 마무리 지어질 때쯤, 조사원의 굵직한 목소리가 그의 상념을 깨웠다.

 "이사님, 저기 끌려 나오는 사람들, 무당 선생님 아닙니까?"

 박진상은 눈이 튀어나올 듯 놀라 조사원이 가리킨 방향을 보았다. 청각장의 뒷문에 검은 승용차 한 대가 세워져 있었다. 박동길의 경호원들이 남자 한 명을 난폭하게 차 안에 구겨 넣고 있었는데, 종잇장처럼 흔들리는 모양새가 아무리 봐도 한준이었다. 그 뒤를 이어 다른 남자가 커다란 볼링 핀처럼 쓰러졌는데, 그게 수철인 건 두말할 필요도 없었다.

박진상은 헉, 하고 숨을 삼켰다. 머릿속이 복잡했다. 부정한 기운과 싸워야 할 한준과 수철이 어째서 멱살을 잡힌 채 끌려가는지 이해할 수 없었다. 박진상은 어렸을 때부터 훈련해온 재벌가 특유의 냉정함에 날을 세우고 애써 상황을 정리했다. 아무래도 미남당 일행이 구태수와 임 고모의 사악한 기운에 밀린 상황인 듯했다. 박진상은 곧장 혜준에게 전화를 걸었다.

"큰일 났어요. 지금 두 분이 어딘가로 끌려가요."

혜준은 긴장한 얼굴로 모니터를 들여다보았다.

"망할 자식, 그러니까 돈 조금만 더 들여서 GPS도 달자고 그렇게 우겼는데."

혼자 화를 낸 뒤 땅이 꺼져라 한숨을 푹 쉬었다. 끽해야 의뢰인들이 부탁한 터를 몇 바퀴 둘러보는 일이 고작일 텐데 뭐 하러 GPS까지 장착하느냐며 핀잔을 주던 한준의 모습이 새삼스레 떠올랐다.

"돌아오기만 해봐. 그간 잘난 척했던 거 아주 박살을 내줄 테니까."

그러니까 돌아와라—. 혜준은 초조하게 영상을 반복 재생했다. 박진상의 전화가 아니더라도 상황은 이미 알고 있었다. 혜준은 박진상에게 돌아가라고 당부했다. 돕는답시고 뒤를 쫓다가 미남당의 정체가 밝혀지는 일은 막아야 했기 때문이다.

"평범한 인간이 끼어들 일이 아닙니다. 믿음 없이 경거망동하면 급살 맞으시니 빨리 돌아가십시오! 선생님께서 어떻게든 해결하실 겁니다."

급살이라는 말에 박진상은 화들짝 놀라며 금세 수긍했다.

한준이 마지막에 송출한 영상만으로는 위치를 찾기 애매했다. 한준을 끌고 간 사람들은 청각장이 있는 북악산을 벗어나 국도를 타고 달렸는데, 경기도 화전에 진입하는 구간에서 영상이 끊기고 말았다. 한준의 안경에 문제가 생긴 것 같았다.

혜준은 한 번 더 영상을 돌렸다. 자신에게 힌트를 주려고 그랬는지는 몰라도, 한준의 시선은 거의 흔들림 없이 차창 밖에 고정되어 있었다. 혜준은 스쳐 지나가는 풍경을 주의 깊게 살폈다. 한밤중에 보이는 산과 도로의 풍경은 바둑판만큼이나 비슷한 모습이었다.

혜준은 이러다 올이 다 닳아 해지겠다 싶을 만큼 소맷자락을 잡아 뜯었다. 화면의 밝기를 키우고 눈이 빠져라 풍경을 들여다보며 차가 도로를 타고 달린 시간을 꼼꼼히 기록했다. 옆에서 보면 무섭게 느껴질 정도로 집요하게 화면을 분석하던 혜준은 갑자기 눈을 빛냈다. 손이 급하게 멈춤 버튼을 눌렀다.

그녀가 주목한 구간은 화면의 가장 마지막 프레임이었다. 차창 너머의 풍경이 아주 미묘하게 왼쪽으로 꺾이고 있었다. 한때 공장 단지가 있었는지 꽤 큰 폐건물들이 자리하고 있었는데, 그중 'IEND'라고 쓰인 커다란 입간판이 보였다. 재생 중에는 눈에 띄지도 않을 만큼 순식간에 지나간 데다 직후 화면이 어지럽게 흔들리고 까맣게 나가버려서 알아차리기 어려웠다.

"분명 차가 왼쪽 길로 꺾었어."

혜준은 혼잣말을 했다.

"IEND라는 간판을 찾으면 남한준이 어디로 갔는지 알 수 있어……."

꺾은 다음, 약 이십 분가량 자갈밭 위를 구르는 소리가 났다. 딱 이동 시간만큼 떨어진 곳에 한준이 잡혀간 곳이 있을 터—. 평소 게임하던 버릇처럼 중얼중얼대며 초조하게 손톱을 씹고 있는데, 한준의 모니터 스피커에서 지지직 하는 잡음과 함께 미세한 소리가 새어나왔다. 혜준은 놀라 스피커 소리를 키웠다.

—으으…….

가느다란 신음 소리. 한준의 목소리였다. 혜준은 멍하니 스피커를 바라보았다. 그러다 두 손을 들어 뺨을 가볍게 쳤다.

"정신 차려. 내가 정신 차려야 돼."

녹음 버튼을 누르고 집중해서 소리를 들었다. 기계음이 치지직, 칙, 칙 하고 찢어지는 소리가 났다. 그러다 다시 잠잠해지더니, 퍽 하고 무언가로 둔탁하게 얻어맞는 소리가 났다. 혜준의 안색이 어두워졌다. 잠시 고민하던 그녀는 휴대폰을 집어 들었다. 다급히 전화번호를 누른 뒤 손가락을 통화 버튼 위로 가져갔다.

휴대폰이 윙윙 울리는 바람에 잠에서 깼다. 예은은 벌떡 일어나 휴대폰을 확인했다. 모르는 번호였다.

"여보세요?"

—한예은 형사님이시죠?

긴장한 목소리였다. 예은은 휴대폰을 쥔 손에 힘을 주었다.

"무슨 일이시죠?"

―미남당의 신딸 남혜준이라고 하는데요.

"신딸이요?"

예은이 눈을 휘둥그레 떴다.

―선생님이 북악산 근처에서 납치됐어요.

"납치요?"

―마지막으로 있었던 장소랑 사진 보내드릴게요. 빨리 찾아주세요.

느슨하게 늘어져 있던 뇌가 팽팽하게 당겨지는 기분을 느끼며, 예은은 외투를 집었다.

"지금 바로 가보겠습니다. 주소 빨리 보내주세요."

전화를 끊은 후 예은은 당직실로 달려갔다. 두진은 코를 드르렁 골며 곤히 자고 있었다.

"빨리 일어나요, 선배. 무당이 납치됐어요."

"뭐, 뭐라고? 뭔 무당이 납치?"

"설명할 시간 없어요. 빨리 가요."

두진은 옷을 제대로 꿰입지도 못한 채 당직실을 뛰쳐나왔다. 다시 휴대폰 진동이 울려 확인하니 통화한 상대가 보낸 사진과 주소가 들어와 있었다. 예은과 두진은 곧장 경기도 화전으로 출발했다.

*

 한준은 흙먼지가 입속에 왈칵 밀려드는 바람에 정신이 들었다. 뺨 한쪽이 차가웠다. 주변 풍경이 기울어져 있는 걸 보니 바닥에 엎어져 있는 모양이었다. 한준은 재빨리 몸을 일으키며 기침을 쏟아냈다. 배 속의 장기가 전부 안으로 말려들어가는 기분이 들어 고통스러웠다. 한준은 눈을 부릅떴다. 제대로 떠지지 않았다. 눈가를 제대로 얻어맞은 듯했다. 입술도 욱신거리기에 손등을 들어 슥 닦았다. 피가 묻어나왔다.
 "젠장, 얼굴로 먹고사는 몸인데."
 비틀대면서 주변을 둘러보았다. 한준이 서 있는 곳은 어느 폐공장이었다. 진부한 배경이지만 그만큼 인적도 없고 사용하는 데 돈도 들지 않기 때문에 효율적인 사용 공간이라 할 수 있었다. 수철은 자신의 옆에 쓰러져 있었다. 무슨 일이 있었는지, 한준보다 열 배는 더 두드려 맞은 몰골이었다. 다급히 얼굴을 때려보았지만 정신이 들 기미는 보이지 않았다. 한준의 앞에는 다섯 명의 덩치와 구태수가 서 있었다. 그들이 자신을 내려다보는 지금 이 상황이 마음에 들지 않았다. 시야에 안경테가 보이지 않는다는 사실도 거슬렸다.
 "어디까지 들었어?"
 구태수가 물었다. 목 언저리 어딘가를 득득 긁는 듯한 목소리가 철골 구조물에 부딪쳐 날아다녔다. 한준은 이 상황에서 허세를 부려야 할지 아무 말도 하지 말아야 할지를 고민했다. 아주 잠깐 동안의 고민 끝에 내린 결론은— 제임스 본드처럼 말할 수는 없더라도 입 다물지는 말자였다. 가만히 있어봤자 얻어터지는 건 매한가지일 듯했다. 미남당에서 액션 담당은 수철의 몫이니, 한준은 최대한 말로 시간을 끌어보기로 했다.

"방음 시설이 너무 철저하던데요. 들은 게 없어서 억울할 지경입니다."

이런 상황에서는 미소를 지어야 하나, 나는 아무것도 모른다는 표정을 지어야 하나. 수철이 액션 영화를 볼 때 옆에서 같이 좀 볼 걸 그랬다고 한준은 생각했다.

구태수가 고개를 가볍게 끄덕였다. 왼쪽에 서 있던 덩치가 한준의 배를 걷어찼다. 한준이 헉 하고 숨을 멈췄다.

"왜 숨어서 엿들었지?"

"방을 잘못 찾았습니다."

덩치가 다시 한번 한준의 얼굴을 주먹으로 쳤다. 컥 소리와 함께 얼굴이 돌아갔다. 한준은 중심축을 제대로 잡지 못한 채 쓰러졌다. 콰당, 하며 바닥에 나뒹구는 순간 눈앞에 각목과 비닐, 굴러다니는 소주병 몇 개가 들어왔다.

"어디까지 들었는지, 왜 접근했는지, 똑바로 말해."

구태수의 쉰 목소리가 거미줄처럼 한준의 귀에 달라붙었다.

"성하게 걸어 나가고 싶으면."

한준은 애써 미소를 지었다. 영화 속 주인공들이 왜 이런 상황에서 괜찮은 척, 두렵지 않은 척 허세를 부리는지 알 것 같았다. 한준은 손으로 머리를 쓸어 넘기며 말했다.

"어떻게 걸어 나갈지는 내가 판단하지."

이래 죽나 저래 죽나 같은 상황이라면, 조금이라도 폼 나게 허세를 택하는 편이 낫지 않겠는가.

"제가 그동안 이사님께 관심이 많았습니다."

한준은 미소를 지었다. 뜻밖의 말을 들은 구태수는 고개를 더욱 구부정하게 숙였다. 어둠이 얼굴을 절반가량 가린 탓에, 사진으로 봤을 때보다 더욱 기괴한 느낌이 났다.

"그동안 궁금했거든요. 조이 엔터테인먼트의 비자금의 정체가 뭔지, 박동길 회장 자신은 비자금에 대해 얼마나 알고 있는지 말입니다."

"이 새끼가 묻는 말에는 대답 안 하고……."

맨 앞에 서 있던 덩치가 팔을 치켜드는 걸 구태수가 제지했.

"그래서?"

"이명준 의원과 회동하는 모습을 보니 어느 정도 감이 오는군요. 비자금이 어디에 쓰일지는."

구태수는 조용히 손을 뻗어 어깨를 긁었다.

"이명준 의원이 돈으로 후려쳐서 진흙탕 개싸움으로 판 만드는 작자란 건 알고 있었지만. 총알을 이런 식으로 충전할지는 몰랐습니다. 게다가 곧 시장 후보로 나설 인간이, 고작 열여덟 살 된 애를 성매매한 걸로도 모자라 살인 사주까지 하다니."

한준은 움찔움찔하는 구태수의 모습을 보며 어조에 더욱 힘을 주었다.

"접촉이 한두 번 있었던 건 아니겠죠? 해외도 함께 나갔다 온

걸 보면요."

구태수는 한준을 노려보았다.

"거기까지 알고 있다, 라."

그는 외국어를 발음하듯 하나씩 뚝뚝 끊어 말했다.

"박동길 회장에게 서울역 K-POP 열차 철도 사업에 투자하라고 권유한 건 어떤 의도인지 아직 짐작은 안 갑니다만. 이명준 의원의 동생이 철강 관련 기업에 몸담고 있는 걸로 봐서는— 이래저래 우리같이 평범한 사람들은 짐작할 수 없는 이해관계가 얽혀 있겠죠?"

한준 역시 느긋하게 말을 이었다. 도대체 얼마나 얻어맞았기에 아직도 정신을 못 차리고 있는지는 모르겠지만, 수철이 눈을 뜰 때까지는 어떻게든 시간을 벌어야 했다. 구태수는 점점 세게 어깨를 긁었다.

"사실 제가 제일 궁금한 건 이겁니다."

한준은 구태수의 얼굴을 똑바로 바라보았다.

"제가 이사님만 오매불망 그리며 조사를 좀 했는데, 구태수라는 사람의 정보가 없어요. 제 생각에 이사님은 구태수가 아냐. 무슨 이유인지는 몰라도 진짜 본인은 감추고 있어. 그렇죠?"

저러다 피부가 찢어지지 않을까 싶을 정도로 긁어대던 구태수는 갑자기 동작을 멈췄다. 덩치들은 구태수를 쳐다보았다. 어떻게 해야 할지 답을 기다리는 눈치였다. 잠시 후, 구태수가 입을 열었다.

"끊어."

말을 끊으란 의미는 아닐 터였다. 당황한 한준은 옆을 내려다보았지만 수철은 입술만 씰룩거릴 뿐이었다. 구태수의 말이 끝나기 무섭게 덩치 두 명이 튀어나왔다. 한준은 몇 년 만에 처음으로 욕설을 내뱉으며 각목이 있는 쪽으로 몸을 굴렸다.

한준은 반쯤 부러진 각목을 든 채 숨을 몰아쉬었다.
찰나의 순간이었다. 잘못 피했으면 이미 머리통은 공사장 바닥에 처박혀 피를 흘리고 있을 터였다. 한준은 수박만큼이나 크게 느껴지는 덩치들의 주먹을 바라보며, 다음 방어는 어찌해야 할지 고민했다.
비겁한 자식들, 딱 봐도 체급 차이가 세 배인데 둘이 한꺼번에 덤빌 맛이 나냐, 라고 외쳐주고 싶은 마음이 굴뚝같았지만 참았다. 불리한 상황에서 상대를 도발해봤자 돌아오는 건 묵사발뿐 아니던가. 그나마 상대들이 맨주먹과 맨몸으로 달려들어서 다행이었다.
그 와중에 구태수는 누군가의 전화를 받고 있었다. 대화 내용을 알고 싶었지만 목소리도 들리지 않는 데다가 한준이 처한 상황이 더 급했다.
각목은 덩치들에게 별 타격이 없었다. 매일 각목 맞기 훈련이라도 하는 건지 정통으로 머리를 맞았는데도 표정에 별다른 미동이 없었다. 한준은 남은 각목을 들고 어떻게 해야 하나 망설였다. 반면 덩치들은 상대를 두드려 패는 작업에 있어 일말의 쉼도 없는 법인지 어쩔 줄 몰라 하는 한준을 향해 다시 주먹을 휘둘렀다.

한준은 비명을 지르며 바닥에 엎어졌다.

다행인지 불행인지 한준의 늘씬한 몸이 수철을 짓누르면서 남은 절반의 각목이 친애하는 파트너의 정수리를 제대로 후려쳤다. 덩치들은 각목에 반응하지 않았지만, 외모에 비해 섬세한 신경을 가진 수철은 반응했다.

"이런 니미, 누가 내 머리를……."

수철이 한 손으로 관자놀이를 누르며 일어났다.

뜻밖의 상황에 당황한 덩치들은 걸음을 뒤로 물렸다. 때를 틈타 한준은 비닐과 소주병을 움켜쥐었다. 수철은 천천히 자리에서 일어나 덩치들을 노려보았다.

"아까 내 뒤통수를 후려갈긴 게 네놈들이지? 남자가 비겁하게 뒤를 공격해?"

수철이 목을 우두둑 꺾었다. 위기감을 느꼈는지 덩치들은 재빨리 흩어져 있는 각목을 주워서 들었다. 수철은 어깨를 한껏 핀 채 무게를 잡고 읊조렸다.

"안됐지만, 내 취미는 부활이거든."[*]

한준은 나름 멋진 장면인 점을 생각해서 수철의 코에서 흐르는 쌍코피는 못 본 척하기로 했다.

예은과 두진은 문자에 쓰인 주소지에 차를 세웠다. 사진 속 장

---

[*] 영화 〈007 스카이폴〉 대사.

소를 면밀히 살핀 후, 예은은 동쪽을 뒤졌고 두진은 서쪽으로 뛰었다. 어두운 밤인 데다 비슷하게 생긴 폐건물들이 너무 많아서 'IEND'라는 간판을 찾기가 쉽지 않았다. 도로가에 드문드문 가로등 불빛이 켜져 있긴 했지만 허허벌판과 다름없는 부지까지 밝히기에는 역부족이었다.

마음이 급한 것도 한몫했다. 낮이었으면 진즉 지붕 위로 뛰어올라가 하나씩 간판을 뒤지고 다녔겠지만 이렇게 어두울 때는 위험하다. 예은은 깊게 심호흡한 후, 최대한 차분하게 건물들 사이를 돌았다. 뛰면 주변을 제대로 보지 못하리란 생각 때문이었다.

"미치겠네."

예은은 혼잣말로 중얼거렸다. 그러고 다시 걸음을 옮겼다.

시간이 얼마나 지났을까. 랜턴 불빛으로나마 열심히 건물을 비추며 돌아다니는데 달빛 아래 희끄무레하게 보이는 입간판 하나가 있었다. 'YOUR FRIEND'라고 쓰인 안마기 광고판이었다. 홀린 듯 한참을 뚫어져라 쳐다보던 예은은 손을 들어 왼쪽을 가렸다. 'IEND'.

예은은 급히 두진에게 전화를 걸었다.

"선배, 이쪽으로 가요."

입간판을 기준으로 이십 분 정도를 뛰자 외진 곳에 위치한 폐건물 하나가 모습을 드러냈다. 짐승들도 찾아오지 않는 야심한 밤이었지만, 그곳에서 무슨 일이 벌어지고 있다는 사실은 확실했다. 노란 불빛과 함께 뭔가가 깨지고 부서지는 소리가 요란스레 새어 나오고 있었으니까.

아까 당했다는 사실 때문인지, 지금 이 상황을 타개해야겠다는 생각 때문인지는 모르지만 수철의 주먹은 불도저처럼 거침이 없었다. 덩치들은 예상외로 날렵한 수철의 몸짓에 당황해 하는 중이었다. 한준도 나름의 힘을 보탰다. 비닐에 소주병을 넣은 뒤, 자루 모양으로 잡고 바닥에 내리치자 소주병이 깨지면서 날이 비어져 나왔다. 멋지게 옷을 소화하는 일 외에는 아무짝에도 쓸모없는 몸뚱어리였지만 비닐 자루를 휘두르니 제법 괜찮은 전력이 되었다. 수철은 순식간에 덩치들을 품에 끌어안고 머리를 박치기해 잠재우는 박애 정신을 보여주었다.

하지만 그런 수철도 숙련된 싸움꾼 다섯 명을 한꺼번에 상대하는 건 무리였다. 수철은 방어 자세를 취하며 숨을 돌렸다. 덩치 세 명이 덤비려는 순간, 상황에 방점을 찍듯 쾅 소리와 함께 문이 열렸다.

"경찰이다!"

예은과 두진이었다.

시선이 문가로 쏠리자 틈이 생겼다. 수철은 놓치지 않고 주먹을 날렸다. 잠시 호흡을 멈췄던 싸움은 재개되었고, 예은은 망설임 없이 뛰어들었다. 두진은 조금 머뭇대다가 각목을 휘둘렀고, 아까 전 한준의 전철을 그대로 밟았다.

요란한 싸움 끝에 덩치들을 전부 제압함으로써 상황은 정리되었다. 한준은 의기양양하게 구태수가 있던 자리를 쳐다보았지만, 자리에 남아 있는 건 헐벗은 철골뿐이었다.

"구태수……가 어디 갔……?"

당황한 나머지 한준은 말을 더듬었다.

한준과 수철, 예은과 두진 사이로 겨울바람이 휭휭 소리를 내며 지나갔다. 예은은 바람만큼이나 스산한 표정을 지으며 일행을 쳐다보았다.

"어떻게 된 일입니까? 두 분이 납치되셨다고 들었는데요."

예은이 손등으로 입가를 닦아내며 물었다.

"아, 납치된 게 맞긴 한데……."

수철은 멋쩍게 웃었다.

"누구나 사정이란 게 있는 법입니다."

무심한 표정을 지으며 한준은 입가에 흘러내리는 피를 닦았다.

이번에는 전경철 사무실 때처럼 얼렁뚱땅 넘어갈 수 없었다. 한준과 수철은 마포서에서 두 시간 정도 조사를 받았다. 미남당 일행은 자신들이 어느 조직 우두머리의 점을 잘못 봐준 관계로 끌려갔다고 진술했다.

"분명 구태수라는 단어를 들었습니다."

예은이 강하게 말했지만 두 사람은 요지부동이었다.

"그렇다면 조직이 어디인지 말씀해주십시오. 형사 사건이니 수사해야겠습니다."

"저희는 정말 괜찮습니다. 그냥 이대로 조용히 마무리 짓게 해주세요."

한준의 입장은 확고했다.

본인들이 수사를 원치 않고, 진술을 거부하니 별 수 없다. 구태수라는 단어가 마음에 걸렸지만, 예은은 하는 수 없이 두 사람을 귀가 조치 시킬 수밖에 없었다.

그리고 다음 날, 전경철은 집에서 이십삼 킬로미터쯤 떨어진 야산에서 시체로 발견되었다.

*

한준과 수철은 각자의 집으로 돌아가기도 힘든 상태였다. 혜준은 두 사람을 데리고 병원에 갔다가 미남당으로 돌아왔다. 한준과 수철은 거실에 임시로 놓은 간이침대에 누워 하루를 꼬박 앓았다. 얻어맞은 부위가 욱신거려 움직이기도 힘들었다. 한준은 만나자는 박진상의 요청도 거절한 채 온갖 엄살을 부렸다.

"그냥 한 형사한테 구태수 이야기 해주지 그랬어? 경찰이 구태수 수사하면 혐의가 다 드러날 거 아냐."

수철이 한준을 돌아보며 말했다.

"안 돼. 지금 경찰이 구태수 쫓게 되면 상황이 너무 드러나잖아. 남아 있는 임 고모 측에서 재빨리 사건 은폐하고 뜨면 지금 이거 다 말짱 꽝 돼."

말을 마치기 무섭게 한준은 앓는 소리를 냈다.

"어쨌든 수확은 있었어. 박동길이 비자금으로 정치 자금을 대고 있다는 사실을 알아냈으니까."

"청각정에 이명준 나타난 건 뭐야? 일이 어떻게 굴러가는 건데?"

"이명준이랑 구태수, 둘이 꾸준하게 접촉하면서 일을 봐준 거 같아. 그간 거영 그룹이 계속 국영사업 수주하고 여기저기 판을 많이 벌렸는데, 제재는 많지 않았잖아."

"원정 도박 같이 다니면서 여기저기 줄 대고 로비한 건가?"

"그렇지. 이명준 같은 거물이 끼어 있을 줄은 몰랐지만."

한준은 몸을 뒤집으려다 말고 오만 가지 인상을 썼다.

"그래서 말을 더 아꼈던 거야. 밑에 깔려 있는 뿌리가 너무 커. 구태수 섣불리 노출시켰다가, 그 인간 혼자 덤터기 다 뒤집어쓰고 나머지들은 모른 척 숨어버릴 테니까. 그럼 결국 임 고모는 남게 되니, 의뢰 내용이랑 안 맞아. 결과가 그렇게 흘러가면 안 돼."

"확실한 증거가 필요하다는 거지?"

혜준이 간이침대 사이로 불쑥 끼어들며 말했다. 한준과 수철은 화들짝 놀랐다가 아픈 부위를 부여잡으며 곡소리를 냈다.

"깜짝이야. 깜빡이 좀 켜고 들어와."

한준은 원망스레 동생을 올려다보았다.

"야, 있잖아."

혜준이 뿔테 안경을 추어올렸다.

"조이 엔터테인먼트 자금줄에 관해 조사하다가 재밌는 걸 발견했어."

전경철 사건을 맡은 강력반 1팀은 사인을 자살로 처리했다. 그의 몸에서 다량의 수면제와 약물이 검출되었고, 집에서 유서가 발견되었다는 게 그 이유였다. 필적을 대조해본 결과, 유서는 전경철 본인이 쓴 걸로 판명되었다. 유서는 뜻밖의 내용을 담고 있었다.

제가 강은혜를 죽였습니다. 관계자들 소개시켜주면서 계속 데리고 다니다 보니, 예쁘고 그래서 어떻게 좀 해보려 했는데 반항하니 짜증이 났습니다. 태우면 그 자리에서 시체가 없어질 줄 알았는데 제대로 안 타 겁나서 근처 하수구에 버렸습니다. 밤마다 악몽 꾸고 힘들었는데, 경찰이 수사하자 겁이 났습니다. 제 죗값을 치릅니다.

예은은 유서 내용에 경악했다.
"말도 안 돼요. 그럼 3일 날 CCTV에 구태수 찍힌 건 어떻게 설명할 거야?"
"혼자 폭탄 안고 뛰어내렸으니 이제 그건 중요치 않다 이거지."
두진이 말했다.
"강력반 1팀도 미쳤어. 아무리 약물이 나왔다 해도 그렇지, 어떻게 그리 쉽게 자살로 결론을 내요? 선배, 뭐라고 좀 해봐요. 이거 아무래도 이상해."
"이상한 건 나도 알아. 그래도 따지려면 근거가 있어야 할 거 아냐."
아씨, 하며 예은은 자리에 앉아 머리를 쥐어뜯었다.
"성질머리 더러워진 거 보니 형삿밥 좀 먹었나 봐? 어차피 우리도 구태수 아니면 전경철이 범인일 거라고 생각했잖아."
"전경철에게 살인 동기가 없다고 말한 건 선배거든요."

"구태수도 마찬가지야. 희한한 관리까지 시켜줄 정도로 투자한 애를 죽일 이유가 없잖아."

"보통 평범한 기획사들은 소속 아티스트에게 그런 이상한 짓 시키지 않아요. 오디션도 그렇고, 전경철이 주기적으로 강은혜 데리고 해외 나간 게 말이 안 돼요. 뒤에 뭐가 더 있다니까요."

두진은 한숨을 쉬었다.

"앞으로 물귀신은 한 귀신으로 이름 싹 다 바꿔야 돼. 한귀 감 발동했다는데 누가 말려."

그러고는 담배나 피우겠다며 사무실 밖으로 나가버렸다. 예은은 생각에 잠겼다. 최근까지 벌어진 일들이 전부 머릿속에 뒤섞이면서 뇌 벽을 쾅쾅 두드리는 기분이었다.

전경철의 서류를 다시 한번 빼서 보았다. 네 명의 이름 그리고 숫자. 설마 진짜 이명준 국회의원이라면, 이 셋의 연관성은 뭘까. 한참 고민하던 예은은 푸른색 파일철 겉면에 시선이 멈췄다. 뭔가 묘하게 떠오를 듯 말 듯 하는 기억이 있었다.

파란 서류 파일철.

힘없이 하늘을 떠다니던 풍선이 갑자기 펑 터진 듯했다. 예은은 전경철 사무실을 급습했을 때 한준과 마주쳤던 기억을 떠올렸다. 그는 분명 겨드랑이에 파란 서류 파일철 두 개를 끼고 있었다. 그때는 사무실 내부 물건들을 뒤지기 전이라 본인의 소지품이라 생각하고 문제 삼지 않았던 건데, 지금 와서 보니 전경철의 파일철과 같은 것이었다.

'전경철의 파일을 빼갔어. 무슨 이유로?'

그때 한준이 자신을 향해 했던 말이 귓가를 스쳐 지나갔다.
―참, 한 형사님. 이자를 잘 조사해보시는 게 좋을 겁니다.
예은은 푸른 파일철에 시선을 고정한 채 중얼거렸다.
"……다 한 만큼 돌아오는 법이야……."
―다 한 만큼 돌아오는 법이야. 자네가 지금 저지르는 일들이 곧 자네를 죽일 걸세.
한준은 전경철을 보며 분명 그렇게 말했었다.

*

미남당의 불은 꺼져 있었다. 예은은 '당분간 지리산으로 기도하러 갑니다. 예약 불가'라고 쓰인 팻말을 쳐다보았다. 혹시나 싶어 벨을 눌러보았지만 반응은 없었다. 예은은 돌아서서 길 건너편에 세워둔 차에 올라탔다. 내부는 온통 싸늘한 공기로 가득했다. 그녀는 파카를 껴입고, 미리 준비해둔 보온병을 꺼내 커피를 마시며 기다렸다.

세 시간 정도 지나고 밤 아홉 시를 넘기자 스포츠카 한 대가 미남당 앞에 멈춰 섰다. 예은은 한준, 수철 그리고 처음 보는 여자가 내리는 모습을 지켜보았다. 여자는 자신에게 신딸이라며 전화한 남혜준인 듯했다. 한준과 수철은 거동이 불편해 보였다. 셋은 뭐라고 서로 대화를 주고받으며 안으로 들어갔다. 건물 안에 불이 켜진 걸 확인한 예은은 차에서 내려 미남당에 접근했다.

꿍꿍이를 감추고 있는 상대에게 예의를 지킬 생각은 없었다. 대문이 잠겨 있는 걸 확인한 예은은 건물을 둘러싼 담벼락을 붙잡고 가뿐히 뛰어올랐다. 거실로 보이는 공간에 불이 환하게 켜져 있었다. 뭐라고 시끄럽게 떠드는 소리도 들렸다. 예은은 깨금발로 소리를 죽이며 집 주변을 돌았다. 환풍구가 보였다. 예은은 그 아래 벽에 몸을 바짝 붙이고 환풍구를 통해 새어 나오는 말소리를 엿들었다. 전부 알아들을 수는 없었지만 필요한 몇 가지 단어는 확실하게 들었다. 임 고모, 구태수, 거영 그룹, 작전.

다른 걸 다 떠나서 예은에게는 '구태수'라는 단어가 중요했다. 폐건물에 있을 때 잘못 들은 게 아니라는 걸 재확인한 그녀는 다시 담을 타고 밖으로 넘어갔다. 그러고는 대문 벨을 눌렀다. 반응이 없는 건 아까와 마찬가지였지만, 안에서 뭔가 후다닥 움직이는 소리와 함께 드르륵 바퀴 굴러가는 소리가 들렸다. 예은은 줄기차게 벨을 눌렀다. 치직 소리와 함께 인터폰이 켜졌다.

―뭡니까, 한 경위님.

짜증스러워하는 목소리였다. 예은은 주머니에 손을 찔러 넣고 인터폰 화면을 향해 입김을 불었다.

"추운데 안에서 이야기 좀 하면 안 됩니까?"

―우리 아직 그 정도 사이는 아닌 거 같은데요.

"공통 관심사가 많잖아요."

―지금 저한테 작업 거시는 겁니까?

"작업이라면 작업이죠."

한준이 어처구니없다는 듯 웃었다.

―돌아가세요.

인터폰이 뚝 끊어졌다. 예은은 쉬지 않고 연속으로 벨을 눌렀다. 다시 인터폰 스피커가 켜졌다.

―자꾸 이러시면 경찰에 신고합니다. 경찰도 경찰에 신고 되죠?

"우리 할 말 많다니까요."

―뭔데요?

"전경철이 죽었어요."

잠시 침묵이 흘렀다.

"그쪽도 구태수 조사하는 거 알아요. 이 정도면 명분, 사유, 충분하지 않습니까?"

철컹, 하고 대문이 열렸다. 한준은 노골적으로 반갑지 않은 기색을 드러내며 예은을 맞이했다. 걸을 때마다 허리에 손을 얹는 걸 보니 어지간히도 아픈 듯했다.

"지리산은 여기보다 훨씬 남쪽에 있지 않나요?"

"어쨌든 공권력이시니 커피 한 잔 하고 돌아가시죠."

한준 역시 마뜩잖은 기색이었다.

미남당에는 아무도 없었다. 예은은 눈을 내리깔고 천천히 내부를 둘러보았다. 분명 방금 전까지만 해도 들어가는 걸 봤는데 다른 방으로 피한 듯했다. 거실 오른쪽 끝에 방문 하나가 있는 걸 눈여겨본 후, 한준을 따라 다용도실로 들어갔다. 한준은 커피포트에서 커피를 한 잔 따라 건넸다. 커피를 한 모금 마신 예은이 인상을 찌푸렸다.

"커피가 찬데요."

"아, 내린 지 좀 된 거라서. 데워드릴까요?"

한준은 미안한 기색 하나 없이 전자레인지 쪽으로 몸을 돌렸다. 예은은 헛웃음을 지었다.

"됐습니다."

예은은 커피 잔을 앞으로 밀어냈다. 한준은 싱크대에 기대섰다. 두 사람 다 아무 말이 없었다. 한준은 커피만 홀짝였다. 그 모습을 지켜보던 예은은 조용히 입을 열었다.

"전경철 사무실에 왔던 이유."

한준이 눈을 가늘게 떴다.

"솔직하게 말씀해보시죠."

"이유는 그때 설명했습니다. 나쁜 기운을 쫓다 보니 거기로 가게 되었다고요."

"그럼 전경철의 파일철은 왜 가져갔죠?"

한준은 커피 잔을 싱크대에 내려놓았다.

"무슨 말씀인지 모르겠습니다."

"저 봤어요. 파일철 두 개 들고 나간 거."

한준은 팔짱을 꼈다.

"정신없는 상황이라서 착각하신 거 같습니다."

한준의 얼굴에서는 별다른 동요가 보이지 않았다. 아쉬운 쪽은 예은이었다. 그녀는 상대에게 먼저 패를 보여야겠다고 마음먹었다.

"구태수에 대해 언급하는 거 들었어요."

한준은 여전히 묵묵부답이었다.

"구태수는 우리 측 주요 용의자예요. 그와 연관된 전경철은 어이없는 유서를 남긴 채 죽었고요. 그쪽이 왜 구태수 뒤를 쫓는지는 모르겠지만, 뭔가 알고 있는 게 있다면—."

예은은 최대한 부드럽게 말했다.

"협조 부탁드릴게요."

"구태수가 한 경위님 용의자라고요?"

한준이 처음으로 반응을 보였다. 예은은 가볍게 고개를 끄덕였다.

"이유가 뭡니까?"

"이렇게 하죠. 구태수와 전경철에 대해 알고 있는 정보를 하나씩 공유하는 거예요."

한준이 한쪽 입꼬리를 올렸다.

"제가 그래야 할 이유가 뭡니까?"

예은은 자리에서 일어났다. 다용도실을 나와 오른쪽에 있는 방으로 걸음을 옮기자 한준이 급하게 뒤따라왔다. 불안한 낌새를 눈치 챘는지 한준은 예은의 팔목을 붙잡았다.

"뭐 하는 겁니까?"

예은은 한준의 팔을 세차게 뿌리쳤다. 그는 신음 소리를 내며 몸을 휘청거렸다. 예은은 재빨리 손잡이를 잡고 방문을 열었다. 방 한쪽 벽면을 차지하고 있는 화이트보드에는 구태수, 박동길, 박진상의 사진이 붙어 있었다. 방 한쪽 구석에 쭈그려 앉은 수철, 혜준이 뻘쭘한 표정으로 예은을 올려다보았다. 예은은 덤덤한 눈빛으로 방 안의 풍경을 바라보았다.

"수사에 협조하지 않을 시, 점집 간판을 내걸고 불법으로 개인정보를 수집하고 사기를 저지른 혐의로 그쪽을 조사해야 할지도 모르니까요."

미남당 일행의 얼굴이 창백하게 굳어졌다.

"처음 연희동에서 마주쳤을 때 발견한 시체, 기억나요?"

"네."

"열여덟 살짜리 고등학생이었어요. 강은혜라는 이름의 연예인 지망생이었고요."

"강은혜?"

한준이 눈썹을 꿈틀거렸다.

"왜요?"

"아닙니다. 계속해보시죠."

"우리는 구태수나 전경철을 범인으로 의심하고 있었어요. 그런데 이상한 상황이 생겨서 나는 이제 구태수가 의심스러워요."

"그렇게 특정 지은 이유가 뭡니까?"

예은은 고개를 살짝 기울이며 한준을 빤히 바라보았다. 한준은 아차 싶었는지 이마에 손을 짚고 한숨을 쉬었다.

"특정 짓다니, 무당이 수사 용어를 잘도 아네요."

"제가 수사물 마니아라서."

예은은 코웃음을 쳤다.

"이번에는 내 차례에요. 질문은 아까와 같습니다. 왜 전경철 사무실에 갔었죠?"

"설명하기 좀 복잡합니다."

"상관없어요. 나 시간 많아요."

"그 멘트가 이렇게 안 설렐 수도 있군요. 처음 알았습니다."

"협조한다면, 이 점집의 정체를 눈감아줄 용의는 있어요."

얼마나 도움이 되느냐에 따라서 다르겠지만, 하고 예은이 덧붙였다.

"협박 아닙니까?"

"거부할 권리 있습니다. 불법 영업과 사기에 관한 경찰 조사까지 거부할 권리는 없지만."

한준과 수철, 혜준은 서로 눈짓을 주고받았다. 이내 결심한 듯 한준이 예은을 쳐다보았다.

"이야기가 깁니다."

"나도 마찬가지예요."

예은은 덤덤하게 말했다.

*

당인리에 위치한 '빅터'는 손님이 들어오든 말든 개의치 않는 분위기의 바였다. 벽은 어두운 초록색 벨벳으로 둘러싸여 있어 묵직하게 가라앉는 느낌을 풍겼고, 드문드문 달린 빈티지 조명은 이목구비의 그늘을 걷어내는 게 고작이었다. 바 내부에 점점이 걸터앉은 사람들의 얼굴에서는 표정을 읽을 수 없었다. 어차피 예은은 이미 불콰하게 달아오른 상태였고, 관심사는 한 가지뿐이었으므로 별 상관은 없었지만.

"이거 한 잔 더 줘요."

"많이 마신 거 같은데요."

한준은 내키지 않는다는 표정이었다.

"요즘 기분이 거지 같았거든요. 그쪽 이야기 듣고 나니, 상황을 대충 알 거 같아서 더 안 좋네요. 핑계 좀 되어주시죠."

예은의 목소리는 울적하게 가라앉아 있었다. 바텐더는 예은에게 걸쭉한 갈색 위스키가 담긴 잔을 내밀었다. 갓파더**였다.

"거절할 수 없는 제안이네요."

한준이 예은의 술잔을 보며 심드렁하게 말했다.

"나도 김렛 한 잔 더 줘요. 로스사의 라임주스 반을 섞어서."

바텐더가 한준을 향해 미소 지었다.

"옛날에는 신선한 라임을 구하기 어려워서 주스를 쓴 거라니까요. 이제 그만 고집 꺾으시죠."

"낭만은 시대랑 상관없어요."

"한준 씨의 그런 모습은 멋지다고 생각합니다."

"그래놓고 생라임 넣어줄 거잖아요."

한준이 부루퉁한 얼굴로 투덜댔다. 바텐더는 여유로운 태도로 빈 잔을 가져갔다.

"무슨 말이에요?"

"제가 좋아하는 소설 주인공이 그렇게 마셔요. 항상 진 반, 로

** 위스키를 베이스로 한 칵테일. 영화 〈대부〉를 기념하여 만들어진 칵테일로 극 중에서 말론 브란도가 이 칵테일을 마신다.

스사의 라임주스 반 외에는 아무것도 섞지 않은 김렛을 선호하거든요."

한준이 김빠진 얼굴로 대답했다. 예은은 피식 웃었다.

"요즘 같은 때에도 소설 속 주인공을 따라 술 마시는 사람이 있군요."

"큰일 날 말씀 하시네. 안 보인다고 해서 존재하지 않는 건 아니거든요. 누구나 가슴에 품고 있는 낭만 하나쯤은 있게 마련입니다."

바텐더가 한준 앞에 술을 놓았다. 연한 녹색이 감돌아 언뜻 보면 모히토를 연상케 했지만, 그보다 묵직한 느낌이 강한 술이었다. 한준은 잔을 들고 가볍게 돌렸다. 그런 한준을 보며 예은이 툭 내뱉었다.

"경찰이었죠?"

"조금 더 추리해보시죠."

"내 느낌으로는 프로파일링 쪽 근무. 맞죠?"

"그렇게 생각한 근거는요?"

"아까 화이트보드에 써놓은 맵을 보고요. 프로파일러들이 그런 식으로 맵 그려가면서 사건 유추 많이 하잖아요."

"훌륭한 근거는 아니지만 나쁘지도 않으니 봐드리겠습니다."

예은은 갈색 액체 속에 잠긴 크고 둥그런 얼음을 바라보았다.

"나는 지나간 낭만에 관심 없어요. 프로파일러를 관뒀으면서 굳이 이 일을 하는 이유가 궁금해요."

한준은 김렛을 한 모금 마신 후, 빈티지 조명에서 은은하게 새어 나오는 불빛을 바라보았다.

"재벌 만나려고요."

한준이 툭 던졌다. 예은은 가볍게 잔을 흔들었다. 갈색 액체가 찰랑이며 얼음 표면 위로 파도를 쳤다.

"그게 다인가요?"

"그게 다예요."

"거짓말. 더 있잖아요."

"더 있다 한들, 순순히 이야기할 이유는 없지요."

한준은 손으로 턱을 괴었다.

"명색이 현역 형사인데 추리해보시죠. 어째서 프로파일러를 관뒀는지."

예은은 미간을 찌푸렸다.

"상황이나 증거가 충분치 않은데요."

"그게 처음부터 충분한 사건이 어디 있습니까?"

한준이 핀잔을 주었다. 예은은 탁자에 팔을 짚고 머리를 기댄 채 말했다.

"무례하다고 생각하지 말아요. 증거 및 심증 확보니까."

예은은 한참 동안 한준의 전신을 훑었다. 머리부터 발끝까지 꼼꼼하게 지켜보고는 말을 이었다.

"보통 이 짓을 관두는 계기는 돈, 가족, 연인 문제가 큰데. 비싼 명품으로 치장한 걸 봐서는 돈 문제인가 싶다가도……. 무당으로 전직하면서까지 재벌을 만나려는 거 보면 다른 이유도 있는 거 같아요."

"왜요. 재벌만큼 돈 많이 주는 사람이 없어서 그럴 수도 있잖습니까."

"아까 재벌 만나려고요. 이렇게 말할 때 말투가 착 가라앉아 있었어요. 뭔가 사연 있는 사람처럼. 내가 그런 감은 좋거든요."

한준은 큭 소리를 내며 웃었다.

"이 일을 하다 보면 힘 있는 사람들 때문에 경찰이 꼼짝 못하는 경우도 종종 있으니까. 그거 때문에 뭔가 크게 서러웠을 수도 있고요."

"이제 가설로 연결해보시죠."

"첫 번째 가설. 돈 때문에 애인을 재벌에게 빼앗겨서, 그 한 때문에 프로파일러를 관두었다. 두 번째 가설. 수사 중에 외압이 들어와서 화가 나 일을 관두고 무당으로 신분을 위조해 계속 수사를 진행 중이다."

예은의 목소리에는 취기가 가득했다.

"영화를 많이 보셨네."

한준은 시큰둥하게 바 안쪽으로 고개를 돌렸다.

"정답 알려줘요."

"정 궁금하면 실질적 증거와 정황 찾아서 가져와요. 그럼 자백하지."

"뭐야. 정답에 근접한 게 하나라도 있는지는 알려줘야죠."

"둘 다 나쁘지는 않다고 해두겠습니다."

한준은 김렛을 쭉 들이켰다.

"보니까 진짜 신통력이 있는 거 같지도 않은데, 전경철이 죽을 거라는 건 어떻게 알았어요?"

예은의 물음에 한준은 어깨를 으쓱했다.

"무당답게 상황 모면하려고 해본 말입니다. 그런 일을 하면서 곱게 죽을 사람이 몇이나 있겠습니까? 길에 돌을 던졌더니 김 씨가 맞을 확률과 비슷한 겁니다. 정말 바로 죽을 줄은 몰랐지만."

예은은 김샌 표정으로 눈만 끔뻑거렸다.

"이번에는 형사님 이야기나 해보시죠."

그의 물음에 예은은 고개를 흔들었다.

"나는 별로 할 말 없어요. 무난했는걸."

"저번에 허공 날아다니는 거 보니까 무난 쪽은 아니었는데. 올림픽 특별 전형, 뭐 그런 걸로 들어온 겁니까?"

"경찰 대학 졸업했습니다."

"엘리트시네."

한준의 흰 볼이 발그레하게 달아올랐다.

"어릴 때부터 형사가 되고 싶었던 겁니까? 나쁜 놈들 잡아서 정의 구현하는, 뭐 그런 거?"

예은은 피식 웃었다.

"그냥 재미있게 살고 싶었어요. 몸 쓰는 걸 좋아했거든요. 고등학교 때 기계 체조를 하다가 파쿠르 동아리 회원들을 만났는데, 그게 너무 재미있었어요. 스턴트 쪽으로 빠질까 고민도 했었으니까요."

"급선회한 이유는 뭡니까?"

한준은 안주로 나온 치즈를 집었다.

"기왕 몸 쓰는 거, 잘 쓰고 싶어서요."

예은은 술을 쭉 들이켰다.

"잘 쓰는 거라, 좋네. 몸, 마음, 돈, 힘, 뭐든 다 잘만 쓰면 세상이 예쁘게 잘 굴러갈 텐데 말이죠. 그게 어려워서 이리 힘들게들 사는 거 같습니다."

한준은 잔을 내밀었다. 두 사람은 건배했다. 크고 둥그런 얼음은 어느새 절반가량 녹아 있었다.

"강은혜 양 현장 사진 좀 보여주십시오."

예은은 휴대폰 사진첩에서 현장 사진을 열어 한준에게 내밀었다.

"난 강은혜를 죽인 범인이 구태수라고 생각해요."

"그렇게 생각하는 근거가 뭡니까?"

"12월 3일 날, 강은혜가 거주하는 오피스텔 지하 주차장에서 구태수가 찍혔어요. 건물로 들어갔다가 길쭉한 뭔가를 안고 나왔는데, 길이나 부피로 짐작했을 때 강은혜가 틀림없어요."

현장 사진을 가만히 들여다보고 있던 한준이 예은에게 휴대폰을 돌려주며 말했다.

"시체가 흰 구두를 신고 있군요."

예은은 고개를 절레절레 저었다.

"그렇잖아도 그 구두 때문에 골치가 아파요."

"그 모습 자체만 생각하면 구태수일 가능성이 높죠. 구두는 범인의 성적 판타지 혹은 낙인일 수도 있어요. 저는 전자 쪽일 가능성이 더 크다고 생각하지만."

그러면서 한준은 뭔가 내키지 않는다는 듯한 표정을 지었다.

"시신을 왜 굳이 하수로에 버렸을까요? 멀리 나가서 지방 야산이나 이런 쪽에 묻는 게 범인 입장에서는 유리하잖아요."

"그럴 만한 시간이 없었거나, 그러고 싶지 않았거나."

한준은 강은혜의 전신사진을 확대했다.

"저는 하수로가 임시 보관소였다고 생각합니다. 범인은 강은혜에게 호감과 죄책감을 동시에 느끼고 있었을 거예요. 멀리 유기하러 갈 만한 상황이 되지 않아 임시방편으로 시신을 유기한 뒤, 돌아와서 수거할 셈이었을 겁니다. 우리가 발견하는 바람에 일이 꼬였지만. 아마 범인은 지금 심리적으로 꽤 동요 상태일 거예요."

"근거가 뭐죠?"

"시신이 바닥에 엎드려 있잖아요. 범인이 죄책감을 느꼈기 때문에 눈 혹은 얼굴을 제대로 마주할 수 없었던 거죠. 흰색 구두를 신긴 부분은 좀 긴가민가하지만 호감에서 비롯되었을 가능성이 높아요. 자신의 감정을 피해자에게 남긴 거죠."

예은은 수첩을 꺼내 한준의 말을 몇 개 적었다.

"구태수가 들고 나왔다던 건 강은혜의 시신일 거라는 말에는 동의합니다. 하지만……."

한준은 고개를 갸웃했다.

"시신에 불을 지르고 구두를 신겼다는 게 마음에 걸립니다. 죄책감과 잔인함이 동시에 공존하는 이 느낌이 뭔가 안 맞아요."

"충동적으로 살인을 저지른 이들이 보이는 심리적 동요가 아닐까요? 강간하고 죽인 시신에게 다시 옷을 정성스레 입혀준다거나, 그런 비슷한 사례들은 얼마든지 있잖아요."

"내가 신경 쓰이는 건 살인 방법과 피해자를 대하는 정서가 맞지 않는다는 거예요. 두 가지가 충돌하고 있어요. 사람을 불로 태워 죽일 정도면 이건 충동적 살인으로 보기 어려울 뿐 아니라, 상당히 사이코패스적인데……."

한준은 잠시 숨을 고르게 쉬었다. 입가에서 짙은 드라이진 냄새가 풍겼다. 그는 입가심으로 나온 과자를 씹으며 물었다.

"시신은 부검했습니까?"

"부모를 설득 중이에요."

"꼭 하는 게 좋겠습니다. 피해자의 집에 화재를 일으키지도 않았는데, 굳이 시신만 번거롭게 태운 건 뭔가를 감추려는 의도 같거든요."

예은이 손바닥에 주먹을 탁 맞부딪쳤다.

"강은혜가 기획사에 다닐 때 이상한 관리를 받았다고 했어요. 마치 술에 잔뜩 취한 사람처럼 정신을 못 차리고, 정신 줄을 놓은 사람 같았다고요."

"마약을 투여했나 보군요."

"강은혜 담당 매니저도 그런 쪽으로 말했어요."

예은은 강은혜가 기획사에서 겪었던 일들을 설명했다. 한준은 듣는 내내 고개를 끄덕이더니 손가락을 가볍게 튕겼다.

"짚이는 게 있습니다."

"뭔데요?"

예은이 반색했다.

"이거 알려드리면 형사님도 저희한테 협조하실 겁니까? 우리도 의뢰받은 거 해결해야 해서."

"쓸 만한 이야기인지 들어나 보고요."

"너무 공권력 남용인데."

한준은 투덜거리며 말을 이었다.

"저보고 파일철 왜 가져갔냐고 물었죠?"

예은은 고개를 끄덕였다.

"구태수가 못된 짓을 하고 있다는 증거가 필요했어요. 원래 거기 있는 서류 다 챙겨 오려다가 형사님이 오는 바람에 두 개만 들고 나왔는데, 그중 하나에 피해자의 프로필 사진이 있었습니다. 도박단 멤버 중에서 특별히 여고생 취향이 있으셨는지 교복에 아주 별표를 쫙쫙 그어놨더군요."

"도박단이요?"

"구태수와 전경철은 해외 원정 도박단을 운영해왔습니다. 그 과정에서 화류계, 연예계 종사자 여성들을 데리고 성 접대를 시켰어요. 전경철이 강은혜 데리고 자주 해외를 나갔다고 했죠? 성 접대 때문입니다."

"피해자는 십 대잖아요."

예은이 눈을 크게 떴다.

"비뚤어진 욕망이 상식 찾아가는 거 봤습니까? 아마, 회사에서 강은혜에게 약을 투여했던 건 이성 마비 및 성적 흥분도를 높이기 위함이 아니었을까 싶은데요. 회사에서 점점 공격 성향을 보이기 시작한 걸 보면 알 수 있죠. 약이란 게 사람 돌게 만드니까."

한준은 손가락으로 바를 톡톡 두드렸다.

"구태수는 특별 관리를 한답시고 마약을 투여하면서, 이 모든 건 네가 톱스타가 되기 위해 겪어야 할 일이라고 세뇌시켰을 가능성이 높습니다. 성 접대를 합리화하기 위한 과정이지요. 강은혜가 연습생 친구들한테 자신은 특별하고 남들과 다르다는 듯이 행동한 걸 보면 아마 맞을 거예요."

끔찍한 이야기이긴 하지만, 하고 한준은 허공을 쳐다보았다.

"몇 년 전, 일본의 어느 여배우가 세뇌를 당해 약 삼 년간 착취당하며 AV를 찍은 사건이 있었습니다. 알고 계십니까?"

"아뇨."

예은은 고개를 저었다.

"그 여배우는 처음부터 AV를 찍으려고 한 게 아니었습니다. 대형 연예 기획사의 소개를 받고, 말 그대로 연예인이 되기 위해 소속사에 들어갔죠. 그 소속사에는 상담사, 매니저, 영업 담당, 점술사가 있었습니다. 넷은 번갈아가며 여배우를 달래고 협박했다고 해요. 점술사는 달콤한 미래를 약속하고, 영업 담당은 구체적인 계약과 촬영 일정을 이야기하고, 상담사는 배우의 고민을 들어주고, 매니저는 강압적으로 일을 시킨 거죠."

한준은 가볍게 헛기침을 했다.

"회사는 그 과정을 반복하면서, AV를 찍기 수월하도록 배우에게 약을 먹였습니다. 배우는 점점 세뇌되어 자신은 그들의 말을 거역할 수 없다고 생각했고요. 가엾게도."

예은은 눈을 지그시 감았다.

"구태수 일당도 비슷한 수법을 썼다고 봐요. 자신들의 말을 잘 듣도록 하기 위해 본인들에게 안전하고 효율적인 방법을 쓴 거겠죠. 그들에게 강은혜는 원활한 로비를 돕는 상품일 뿐이니까. 강은혜를 관리할 때 나타났다는 여자가 그 세뇌 과정을 담당했을 거라고 봅니다."

한준은 구태수 일당의 몽타주를 볼 수 있겠느냐고 물었다. 예은이 사진을 보여주자, 한준은 여자의 사진부터 확인했다.

"내가 본 임 고모가 맞군요. 나는 구태수 못지않게 임 고모에게도 혐의를 둬야 한다고 생각합니다."

"어떤 걸요? 강은혜에 대한 살인 혐의?"

한준은 바텐더를 향해 빈 술잔을 들어 보였다. "오늘은 과음이신데요." 바텐더는 미국의 치약 광고에서나 나올 법한 미소를 지으며 새 술과 물을 함께 건넸다. 한준은 물을 한 모금 마신 뒤 말을 이었다.

"지금까지 벌어진 모든 사건에 대해."

*

줄곧 날이 우중충하더니 간만에 하늘이 개었다. 예은은 강력반 사무실로 올라오는 길에 담배를 귀에 꽂고 내려가는 두진과 마주쳤다.

"담배 피러 가요?"

"어라. 한귀 너 웬일로 표정이 좋냐?"

두진이 담배를 빼서 입에 물었다.

"그래 보여요?"

"어. 간만에 사람 얼굴이야."

"그런가."

예은은 씩 웃었다.

"뉴스 하나 있어. 들으면 숨통 더 트일지도 몰라."

예은은 급히 계단을 오르다 말고 고개를 빠끔 내밀었다.

"뭔데요?"

"커밍 쑨."

두진은 담배를 들어 보인 후 흡연 구역 쪽으로 사라졌다.

예은은 사무실에 앉자마자 강은혜의 사건 파일철과 노트를 꺼냈다. 하나씩 꼼꼼하게 베껴 적으면서 전체적인 윤곽을 정리했다. 어젯밤 한준과 대화를 나누며 알아낸 사실들을 두진에게 이야기할까 하다가 관두었다. 아직은 시기상조라는 생각이 들었다. 강은혜가 전경철과 함께 원정 성매매를 나섰다 한들, 남들에게 보일 증거가 있는 건 아니었다. 두진이 정보의 출처를 캐물을 경우 잘 둘러댈 자신도 없었다. 예은은 어느 정도 정리를 한 후 파트너에게 이야기하기로 마음먹었다. 이제 남은 건 누가, 왜 전경철과 강은혜를 죽였느냐다. 예은은 한준에게 문자를 보냈다.

─오전 회의 끝나고 들릴게요.

그러고는 담당 부서에 전경철의 사진이 들어간 제보 전단지 제작과 배포를 요청했다. 전경철의 집에서부터 야산까지 CCTV를 샅샅이 훑고 있었지만 범위가 너무 광대했다. 목격자들의 제보를 받을 필요가 있었다.

한창 정신없이 피해자들과 관련된 자료를 정리하고 있는데, 텁텁한 담배 냄새를 풍기며 두진이 돌아왔다.

"들려줄 소식이 뭐예요?"

"강은혜 부모가 부검에 동의했다."

예은이 반색하며 돌아보았다.

"시신에 손댈 수 없다고 엄청 강경하셨잖아요. 어떻게 마음 바꾸셨대?"

"범인 잡아야 하니까."

두진은 한쪽 입술을 일그러뜨렸다. 예은은 가볍게 고개를 끄덕인 뒤 자리에서 일어났다.

"나갔다 올게요."

"어디 가?"

"형사가 발로 뛰어야지, 앉아 있기만 하면 뭐 해요."

"대박 증거 들고 금의환향하십쇼."

예은과 두진은 장난스럽게 거수경례를 나누었다. 차 키를 집어 들고 마포서 정문 계단을 내려가는데 복도를 지나가던 유동우가 그녀를 뒤쫓아 내려왔다.

"선배, 어디 가요?"

"조사 좀 하러."

"잠깐 좀 와봐요."

"나 바빠. 이따가."

"아까 강은혜의 오피스텔 CCTV 한 번 더 돌려 보다가, 하나 더 찾은 게 있어요."

유동우의 말을 무시하고 내려가려던 예은은 우뚝 발걸음을 멈췄다.

"뭔데?"

짐승의 길

예은이 미남당에 들어섰을 때, 시간은 정오를 훌쩍 넘어 있었다. 한준과 수철, 혜준은 다용도실 테이블에 앉아 커피를 홀짝이는 중이었다. 정확히 말하자면 "오늘 내린 원두가 얼마나 고급인데 정성껏 내린 보람도 없이 삼십 초 만에 홀짝 마셔버리느냐"며 한준이 잔소리를 퍼붓고, 수철과 혜준은 귓등으로도 안 듣고 있었다.

"일찍 오신다더니."

한준이 핀잔을 주었다.

"강은혜 오피스텔 CCTV에서 뭘 하나 더 찾았어요. 컴퓨터 좀 빌릴게요."

예은은 USB를 들어 보였다. 한준은 노트북을 가져와 USB에 든 CCTV 파일을 로딩했다.

날짜는 12월 3일 자, 장소는 강은혜의 오피스텔 지하 주차장이었다. 시간은 세 시경. 모니터 속에는 자그마한 몸집의 여자가 종종걸음으로 지하 엘리베이터를 향하고 있었다. 삼십 분 후, 여자는 다시 내려와 빨간색 BMW를 타고 사라졌다. 한준이 말했다.

"임 고모군요."

예은은 시간을 한 시간 뒤로 돌렸다.

"그다음에 구태수가 와요."

구태수가 담요로 감싼 길쭉한 형상을 안고 떠나는 장면이 이어졌다.

"임 고모가 먼저 이곳에 왔었다면 이야기가 달라집니다. 차량 수배해봤습니까?"

"그거 하느라 늦었어요. 조이 엔터테인먼트에서 리스한 차량이더라고요."

예은은 푸른색 파일철을 한준에게 내밀었다. 한준은 파일을 펼쳐 종이에 적힌 네 명의 이름과 숫자를 확인했다.

"전경철은 그걸 보고 사색이 되어 뛰쳐나갔어요. 다음 날 죽었고요."

한준은 이명준과 박정현의 이름을 짚었다.

"이명준 국회의원이에요. 박정현은 신흥 벤처 F&ROSE의 대표고요. 최근 거영 디스플레이와 F&ROSE가 합작해서 주식이 엄청 올랐죠. 그전까지 다른 회사들이 F&ROSE와 접촉하고 있다는 기사가 났었는데, 아마 이 원정대로 인해 딜이 성사된 거 같네요."

그런 다음 자신의 사무실로 들어가 전경철의 파일철 두 개를 가져왔다.

"두 개를 나란히 놓고 보니 짚이는 게 있습니다."

한준이 말했다. 예은은 강은혜 및 다른 성매매 여성들의 프로필, 출입국 날짜와 비행기 티켓 예매 내역이 빼곡히 쓰인 서류를 번갈아가며 보았다.

"형사님이 갖고 온 서류는 그 사람들의 해외 원정 날짜를 표기한 거 같아요."

"설마, 그래서 전경철이……?"

"이런 자료를 경찰이 갖고 있어서 좋을 건 없잖습니까. 아무래도 전경철이 심지 있는 인간은 아니다 보니 상대측에서 입막음으로 죽인 듯합니다."

"이명준 짓일까요?"

"직접 손을 쓰지는 않았겠죠. 전경철은 구태수와 함께 움직이고 있었으니 사건이 터지자마자 바로 보고를 했을 겁니다."

한준은 잠시 말을 멈추고 생각에 잠겼다.

"전경철이 발견된 게 어제였죠?"

"네."

"어차피 일이 이렇게 돌아간 바에야 이야기 하나 털어놓죠."

한준은 폐공장에 끌려가기 전, 청각정에서 듣고 본 상황들을 이야기해주었다. 예은은 얼굴을 찌푸렸다.

"왜 경찰서에서는 진술하지 않았죠? 구태수를 바로 추격할 수도 있었을 텐데."

"그 점 때문에 말하지 않았습니다. 그가 유력 용의자로 특정되면, 주변에서 곧장 증거를 인멸하고 도주할 가능성이 크다고 생각했어요. 아직 증거를 모으는 과정이었기 때문에 상대를 건드리고 싶지 않았습니다. 어쨌든 각설하고."

한준은 잠시 목소리를 가다듬었다.

"이명준은 필리핀 때의 일을 잘 처리해달라 했고, 임 고모는 그 아이에 관한 건 이제 깨끗하다고 대답했어요."

한준은 테이블에 펼쳐놓은 두 개의 파일철을 보았다. 손가락으로 하나하나 짚어가며 뭔가를 꼼꼼히 확인하더니, 경쾌하게 손가락을 튕겼다.

"이명준 이름 옆에 쓰인 숫자는 출국일입니다. 강은혜의 출국 기록과 날짜가 겹쳐요. 청각정에서의 대화 내용, 지금 이 기록으로 보아—"

구태수와 전경철은 이명준을 접대할 성매매 여성으로 강은혜를 낙점했을 가능성이 높다.

"이제 그림이 좀 들어맞네. 기획사에서 벌어졌다는 수상한 오디션은 이명준의 취향에 맞는 여자를 고르는 과정이었던 거 같습니다. 내가 바에서 말했죠? 도박팀 중에 교복 취향이 있는 거 같았다고."

"이런 개새끼를 봤나."

대화를 듣던 수철이 격분하며 소리쳤다.

"그 과정에서 살해됐을 겁니다. 아마 피해자가 이 일을 관두고 어딘가에 고발하려 했을 가능성이 높아 보여요. 여기 파일철에 같이 원정을 갔던 화류계 종사자들 인적 사항이 있으니 찾아가 실마리를 찾는 게 좋겠습니다."

한준은 화이트보드에 '이명준'과 '강은혜'를 적었다.

"피해자가 살해된 사건 당일, 피해자의 오피스텔 CCTV에 임 고모와 구태수가 한 시간 차를 두고 찍힌 걸 보니 공모에 의한 살인일 가능성이 높군요. 저는 임 고모가 먼저 살인을 저지르고, 후에 구태수가 뒤처리를 한 거라고 봅니다."

"강은혜의 오피스텔에는 불길의 흔적이 없었어요."

"거기선 사람 하나를 태울 만큼 불을 내기 어렵죠. 하지만 시신이 발견된 하수구라면 이야기가 다릅니다. 거기서 시신을 태운다 한들 눈에 띄지 않고 냄새도 악취에 섞여 묻히니까요. 좀 바쁘게 움직이셔야겠습니다."

예은은 한숨을 쉬었다. 그러고는 후배 형사들에게 전화를 걸어 간략히 사정을 설명했다.

"지금 빨리 하수구랑 룸 아가씨들 조사 좀 해줘. 어, 부탁해."

예은이 전화를 끊자, 한준은 '구태수'와 '임 고모'가 쓰인 부분에 동그라미를 쳤다.

"제가 공격당하고 있을 때 구태수는 누군가와 통화를 하고 있었습니다. 그거 참 여유롭다고 생각해서 아니꼬웠는데, 지금 보니 전경철과 관련된 이야기를 듣고 있었던 게 아닌가 싶어요."

그러고 나서 언제인지도 모르게 구태수는 사라졌다.

"그자들이 내 정체를 알고 있는지는 모르겠지만 경찰 측근이라는 생각은 안 했을 겁니다. 한시라도 빨리 임 고모와 구태수 일당의 범죄를 입증할 만한 증거를 모아야 해요."

"누구 씨가 요란하게 존재감을 드러내준 덕에 경계심만 키워줬네요."

예은이 투덜거렸다. 한준은 못 들은 척 헛기침을 했다.

"우리는 임 고모 일당의 비리 범죄 증거를 잡을 겁니다. 그쪽도 피해자에 관해 조사해보고, 뭔가 나오는 게 있으면 다시 이야기 나누죠."

네 명은 곧장 행동을 개시했다.

마포서 강력반 2팀의 김재우와 이홍식 콤비는 고급 룸살롱들을 샅샅이 돌아다닌 끝에, 최근 필리핀 카지노에 다녀왔다는 아가씨들을 찾을 수 있었다.

"우리가 말한 거 절대 비밀이에요. 안 그러면 끽, 이거니까."

고양이처럼 눈 화장을 한 여자는 손날로 목을 긋는 시늉을 했다.

"걱정 마십쇼. 비밀은 절대 보장이니까."

김재우는 아가씨들을 안심시킨 뒤 강은혜의 프로필 사진을 내밀었다.

"이 애 본 적 있죠?"

옆에 앉아 담배를 피우고 있던 단발머리 여자가 눈을 크게 치켜떴다.

"어머, 얘 개잖아. 귀요미."

"귀요미?"

"우리끼리 그렇게 불렀어요. 카지노 간 애들 중에 나이도 제일

어리고 하는 짓도 어리숙해서 우리가 귀여워했거든요."

"그런데 하필 잘못 걸려서……."

단발머리 여자는 재떨이에 담뱃재를 떨며 얼굴을 찌푸렸다.

"잘못 걸리다니?"

"제일 진상한테 걸렸거든요. 얼굴도 말상에 완전 구렸는데, 지들끼리 윗방아기 어쩌고 하면서 낄낄대더라고요. 더러워가지고."

단발머리 여자는 우웩, 헛구역질을 하며 혀를 내밀었다.

"그런데 얘도 좀 이상했어."

고양이 눈을 한 여자가 툭하고 말을 던졌다.

"자세히 이야기해봐요."

"이번 여행은 우리도 좀 쫄렸어요. 높은 사람들이라면서 신분이랑 이름도 제대로 말 안 해주지, 어디 가서 이야기하면 죽여버린다고 그러지, 돈은 팍팍 꽂아주지, 이건 뭐 야쿠자급 애들한테 잘못 걸린 거 아닐까 싶어서 눈치 엄청 봤거든요. 그런데 강은혜 얘는 맨날 멍한 얼굴로 개진상을 잘도 따라다녔어요. 어려서 깡다구가 좋은가? 그러고 말았죠. 불쌍해서 쇼핑하러 가는데 몇 번 끼워주려고 했었거든요. 그런데 싫다 좋다 말도 안 해요. 얼굴은 예쁜데 어디 정신 나간 애처럼 멍해가지고……. 그래서 우리도 내버려뒀어요. 거기 도박하러 온 사람들, 엄청 깐깐했거든요. 수틀리면 돈 못 받을까 봐 열심히 수발들기 바빴죠."

여자는 눈을 가늘게 뜨며 길게 담배 연기를 내뱉었다.

"갈 때는 어떻게 갔습니까? 한꺼번에 갔어요?"

"아뇨, 각자 따로 갔어요."

"여행 한 번 갈 때마다 받은 돈이 얼맙니까?"

"기간에 따라 달랐어요. 이번에 필리핀 간 건 삼천만 원 받았나?"

"돈은 누가 지급했습니까?"

"마담 언니요."

"카지노 갔을 때, 이 사람들 본 적 있습니까?"

김재우는 구태수와 전경철 사진을 보여주었다.

"으으, 괴물하고 밥맛이네."

단발머리 여자가 턱을 뒤로 빼며 질색했다.

"여행 갈 때마다 따라왔어요. 특히 저 괴물, 우리가 어디 가지도 못하게 엄청 감시하고 그랬어요. 엄청 짜증 났었는데."

"그러면 이 밥맛은 어땠습니까?"

"짐꾼? 잡일 했던 거 같아요. 도박하는 사람들 모셔다 드리고, 호텔 데리고 오고. 어디 가고 싶다 하면 데려다주고 필요한 거 챙겨다 줬어요."

구태수와 전경철이 도박 원정대와 함께 있었다는 증인은 확보한 셈이다. 김재우와 이홍식은 고개를 끄덕였다.

"강은혜 양과 함께 있었다는 사람에 대해 조금 더 말씀해주십시오. 어떤 식으로 행동했는지, 피해자에게 이상 행위 같은 길 한 적은 없었는지 말입니다."

이상 행위라는 말에, 단발머리 여자가 고양이 눈을 한 여자의 옆구리를 쿡 찔렀다.

"그 말상, 너한테도 또라이 짓 했었다며."

"맞다."

기억을 떠올리자 불쾌한 듯 얼굴이 굳어졌다.

"또라이 짓이요?"

"그 말상, 좀 짜증 났어요. 듣기로는 높으신 분이라는데, 술 마실 때도 거기 있는 사람들 다 옷 벗게 하고……. 지 휴대폰 동영상으로 찍고 놀면서 너희들도 이제 나랑 똑같이 논 거다, 어디 가서 말하지 마라, 그러면서 이상한 아재 개그 치고 그랬거든요."

"찍는 거 더럽게 좋아했어요. 귀요미랑 잘 때도 비디오 찍고, 자기는 뭐 그래야 더 흥분이 된다나. 남들이 자기를 보고 있으면 더 흥분된다며 그 지랄했었어요. 하기 전에도 카메라 찍는 거 보고 그랬다는데, 더러워."

"미친 새끼."

두 여자가 서로 말을 보태가며 치를 떨었다.

"피해자의 반응은 어땠습니까?"

이홍식의 물음에 단발머리 여자는 다리를 꼬고 소파 깊숙이 몸을 묻었다. 골똘히 생각 중인지, 시선을 위로 하고 턱을 살짝 당긴 모습이 애교스러웠다.

"초반에 다닐 때는 쟤가 진짜 센 건가 아니면 좀 바보인가 그렇게 생각했었는데. 마지막으로 필리핀 갔을 때는 많이 어두워 보였어요. 뭔 일 있나 했는데."

"나한테 그런 이야기한 적은 있어. 이제 그만 오고 싶다고."

두 사람이 번갈아가며 대답했다.

"혹시 강은혜 양이나 다른 사람이 동영상을 가져갔을 가능성은 없습니까?"

"은혜 걔가 동영상 가져갈 이유는 없을 거 같고……. 다른 사람이라면 괴물 정도? 가끔 대신 찍어주고 그랬거든요. 자기 하는 거 남이 보는 게 좋다고, 말상이 그 지랄했었으니까."

"맞다. 그러고 보니 괴물이 귀요미 주변에 자주 있었어."

"귀요미는 괴물이 데려왔잖아."

"보면 은근히 챙겼던 거 같아."

어느새 두 여자는 자기들끼리 대화를 나누고 있었다.

"구태수가 피해자를 좀 챙겼다고요? 어떤 점 때문에 그렇게 느끼셨나요?"

김재우는 손에 깍지를 꼈다. 그녀들은 합창이라도 하듯 거의 동시에 대답했다.

"여자의 감이죠."

예은은 양진명과 유동우 형사가 전달한 보고서를 읽어 내려갔다. 양진명과 유동우는 강은혜의 시신이 최초로 발견된 연희동 하수구 일대를 샅샅이 뒤진 끝에, 어렵사리 방화의 흔적을 발견할 수 있었다. 코를 찌르는 듯한 악취와 어둠, 물때로 인해 번진 곰팡이 때문에 육안으로는 알아볼 수 없을 정도로 흔적은 희미했다. 두 형사는 조금만 더 늦었어도 방화 흔적이 오수에 다 쓸려갔을 것이라는 과학수사팀의 의견을 덧붙이며, 용의자가 최초 사건 발생 지점을 감추기 위해 일부러 하수구를 선택한 걸로 보인다는 보고서를 작성했다. 이로써 시신에 불을 지른 장소는 시체 발견

장소인 하수구였다는 것이 확인되었다.

예은이 생각에 잠겨 있던 그때, 두진에게 전화가 걸려왔다. 짧은 통화를 마치고 전화를 끊은 두진이 예은을 돌아보았다.

"국과수야."

예은과 두진은 곧장 국과수로 향했다.

"강간 흔적은 없고, 시신에서 치사량의 허브가 검출되었어요."

검시관이 차트를 넘기며 말했다. 예은이 두진을 쳐다보았다.

"선배, 허브라면……."

전경철의 패거리에 붙들려 강제로 성인 방송 BJ를 했던 채무자들이 복용했던 약이다.

"그거, 증세가 어떻게 됩니까?"

"언뜻 보면 대마초와 큰 차이는 없는데, 환각 효과는 엄청나게 달라요."

전경철의 사무실로 붙잡혀 갔던 BJ 레아 역시 허브 중독 증세를 보였었다. 수사 당시 그녀의 집에서 허브 약병이 발견되었던 사실을 떠올리며 예은은 입술을 깨물었다.

예은과 두진은 마포서로 복귀했다. 그리고 세 시간 후, 두 사람은 제보 전단지에 그려진 남자를 봤다는 이의 전화 제보를 받았다.

─조금 창피한 이야기지만 애인이랑 차에서 데이트하려고 으슥한 곳을 찾았었거든요. 한창 좋은 시간 보내고 있는데, 한 남자가 끌려가는 걸 봤어요.

예은은 바로 녹음 버튼을 눌렀다.

"누가 끌고 갔는지 보셨나요?"

—얼굴은 제대로 못 봤어요. 저희도 무서워서…… 숨어서 지켜보는데, 한 명이 유독 눈에 띄더라고요.

"눈에 띄었다고요?"

—네. 키가 엄청 컸어요. 무슨 옛날 영화에 나오는 괴물 같더라고요.

예은과 두진은 말없이 시선을 교환했다.

*

하루 종일 탐문하고 돌아다니느라 녹초가 된 마포서 강력반 2팀 멤버들이 모여 결과를 조합하는 동안, 미남당 일행은 슬슬 활동 개시를 준비하고 있었다.

"이명준의 구린 짓거리가 어떤 형태로든 남아 있을 거야. 사진이든, 영상이든."

한준은 화이트보드에 손바닥을 탁 올려놓으며 말했다.

"임 고모는 '깨끗해졌다'고 말했지만, 지금까지 이런 일들을 꾸민 교활함을 봤을 때 그리 순순히 없애진 않았을 거야. 차후 언제든 이명준을 협박할 수 있도록 복사본을 남겨놨겠지. 그런고로."

한준이 씩 웃으며 화이트보드에 적힌 구태수의 이름을 가리켰다.

"우리는 구태수 거처를 턴다."

수철은 한숨을 쉬었다.

"야근 싫은데."

구태수의 거처는 박진상의 조사원들이 알아냈다. 그는 한남동의 오피스텔 독채에 살고 있었는데 집에 자주 들어가는 편은 아니라고 했다. 특히 요 며칠간은 아예 회사와 집에 출입 자체를 하지 않았다며 보고를 올렸다. 보고를 받은 한준의 미간이 살짝 찌푸려졌다.

"아예 코빼기도 안 보였다는 점이 마음에 안 드는데."

그 길로 한남동으로 곧장 이동한 한준과 수철은 구태수의 오피스텔 근처에 숨어 동태를 살폈다. 대부분 회사와 빌딩 건물이 많은 지역이라 일대는 조용했다. 두 사람은 주변을 오가는 사람이 없음을 확인한 뒤 오피스텔 건물 맞은편에 섰다. 한준은 모자에 부착된 초소형 마이크를 향해 속삭였다.

"저 오피스텔 CCTV 어때? 회로 뚫었어?"

―완전 허술하네. 나 말고도 중국이랑 러시아에서 이미 몇 번 뚫었어.

"우리 움직이는 동선 잘 보이지?"

―응. 조금 있다가 내가 신호 보내면 움직여.

한준은 엄지와 검지를 맞붙여 동그라미 표시를 만든 후, 뿔테 안경 앞에 대고 흔들었다. 알겠다는 신호다. 예전에 무심코 고개를 흔들었다가 모니터를 지켜보던 혜준에게 어지럽다며 욕먹은 이후로는 주로 수신호를 쓰고 있다.

―지금부터 셋 센다.

한준과 수철은 오피스텔 입구에 있는 경비실을 쳐다보았다. 때마침 경비원은 쓰레기 분리수거함을 정리하는 중이었다.

—셋, 둘, 하나.

한준과 수철은 경보라도 하듯 빠르게 걸었다.

—입구 CCTV OFF. 문 OPEN.

경비원이 분리수거함에서 빼낸 쓰레기를 들고 아파트 뒤쪽으로 가는 모습이 보였다. 한준과 수철은 경쾌하게 오피스텔 안으로 진입했다.

—사정권 통과. 입구 CCTV ON.

두 사람은 뒤를 돌아보았다. 경비는 아직 보이지 않았다.

CCTV를 한꺼번에 끄거나, 혹은 오랫동안 꺼둘 경우 경비실의 의심을 사게 된다. 오피스텔이라 하여도 고급 주거촌에 위치한 곳인 만큼 보안에 까다롭다. 신중을 기해서 나쁠 건 없다. 항상 위험은 사소한 방심에서 오는 법이다. 게다가 이들은 미남당이 아니던가. 무당으로 위장하고 있는 만큼 그들의 신분과 조사 방식은 언제나 비밀스러워야 한다. 고로 혜준이 짜낸 아이디어가 이거였다. CCTV마다 찍을 수 있는 사정권 한계가 있기 때문에 한준과 수철의 움직임에 맞춰 해당 CCTV 한두 개씩만 껐다 켜기를 반복하면 큰 주의를 끌지 않으리라는 계산이었다. CCTV 위치 역시 예은에게 정보를 얻었다.

—엘리베이터 입구 CCTV OFF.

한준과 수철은 재빠르게 엘리베이터를 탔다.

—ON.

한준과 수철은 구태수의 거처가 있는 팔 층에 무사히 도착했다. 입구에서부터 여기까지 오는 데 걸린 시간은 오차 범위까지 포함하여 오 분 내지 팔 분.

―일 층 입구 CCTV ON. 팔 층 CCTV OFF. 제한 시간 삼 분.

구태수의 집 현관문에는 도어락이 설치되어 있었다. 두 사람은 수술 장갑을 끼고 미리 준비한 형광 가루를 도어락에 발랐다. 삼십 초가 지나자 센서등 불이 꺼지면서 도어락 위로 형광색 빛이 났다. 그중 숫자 네 개에 찍힌 지문이 보였다. 한준은 스마트폰 터치 장갑으로 갈아 끼고 순서대로 눌렀다. 삐익 하는 경고음이 울렸다.

"젠장."

―이 분 남았어.

혜준이 카랑카랑하게 말했다.

"이런 상황에서 그런 말 하면 더 긴장되는 거 몰라?"

한준은 도어락 가까이 몸을 굽혔다. 숫자 사이로 쏠린 선 모양과 지문의 크기를 보며 재빠르게 머릿속으로 숫자를 조합했다. 지문이 가장 선명하게 찍혀 있는 숫자는 다른 숫자보다 힘을 주어 눌렀기 때문에 마지막 숫자일 터. 한준은 숫자와 선 모양의 상관관계를 생각하며 나머지 숫자를 조합했다.

―일 분 이십 초.

머리카락 사이로 땀이 솟았다. 한준은 마지막으로 심호흡을 한 뒤 다시 한 번 숫자를 눌렀다. 삑, 삑, 삑, 삑.

―삼십 초.

띠리링. 경쾌한 소리와 함께 문이 열렸다.

―십 초.

한준과 수철은 재빨리 안으로 들어와 문을 닫았다.

―CCTV ON.

무사 안착이다. 두 사람은 안도의 한숨을 내쉬었다.

불은 켜지 않았다. 조그만 라이트 펜을 하나씩 든 채 천천히 어둠 속을 훑었다. 집은 주인을 닮는다고 했던가. 어렵사리 들어온 구태수의 오피스텔은 그의 모양새만큼이나 기괴한 분위기를 풍기고 있었다. 이 건물에 사는 다른 평범한 이들의 집과 같은 재료, 목재, 철골, 벽, 시멘트로 이루어져 있음에도 불구하고 이 공간만큼은 한준과 수철이 발을 딛고 있는 현실에서 분리되어 다른 곳에 존재하는 듯한 느낌마저 주었다. 어딘지 모르게 비틀린 느낌. 본래의 기능을 잃은 공간은 집이라기보다 창고에 가까웠다.

"집이 뭐 이러냐?"

수철이 투덜거렸다.

집은 넓은 평수에도 불구하고 살림살이라고 부를 만한 가구가 거의 보이지 않았다. 거실에는 커다란 텔레비전 한 대, 간단한 진열장 하나가 전부였다. 소파나 거실 테이블 같은 건 보이지 않았다. 거실 구석에는 부직포처럼 보이는 커다란 천이 펼쳐져 있었다. 한준은 그 앞에 쪼그려 앉아 불빛을 비추었다. 천 위에는 다양한 크기의 금속 조각들이 흩어져 있었다. 양이 매우 많았다. 불빛을 옆으로 돌려보니, 천 끄트머리가 닿아 있는 벽에는 길쭉한 모양의 검은 그을음이 있었다. 일단 눈에 띄는 특이점들은 전부 사진을 찍어두었다.

짐승의 길 307

한준은 수술 장갑을 낀 손으로 금속 조각 하나를 집었다. 마치 손으로 찢은 것처럼 모서리가 울퉁불퉁했고, 역시 검은 그을음이 있었다. 펼쳐진 천 옆에는 집게손가락만 한 크기의 초록색 상자가 여러 개 놓여 있었다. 성냥갑인가 싶어 확인해보니 '중형 화구'라고 쓰여 있었다. 상자 안을 열어 내용물을 확인했다. 나사에 두꺼운 볼트 두 개를 맞물려놓은 듯한 금속 부품이 나왔다. 한준은 얼굴을 찌푸렸다. 취미로 금속 공예를 한다고 생각하기에는 집 안에 금속 장식품도 없을뿐더러 집에서 이런 작업을 한다는 것 자체가 이상하지 않은가. 한준은 이 물건들의 의도를 가늠할 수 없었다. 휴대폰으로 발견한 물건들을 열심히 찍고 있는데, 수철이 베란다 쪽을 가리켰다.

"한준아, 저기."

그의 손가락이 가리키는 곳을 따라 시선을 돌려보니 새까만 어둠 속에서 희미하게 비치는 그림자가 있었다. 길쭉하고 둥그런 모양새가 작은 기둥 같기도 하고 물통처럼 보이기도 했다. 두 사람은 납작 엎드린 채 조심스레 베란다 문을 열었다.

"뭐야, 가스통이잖아."

정체를 확인한 수철이 툭 내뱉었다. 베란다에는 '산소'라고 쓰인 초록색 통과 작은 LPG 가스통이 나란히 놓여 있었다.

"왜 여기에 이런 게……?"

한준은 의아했다. 하지만 길게 고민할 시간이 없었다. 그들은 곧바로 몸을 돌려 내부를 뒤지기 시작했다. 한준이 열어본 건 신발장이었다. 안에는 똑같은 모양의 흰색 구두가 열을 지어 늘어서 있었다.

"역시나."

한준은 진열장의 사진을 찍었다.

구태수의 안방은 킹사이즈 매트리스 한 개, 책상 하나가 전부였다. 책상 위에는 낡은 노트북 한 대가 놓여 있었다. 한준은 노트북을 부팅한 뒤, 혜준이 시킨 대로 외장 하드를 꽂아 드라이브를 통째로 복사했다. 그동안 수철은 집 안에 있는 가구들을 뒤지며 아주 작은 실마리라도 찾아내려 애를 썼다. 수확은 있었다.

"이야, 돈 솔찬하게 버셨는데."

수철은 책상 서랍에서 자산 관리 보고서 한 부를 들고 의기양양하게 다가왔다. 임영주라는 이름으로 발행된 보고서였다.

"임영주는 또 누구야? 임 고모인가?"

한준은 고개를 갸우뚱 기울였다. 그리고 책상 서랍을 좀 더 뒤져보니 노트 한 권이 나왔다. 스케줄을 기록할 수 있는 다이어리였다. 한준은 노트 내용 역시 꼼꼼하게 다 사진으로 찍었다.

—거기서 시간 너무 오래 지체하지 마.

혜준의 목소리가 카랑카랑하게 울렸다.

"오케이. 우리 이제 간다."

한준이 답했다.

—조금 이따 내가 신호 보내면 움직여. 셋, 둘, 하나.

두 사람은 현관문을 열고 나왔다. 주어진 시간 삼 분 동안 열심히 도어락과 바닥, 손잡이를 닦고 엘리베이터에 올라탔다. 띵, 소리와 함께 엘리베이터 문이 닫혔다.

―엘리베이터 입구 CCTV ON.

*

 미남당 일행에게 있어 구태수의 노트북 하드는 엘도라도와 다름없었다.
 "이거 어떻게 구했어요?"
 한준의 연락을 받고 미남당으로 온 예은의 표정은 떨떠름했다.
 "과정 이야기해주면 경찰 자아에 분열 올 텐데, 괜찮겠어요?"
 한준은 턱을 살짝 치켜든 채 도도하게 말했다. 잠시 고민하던 예은은 고개를 저었다.
 "모르는 게 낫겠어요."
 한준과 예은은 하루 동안 서로 알아낸 사실들을 교환한 뒤, 노트북 안에 든 자료를 열람했다.
 무엇을 상상하든 그 이상이었다. 이명준과 관련된 동영상은 당연히 있을 거라고 예상했지만, 임 고모가 내린 걸로 추측되는 지시 사항들을 정리해놓은 문서 파일들은 의외였다. 구태수는 무엇 하나 놓치지 않으려는 듯 기록을 꼼꼼하게 남겨둔 상태였다. 원정 도박팀 구성과 지금까지 벌인 일들은 물론 오래 전 지시받은 일들까지 기록되어 있었다.
 "철저하네. 누구의 명령인지는 일체 언급도 하지 않고 있어요."
 한준이 혀를 끌끌 찼다.
 일행들은 미남당 거실에 모여 앉아 문서와 비디오 영상들을 전부 확인했다. 마지막 파일까지 다 보고 났을 때는 이미 날이 밝아 있었다. 미남당에 모인 일행들은 전부 눈빛이 퀭했다. 한준은 손등으로 두 눈을 비비며 말했다.

"우리 용의자 친구들, 굉장한 악취미가 있으셨네."

혜준의 두 눈에 분노가 가득 차 있었다.

"저기 나온 개자식들, 다 박살내버릴 거야."

수철과 예은은 충격 때문에 말을 잇지 못했다. 수사를 통해 어림짐작은 하고 있었지만 실제로 보는 영상은 상상 이상으로 참혹했다. 영상 속의 강은혜는 의식이 어디론가 날아가버린 사람 같았다. 혼이 빠져나간 텅 빈 인형처럼, 그녀는 수동적으로 움직이며 멍한 눈으로 천장을 쳐다보고 있었다. 헤 벌린 입에서는 침이 흘러내렸고 눈은 초점이 맞지 않았다. 주변을 둘러싼 남자들은 벌거벗은 채 즐겁다는 듯 웃으며 술을 마시고 제 나름의 향락을 즐기고 있었다.

"역겨워."

결국 혜준은 자리를 박차고 이 층 작업실로 올라갔다. 수철은 목을 우두둑 꺾으며 언짢은 어조로 말했다.

"이상한 걸 너무 많이 봤더니 정신이 안 좋아. 좀 누워야겠어."

수철은 소파에 벌렁 드러누웠다. 한준은 무심한 얼굴로 동영상 속 인물들을 가리켰다.

"저기 보이는 두 명은 김근희, 남필구네. 저 작자들도 이제 도망 못 가겠군."

다른 동영상 파일 역시 마찬가지였다. 김재우 콤비에게 증언했던 술집 아가씨들을 비롯해 여러 사람의 모습이 나왔다. 이 역시 몰카였다. 그 외에 몇 개는 카지노에서 도박을 하는 이들의 모습을 하나씩 찍은 영상이었다. 마치 일부러, 얼굴을 기록하려고 한 것처럼.

"보험일 겁니다. 이 사람들이 임 고모의 뜻을 거스를 때를 대비한. 구태수가 도박 원정대를 케어하기 시작한 시점과 거영 그룹의 상승세 시기가 일치합니다. 게다가 최근 벌어진 사건들을 정리해보면—."

한준은 예은을 쳐다보았다.

"강은혜의 시체가 언제 발견되었는지 기억납니까?"

예은은 품에서 수첩을 꺼내 펼쳤다.

"12월 5일이요."

"그리고 일주일 후, 거영 그룹의 주식이 대폭 올랐습니다."

예은은 몸이 굳는 걸 느꼈다. 떠오르는 장면이 하나 있었다. 날짜는 시신이 발견된 지 일주일 후. 시신의 정체가 강은혜라는 걸 알게 된 날이었기 때문에, 그날은 잊을 수가 없었다. 국과수 소견서를 손에 쥔 채 참담한 심정으로 사무실에 들어가던 기억이 선명하게 떠올랐다.

거영 디스플레이의 행보가 심상치 않습니다. 요즘 떠오르는 신흥 벤처 기업인 F&ROSE와 신규 기술을 제휴, 4차 산업혁명에 걸맞은 디스플레이 화면을 구현하겠다는 야심찬 행보를 보이고 있는데요. 성진 증권의 김병우 전문가 의견을 들어보겠습니다.

지금 자료 화면에서 보시다시피 차트가 계속해서 양봉을 기록하고 있지 않습니까? 이 추세로 보았을 때, 다음 날에도 강세가 이어질 가능성이 높습니다⋯⋯.

두진이 듣고 있던 주식 방송의 내용. 마치 지금 듣고 있는 것처럼 귀에서 생생하게 맴돌았다. 소주나 하러 가자던 형사들의 속 편한 소리가 떠오르며, 예은은 그때 느꼈던 울분이 다시 치밀어 올랐다.

한준은 비디오 화면을 멈추고 도박 중인 한 남자의 얼굴을 가리켰다.

"경제면에서 두어 번 본 적 있습니다. F&ROSE 대표 박정현이에요. 미국 실리콘 밸리에서도 탐내는 인재라고 떠들어대서 기억에 남았었죠. 여기서 딜을 체결한 모양입니다."

한준은 손가락으로 화면을 톡톡 건드렸다.

"아마 구태수는 단순히 호의적 로비만 하지는 않았을 겁니다. 상대가 원하는 걸 쥐여주기만 하는 건 좋은 협상 기술이 아니니까. 구태수는 도박 참여자들에게 약점이 될 만한 증거물들을 확보해 부탁과 협박을 적절히 번갈아가며 썼을 겁니다. 상대들은 부탁을 들어줄 수밖에 없었겠죠."

구태수가 일을 해결하면 임 고모는 예언을 한다. 박동길 회장은 그 말을 듣고 실행에 옮긴다. 일은 임 고모의 말대로 흘러간다. 임 고모에 대한 박동길 회장의 신뢰도는 무한히 높아진다.

"그 과정에서 왜 강은혜가 죽어야 했는지 이해가 안 돼요."

예은은 아직 충격에서 벗어나지 못한 듯했다.

"그간의 의견을 종합해보면, 강은혜는 마지막에 가서 어떤 심경의 변화를 느꼈는지 급격하게 우울해하며 어두운 증세를 보였다고 했습니다. 약효가 급격히 떨어졌을 수도 있고, 약 복용을 거부했을 수도 있죠."

한준의 시선이 푸르스름한 모니터 화면 위를 향했다. 안이 텅 비어버린 인형처럼 감정이 느껴지지 않는 강은혜의 모습이 멈춰져 있었다.

"제 추론은 이렇습니다. 강은혜는 마약 복용과 이어지는 성매매를 거부했고, 임 고모는 약 투여량을 과도하게 늘렸습니다. 그래서 피해자가 사망하고, 임 고모는 구태수에게 뒤처리를 시켰을 겁니다. 그래서 임 고모가 강은혜의 집 오피스텔에서 먼저 나왔을 거라 생각해요."

한준은 씁쓸한 듯 아랫입술을 살짝 깨물었다.

"아마 조이 엔터테인먼트에 모인 연습생들은 애초부터 걸 그룹을 위해 모인 게 아닐 겁니다. '특정한 취향'을 가진 분들을 위해 선별되었을 가능성이 높아요."

"그중 강은혜가 선택되었다는 거예요?"

"네. 그 이상한 오디션 역시 이명준을 위해 진행됐을 겁니다."

한준은 가볍게 손바닥을 맞부딪쳤다.

"전경철 살해 현장에 구태수가 있었다는 제보도 들어왔겠다, 결정적 정황과 증거들은 충분합니다."

"불법적으로 확보한 증거들은 재판 때 증거 채택 안 되는 거 알잖아요."

예은은 곤란하다는 듯 한준을 쳐다보았다.

"경찰서에 익명으로 배달된 증거물은 불법이 아니죠. 형사님은 잠깐만 모르는 척하시면 됩니다."

한준은 한쪽 눈을 찡긋 감았다.

"이제 악의 무리들 잡으러 가시죠."

다음 날, 마포 경찰서 2팀 앞으로 발신자를 알 수 없는 우편물 하나가 도착했다. 테이프로 칭칭 싸맨 택배 박스 안에는 컴퓨터로 작성한 듯한 '강은혜 사건 제보 합니다'라는 쪽지와 CD가 여러 장 들어 있었다. 영상의 내용을 본 강력반 2팀이 경악을 금치 못했음은 두말할 필요도 없다.

예은과 두진은 곧장 구태수를 찾아갔지만 역시 기획사에는 없었다. 거처도 찾아가보았지만 기척도 보이지 않았다.

"하, 눈치 깠네."

두진이 뒤통수를 벅벅 긁었다. 두 사람은 서둘러 사무실로 복귀해 구태수를 수배 조치했다. 예은은 사람들이 없는 공간을 찾아 한준에게 전화를 걸었다.

―구태수가 도주한 거 같아요.

예은의 연락은 어느 정도 예상했던 바였다. 문제는 임 고모를 비롯해 구태수의 동선이 대기업 회장보다도 은밀했다는 점에 있었다. 갈 만한 곳을 짐작할 수 없었다. 한준은 간만에 머리가 지끈지끈 달아오르는 걸 느꼈다. 팔짱을 낀 채 미남당 거실을 왔다

갔다 하던 그는 다급히 아이패드를 꺼냈다. 화면을 몇 번 터치하자 구태수의 스케줄표 사진이 떴다. 12월 달력을 확대해보니, 가장 마지막에 적힌 스케줄이 있었다.

12월 17일, K-POP 열차 철도 공사 기공식. 마지막.

다른 스케줄 기록에 비해 유달리 힘을 주어 꾹꾹 눌러쓴 필체, 유독 크고 길쭉하게 쓴 글씨.
불길한 예감이 뇌리를 스쳤다. 날짜를 확인해보니, 오늘이다. 한준은 기겁하며 혜준에게 전화를 걸었다.
—뭐야, 나 바빠.
최근 혜준은 쾌적한 새 작업실이 생긴 이후, 그곳에서 거의 숙식하다시피 하고 있었다. 모든 게 최신 사양이라 어떠한 게임을 돌려도 매끄럽고 쾌적하게 진행된다는 사실이 가장 큰 이유였다. 짜증스러워 하는 동생을 향해 한준이 외쳤다.
"K-POP 어쩌고 하는 기공식 행사가 있어. 행사 관련 시간, 장소, 참석자들이 누군지 알아봐줘."
—기다려봐.
경쾌하게 키보드 두들기는 소리가 났다. 한준은 초조하게 발을 까딱이며 동생의 검색 결과를 기다렸다.
—오늘 행사네? 네 시 시작. 주요 귀빈이…… 얼씨구. 박동길에 김근희, 남필구, 박정현. 관련자들 총집합이야.
남은 시간은 두 시간. 한준은 전화를 끊었다.

기공식 행사에는 박동길 회장을 비롯해 원정 도박단에 참여했던 이들이 전부 귀빈으로 참석한다. 그 사실이 '마지막'이라는 구태수의 필적과 겹쳐져 한준의 머리를 사정없이 뒤흔들었다.

뭘까. 마지막이라니, 그곳에서 뭘 하려는 걸까.

몸속 깊은 곳에서 둔중한 무언가가 주저앉는 기분이었다. 한준은 필사적으로 구태수에 관련된 사실들을 전부 떠올렸다. 숨 가쁘게 지나가는 기억 속에서, 느닷없이 멈춤 버튼을 누른 것처럼 달칵 걸리는 장면 하나가 있었다. 한준은 다시 아이패드 사진첩을 열었다. 그의 집에서 찍은 사진들이 빠르게 휙휙 넘어갔다. 한준은 바닥에 놓인 금속, 벽에 생긴 길쭉한 그을음, '중형 화구'라고 쓰인 조그만 초록색 상자, 산소 절단기와 LPG 가스통을 찍은 사진을 연속으로 확대했다.

그다음에는 검색 엔진을 띄웠다. 화구에 대해 검색했다.

화구(火口) [화ː 구]
[명사] 1. 불을 때는 아궁이의 아가리. 2. 불을 내뿜는 아가리.

상자 속에 든 물건과 비슷한 모양을 찾아 다시 검색 엔진을 돌렸다. 이윽고 공사 관련 블로그들이 떴다. 한준이 찾은 '화구'는 산소 절단기 주둥이에 끼우는 부품이었다. 토치가 불을 내뿜는 과정에서 주둥이도 녹아버리기 때문에, 화구를 주기적으로 갈아줘야 한다는 설명이 덧붙여져 있었다. 아이패드 속에 따로 흩어져 있는 이미지가 한꺼번에 뭉쳐지면서 커다란 불길이 치솟는 듯

한 착각이 들었다. 한준의 동공이 흔들렸다.

불.

구태수는 강은혜를 불로 태웠다. 범죄자들은 보통 처음에 사용한 도구를 다음 범행 때도 사용한다. 다른 도구를 써서 실험했다가 실패할 확률을 줄이기 위해서다. 처음에는 낯설어서 서투르게 사용했지만, 학습화 과정을 겪었기 때문에 두 번째 범행에서는 시행착오를 줄이고 도구를 더 효율적으로 사용하게 된다. 프로파일러들이 소위 '범죄의 패턴화'라고 명명하는 과정이다.

구태수는 불을 선택했다. 자신의 다음 혹은 마지막 범죄를 염두에 두고 계속해서 연습해왔다. 찢어진 모양의 금속 조각이 유달리 크게 눈에 들어왔다.

한준은 곧장 예은에게 전화를 걸었다.

"당장 서울역으로 출동해요."

끝에 쓰인 마지막이란 말이 미친 듯 눈에 거슬렸다.

"아무래도 큰일 하나 벌어질 거 같습니다."

*

구태수는 쪼그려 앉은 채 손등을 북북 긁었다. 긴장하면 가려움을 느낀다. 의사들도 원인을 모른다고 했다. 심리적인 이유 같네요, 하며 속 편한 소리만 했다. 피딱지가 앉을 틈도 없이 새빨개진 손과 팔을 긁고 또 긁었다. 자고 일어나면 피부에 열꽃이 핀다. 어째서 이걸 꽃이라고 부르는지 이해할 수 없다. 몸 어딘가에 빈 공간이 남아 있는 걸 못 참겠다는 듯 끊임없이 열이 오르고 살갗에 붉은색 지도가 그려진다. 시간이 지나면 오돌토돌하게 올라온 붉은 반점들이 갈색으로 시들어가며 진물을 터트린다. 주변의 살갗은 메마른 논바닥처럼 갈라지며 쭈글쭈글한 주름이 잡힌다.

건조하다. 간지럽다. 나무토막 같은 팔을 쭉 내밀어 북북 긁으며, 구태수는 생각에 잠겼다.

저주받은 삶.

마지막 순간까지 아빠는 그렇게 외쳤다. 막판에 치매에 걸려 죽기 전까지, 그를 보면 저주받은 게 분명하다고 외쳤었다.

구태수는 살면서 한 번도 거울을 본 적이 없었다. 생존에 필요한 최소 물품도 부족한 집에서 거울을 필요로 하는 사람은 아무도 없었다. 엄마는 언제나 거칠고 부스스한 머리에 눈가에는 아이새도 대신 파란색과 보라색 멍을 달고 살았다. 아빠는 항상 누워서 술을 마셨기 때문에 거울을 볼 필요가 없었다. 술잔 속에 비친 자신의 모습을 보는 걸로 충분한 사람이었다. 그곳을 집이라고 부를 수 있을까. 구태수는 잠시 의문을 품었다.

본래 주거용으로 사용되는 공간이 아니었다. 가구점에서 창고로 쓰기 위해 지어놓은 임시 건물이었다. 가게에서 불필요한 도구들 쑤셔 넣고 보관하는 그런 곳. 구태수 가족의 사정을 딱하게 여긴 가구점 사장이 여기라도 괜찮으면 머물라고 공간을 내어주었고, 그때부터 머물기 시작했기 때문에 집이 되었을 뿐이다. 구태수와 부모는 휴대용 가스레인지를 놓고 밥과 라면을 해 먹었다. 창고 바로 옆에는 다 쓰러져가는 푸세식 화장실이 있었다. 시멘트로 대충 발라놓은 잿빛 벽 사이로 죽은 시체처럼 보이는 어둠이 깔려 있었다. 구태수는 화장실에 귀신이 있다고 믿었다. 밤중에 발을 잘못 디뎠다가 발이 빠진 이후로 더욱 그랬다. 선천적으로 약했던 구태수의 피부에는 더욱 심한 똥독이 올랐다. 병원은 하루밖에 다니지 못했다. 진료비를 본 아빠가 이대로 살다 뒈지라며 때렸기 때문이다. 구태수의 부스럼은 손쓸 수 없을 정도로 악화되었다. 엄마는 울기만 했다. 차갑고 어두운 창고와 푸세식 화장실 사이는 항상 어두웠다. 구태수는 빛을 한 번도 보지 못한 채 유년 시절을 보냈다.

엄마는 구태수가 여덟 살이 되던 해에 집을 나갔다. 돈을 벌기 위해 가구점에 취직했는데, 유니폼에 맞춰 신을 흰색 구두를 샀다가 아빠한테 죽기 직전까지 얻어맞은 탓이었다.

—이 씨발년이, 누구한테 꼬리를 치려고 구두를 사.

다음 날 엄마는 보이지 않았다. 흰색 구두는 신발장에 가지런히 놓여 있었다.

그 후로 일주일 뒤, 구태수는 아빠에게 색종이를 살 돈을 달라고 했다. 돈 대신 주먹질을 받고는 학교에 가지 않았다. 어차피 가고 싶지도 않았다. 아이들은 웃으며 그에게 독을 뱉었다. 쉿쉿, 쉿. 구태수에게 있어 학교는 뱀이 들끓는 위험한 산과 같았다.

학교에 가 있을 시간 동안, 구태수는 쪼그려 앉아 흰색 구두를 보았다. 유일하게 즐거운 순간이었다. 엄마는 지금 어디서 무슨 일을 하는지, 어떤 모습일지를 늘 상상했다. 구두를 품에 안고 엄마가 자신을 돌봐주는 상상도 했다. 구두는 종적을 감춘 엄마와 그의 유일한 연결 고리였다. 상상 속에서 받는 엄마의 사랑은 아름다웠다. 구태수는 매일 흰색 구두를 깨끗이 닦았다.

성인이 되자, 어쩌다 가끔씩 원치 않게 하나의 몸뚱어리를 보게 되었다. 네모난 벽돌처럼 생긴 단단한 몸집에 멋대가리 없이 땅 위로 쑥 솟아오른 큰 키. 새빨갛게 부어오른 피부 위에 돌기마냥 솟은 갈색 딱지들. 그 사이로 흐르는 진물. 끔찍한 얼굴이다. 아무도 구태수에게 일을 시켜주지 않았다. 그의 키와 얼굴을 보고 기겁만 할 뿐이었다. 고물을 주워보려 해도, 길가를 돌아다닌다는 이유만으로 욕을 먹었다. 구태수는 집에 틀어박힌 채 신발장만 쳐다보았다.

아빠는 일 년 후 알콜성 치매에 걸렸다. 모든 게 상실되어가는 과정 속에서도, 자신의 폭력성만은 잊지 않았다. 구태수의 얼굴을 보며 괴물이라 비명을 지르고, 괴물을 없애겠다며 칼을 들고 와 휘두르는 일이 잦았다. 간혹 정신이 깜빡 들 때면 술을 마시며 중얼거렸다. 넌 저주받았어. 내 새끼가 아니야. 괴물 같으니라고.

아빠의 마지막은 어떻게 되었는지 모른다. 그가 쥔 칼이 눈알 바로 위까지 날아오던 어느 날 밤, 구태수는 아빠를 세게 밀쳤다. 바깥으로 도망치는데, 그는 포기하지 않고 뒤쫓아왔다. 괴물을 죽여야 한다고도 했고, 저주를 끊어준다고도 했다. 그가 제정신이었는지 아니었는지는 아직도 알 수 없다. 구태수는 푸세식 화장실 앞에 멈춰 섰다. 아빠는 칼을 든 팔을 허우적거리며 그를 덮쳤다. 구태수는 몸을 살짝 틀고 아빠의 등을 밀었다. 아무것도 보이지 않는 칠흑 같은 어둠이 아빠의 상반신을 집어삼켰다. 이윽고 삐죽 내밀어져 있던 다리도 사라졌다. 귀신이 아빠를 잡아갔다고, 구태수는 생각했다.

다음 날이 밝았지만 화장실을 확인할 엄두는 나지 않았다. 낮이나 밤이나 어두운 건 매한가지였다. 귀신이 자신마저 끌고 들어갈 듯했다. 두려움과 망상에 시달리던 구태수는 가구점에서 돈을 훔쳐 집 근처에 있는 점집에 갔다. 앞날이 궁금해서가 아니었다. 구태수는 죽음이 궁금했다. 저주받은 삶이 언제쯤이면 끝날지 궁금했다. 귀신에게 잡혀가고 싶지는 않았다. 고요히 잠든 채로 죽을 수 있을까—. 그 사실을 알기 위해 점집 문을 열고 들어간 구태수는 눈앞에 마주한 여인을 보자 숨을 쉬지 못했다.

빛이 있었다.

그녀의 얼굴은 순백이었다. 엄마의 구두처럼 눈부시게 흰 피부를 갖고 있었다. 힐처럼 가느다란 몸에, 구태수가 늘 상상하던 엄마처럼 아름다운 얼굴이었다. 순결한 색, 순결한 존재. 그녀는 작고 빨간 입술을 오물거리며 구태수에게 말했다.

—몸에 화(火)가 많아.

뒤이어 그녀는 구태수의 비밀을 말했다. 아무도 모르던, 엄마와 할머니만이 알고 있던 비밀.

구태수는 오열했다. 쇳소리 섞인 목소리로 꺽꺽대며 우는데도 그녀는 눈 하나 깜짝하지 않았다.

—그간 고생 많았어. 네가 남들과 다른 건, 큰일을 하기 위함이야.

오히려 차분하게 위로를 건넸다.

—이제 걱정 안 해도 돼. 내가 도와줄게.

그녀의 따뜻한 말 위로 빛이 반짝이는 듯한 착각이 들었다.

—지금 네 이름은 너랑 상극이야. 안 맞아. 물이 들어가야 할 거 같아. 앞으로는…… 구태수. 그래, 구태수가 좋겠다.

그녀는 환하게 미소 지었다. 구태수는 빛과 함께 엄마가 돌아왔다고 생각했다.

멀리서 빠아앙— 하는 기차 경적 소리가 들렸다. 구태수는 과거의 기억에서 돌아왔다. 흐릿했던 초점이 맞춰지면서 눈앞의 풍경이 선명하게 보였다. 그는 서울역 이 층 구석에 쪼그려 앉아 있었다. 역사 내부에는 셀 수도 없을 만큼 많은 사람들이 분주하게 오가고 있었다. 구태수는 팔을 북북 긁으며 시간을 확인했다.

오후 세 시 사십육 분.

구태수는 서울역사 KTX 철로 쪽에 만들어진 간이 무대를 바라보았다. 업체 직원들이 커다란 플랜카드를 세우고 있었다.

축! 서울역 K-POP 열차 철로 개통 사업식

사업식은 네 시부터 시작한다. 움직일 시간이 얼마 남지 않았다. 높은 곳에 서서 아래를 지켜보고 있노라니, 까만 점 모양으로 움직이는 사람들의 모습이 개미 떼처럼 보였다. 마지막이라고 생각하니 자꾸만 잡념이 끼어들었다. 구태수 이전의 내 이름은 무엇이었을까. 이상하게 기억이 나지 않는다. 몇 번이고 곱씹어보아도 알 수 없다. 결국 조용히 지금의 이름을 되뇌었다.

나는 구태수, 그녀가 준 이름.

그녀는 용한 점쟁이로 소문나기 시작하면서, 언젠가부터 임 고모로 불렸다. 점점 높은 사람들이 찾아와 그녀를 고모님이라고 불렀다. 임 고모는 주식, 선물, 계약, 사업 방향을 조언해주며 명성을 날렸다. 그 과정에서 구태수에게 지저분한 일을 시켰다. 그가 혼란스러워하던 어느 날, 임 고모는 이렇게 말했다.

―너는 까만 새야.

구태수는 그 의미를 이해할 수 없었다.

―똑같은 까만 새인데, 어떤 사람은 까마귀라 부르면서 재수 없다 하고 누구는 까치라 부르며 반가워하지.

임 고모의 속삭임은 달콤했다.

―네가 까마귀인지, 까치인지, 그건 생각하기 나름이야. 넌 저주를 받았지만 그래도 상관없어. 내게 너는 까치니까. 얼마나 큰 도움이 되는지 몰라.

그러고는 머리를 쓰다듬어주기까지 했다.

―그러니 내 곁에 있어.

며칠 뒤, 구태수는 타투이스트를 찾아갔다.

―디자인은 어떻게 할까요? 봐두신 거 있나?

타투이스트는 구태수를 흘끔거리며 말을 더듬었다. 구태수는 그가 차마 꺼내지 못한 나머지 말이 뭔지 알고 있었다. 징그럽다 혹은 괴물 같네.

―피부 괜찮으시겠어요? 타투가 되려나 모르겠네.

―상관없어.
―디자인 봐두신 거 있어요?
―까만 새.
―까만 새도 종류가 많잖아요.
―그냥 까만 새.

타투이스트는 더 이상 묻지 않았다. 힘든 작업 끝에 까만 새 한 마리가 구태수의 팔에 안착했다. 그는 만족했다. 새는 구태수의 마음을 다잡아주었다. 손에 피를 묻혀야 할 때도 새는 부리를 벌리며 임 고모의 말을 대신했다.

넌 저주를 받았지만 그래도 상관없어. 그러니 내 곁에 있어.

그 말이 구태수의 유일한 온기였다. 존재를 드러내지 않고 어둠 속에서 살아야 하는 구태수에게 빛이 드는 찰나의 순간이기도 했다.

빠아앙― 다음 기차가 또다시 경적을 울리며 구태수의 신경을 건드렸다. 그는 감상에서 깼다.

시간은 세 시 오십 분. 이제 곧 행사가 시작된다.

구태수는 구경을 이쯤에서 마치기로 했다. 자리에서 일어나 옆에 놓인 커다란 검정색 캐리어를 끌었다. 천천히 걸음을 옮기자 캐리어 안에서 쩔그렁하는 묵직한 소리가 들렸다.

―너는 늘 화(火)를 밖으로 빼야 해.

구태수는 임 고모의 말을 다시 한번 되뇌었다.

고모님의 말은 늘 옳았다. 주먹에 피를 묻힐 때, 누군가의 숨을 끊을 때면 몸속에서 들끓는 열기가 잠잠해지는 느낌이었다. 이상하게도 다음 날이면 피부가 가렵지 않았다. 고모님의 말을 빌자면, 몸속의 붉은 기운이 밖으로 빠져나갔기 때문이었다. 지금까지 그녀를 위해 얼마나 무수한 나날들을 노력해왔는지 모른다. 예쁨받고 싶어서, 칭찬받고 싶어서. 그 두 가지 이유만으로 구태수는 임 고모의 지시를 전부 녹화했다. 그녀의 명령은 토씨 하나 빠뜨리지 않고 잘해내고 싶었다. 심지어, 그 아이 일조차도―.

강은혜.

구태수는 몸을 흠칫 떨었다.

그 아이를 생각하면 기분이 이상했다. 그게 어떤 느낌인지는 몰랐다. "이사님, 안녕하세요"라며 강은혜가 말을 건넨 순간 둘 사이를 가로지르는 반짝이는 빛을 보았을 뿐이었다. 그건 임 고모에게서 본 빛과는 다른 색감이었다. 강은혜는 인사를 잘했다. 자신을 보면 수군대며 피하기 바빴던 다른 연습생들과 달리 말도 살갑게 잘 붙였다. 그뿐이었다. 하지만 강은혜가 웃으며 인사를 하는 그 순간이 좋았다. 소녀의 몸에 불을 붙이던 그 순간에도, 구태수는 반짝이던 웃음을 떠올렸다.

―망설이는 거야?

거부할 수 없는 목소리. 구태수는 자신의 까만 새가 어떤 종류인지, 조금은 알 것 같았다.

그는 최대한 사람들이 없는 방향으로 걸었다. 사방에서 사람들이 쏟아져서 지나가기 불편했다. 아무 생각 없이 걷다가 갑자기 고개를 획 돌리는 시선도 신경에 거슬렸다. 구태수는 급히 비상계단을 찾아 아래로 내려갔다. 지하 내부는 지도를 보고 미리 파악해두었다. 어디로 가야 할지는 잘 알고 있었다. 구태수는 푸른 형광등이 껌뻑이며 빛을 발하는 지하 세계를 돌아 목적지에 도착했다.

캐리어 지퍼를 열었다. 휴대용 산소 절단기와 LPG 가스통이 모습을 드러냈다. 저주를 정말로 끝낼 때가 되었다고, 구태수는 중얼거리며 산소 절단기를 움켜쥐었다. 그에 답하듯 바지 주머니에서 라이터가 짤각 소리를 내며 흔들렸다.

네 시—. 곧 행사가 시작된다.

그때 끼익하고 문이 열렸다. 구태수는 움찔했다. 누군가가 그를 쳐다보고 있었다.

"누구요?"

경비였다.

*

액셀을 계속해서 밟고 있지만 박진상이 내어준 애스턴 마틴은 더 이상 계기판의 눈금을 올릴 수 없을 정도로 최대치 속력을 내며 애쓰고 있었다. 평소 입만 열면 〈패스트 앤 퓨리어스〉가 어쩌고, 〈분노의 질주〉가 어쩌고 하던 수철은 거의 누울 기세로 좌석 깊숙이 등을 파묻은 채 꼼짝도 못 하고 있었다. 한준은 핸들을 꽉 움켜쥔 채 이를 악물었다. 옆에서 수철이 우욱 하는 소리를 냈지만 돌아볼 여유가 없었다. 멀리서 서울역 전경이 보였다. 서울 사방에서 온갖 교통수단이 몰려드는 곳인 만큼 어김없이 차가 막혔다. 한준은 미친놈 소리 듣기 딱 좋을 정도로 차 사이에 끼어들었지만, 제임스 본드도 서울의 교통 정체 앞에서는 별수 없을 마당이다. 두 사람이라고 뾰족한 수가 있을 리 없다. 결국 두 사람은 차를 도로에 세워둔 채 서울역으로 뛰었다.

"젠장, 다음에는 박진상한테 배트포드* 제작해달라고 해야겠어."

한준은 서울역 앞에 서서 숨을 몰아쉬었다.

"이 넓은 데서 그 새끼를 무슨 수로 찾아?"

수철이 주변을 둘러보며 인상을 썼다. 계획 없이 무작정 이 넓은 곳을 뛰어다녀봤자 힘만 빠질 뿐 비효율적인 짓이다. 한준은 초조하게 발끝을 까닥였다. 목표가 뭔지는 알고 있다. 왜 그러는지 이유도 짐작이 간다. 하지만 어떤 방법을 쓸지 모르기 때문에 대처를 할 수가 없다. 한준은 심장이 빠르게 뛰는 걸 느꼈다. 그때 예은에게 전화가 걸려왔다.

―아직 별 이상 없죠?

"그러니까 전화 받았죠. 뭐 찾은 거 있습니까?"

―없어요. 용산 경찰서랑 기동대에서 곧 지원 병력을 보낼 거

---

* 배트맨의 오토바이.

예요.

"안 됩니다!"

한준은 버럭 소리를 질렀다.

―안 된다고요?

예은은 어리둥절해했다.

"아니, 병력을 보내는 건 좋아요. 하지만 시끄럽게 우르르 몰려다니는 건 안 됩니다. 언제, 어디서 서울역을 날릴지 모르는데 자극시켜서 좋을 거 없어요. 갑자기 떼로 들이닥쳐서 뒤지지 말라고 해요."

한준은 전화를 끊었다.

무슨 수로 서울역을 불바다로 만든단 말인가.

적어도 지금까지 상황으로 봤을 때, 구태수와 함께 행동할 무리는 없다. 구태수는 임 고모가 내린 마지막 분부를 받들어, 자신의 목숨을 내던지면서까지 배신자들을 죽이려 하고 있다. 평범한 시민들까지 희생시켜가면서.

하지만 혼자 힘으로 서울역 전체에 불을 지르는 건 무리다. 주로 콘크리트와 유리로 시공된 건물 특성상, 한 가게에 불을 지른다 한들 옮겨 붙으며 큰 화재로 번지기는 어렵다. 허공에서 사람들을 향해 휘발유를 뿌리고 불을 지른다 한들 불특정 다수의 몇몇만 피해를 입을 뿐이다. 그런 식으로 범죄를 저지르려 해봤자 촌극만 벌어진다.

"폭탄?"

초조하게 입술을 물어뜯던 한준은 고개를 저었다.

불은 '의문의 화재'로 눈가림할 장치가 많지만 폭탄은 누가 봐도 의도적인 무기다. 이 명령을 내렸을 임 고모의 의도와는 맞지 않는다. 그렇다면 뭐가 있을까. 불로 서울역을 통째로 날릴 수 있는 방법이.

한준의 시선이 빠르게 서울역 내부를 훑었다.

KTX 역사 삼 층에 세워진 간이 무대가 보였다. 행사는 이미 진행되고 있었다. 벽에 걸린 커다란 스크린에서는 K-POP 열차 사업 및 관련 문화 사업에 관해 설명하는 VCR이 상영 중이었고 진행자가 간간이 멘트를 곁들였다. K-POP 열차 사업이라는 명목답게 인기 절정의 아이돌과 인기 연예인들이 섭외된 상태였다. 그래서인지 성인뿐만 아니라 어린 학생들도 구름 떼처럼 모여 있었다. 한준의 시선이 이 층에 자리한 여러 매장을 훑었다. 커피숍, 아이스크림 가게, 식당 등. 수많은 인파가 끊임없이 가게에 들어갔다가 뭔가를 들고 나왔다. 치익 하고 쏟아지는 스팀, 부글부글 끓어오르는 뚝배기, 쉼 없이 뒤집어지는 호두과자.

한준은 구태수가 금속을 자르는 연습을 해왔다는 사실을 상기했다.

"이 와중에 배고파? 아니 근데 얼굴은 왜 그렇게 창백해?"

한준이 식당을 뚫어져라 처다보자 수철은 황당해했다.

"가스 배관."

한준이 혼잣말로 중얼거렸다.

"뭐라고?"

"수철아."

한준의 목소리에는 긴장감이 배어 있었다.

"가스에 불을 붙이면 어떻게 되지?"

"당연히 단박에 폭발이……."

수철은 순간 숨을 헉 삼켰다.

"가스 배관을 찾아야 해."

한준의 이마에 땀이 배었다.

"구태수는 거기 있어."

몸을 움찔하는 경비를 바라보며 구태수는 잠시 고민했다.

저 사람을 죽이는 게 나을까. 어차피 다 날려버릴 건데 그냥 내버려둘까.

"여기서 뭐 하는 거요?"

경비가 모자챙을 들어 올리며 물었다. 구태수는 굳이 지금 손을 쓰지 않기로 마음먹었다.

"가스 설비 점검 중입니다."

가래 끓는 목소리에 경비가 얼굴을 찌푸렸다.

"뭐여, 그런 말 못 들었는데."

구태수는 주머니에 손을 넣었다. 예비용으로 가져온 잭나이프가 손에 잡혔다. 그때 경비의 무전기가 치직 소리를 냈다.

―김 씨, 어디야?

"왜 또?"

―동문 계단에 노숙자가 드러누웠어. 항의 들어오고 난리여.

경비는 얼굴을 찌푸렸다.

"하, 내가 아까 보고 왔는데. 언제 들어왔대."

―빨리 가봐.

경비는 투덜대며 무전기를 주머니에 쑤셔 넣었다.

"얼른 끝내고 가슈. 곧 문 잠글 거니까."

그는 손을 휘휘 내젓고 가스 배관실을 나섰다. 구태수는 뚜벅뚜벅 멀어지는 발걸음 소리에 귀를 기울였다. 이윽고 소리가 완전히 사라지자 산소 절단기를 쥔 손이 가장 두꺼운 파이프를 향해 움직였다.

'다 날려버리자.'

구태수는 속으로 중얼거렸다.

―찾았다.

혜준이 말했다. 한준과 수철이 눈을 번쩍 떴다.

―지금 서울역 내부 지도 전송할 테니까, 별표 표시한 데로 찾아가.

"일일이 지도 볼 시간 없어. 그냥 불러."

한준이 다급하게 외쳤다.

―지금 서 있는 위치에서 동쪽 방향으로 직진해. 지하로 빠지는 비상계단 나올 거야.

한준과 수철은 사람들을 밀치며 냅다 뛰었다. 영화 속의 한 장면처럼 멋지게 광장을 누비며 달릴 수 있다면 좋을 텐데, 현실은 그렇지 못했다. 럭비 선수를 방불케 하는 속력과 어깨 밀치기로 쭉쭉 앞으로 달려 나가는 수철에 비해(물론 사람들에게 따가운 눈총과 욕을 한 사발 먹고는 있었지만), 한준은 사람들에게 치여 전혀 진전하지 못하고 있었다.

결국 수철은 다시 되돌아왔다.

"나 좀 업고 가."

한준이 말했다. 수철은 얼굴 근육을 묘하게 씰룩였다. 입 모양을 읽어보니 뭐라고 욕을 한 듯했지만 한준은 굳이 모른 척했다.

—진짜 민폐다.

"액션은 내 전공 아냐."

한준이 항변했다. 수철은 한준을 들처 업고 비상계단 방향으로 달리기 시작했다. 한준은 홍해처럼 갈라지는 사람들을 지켜보며 예은에게 전화를 걸었다.

"형사님, 우리 가스 배관실로 이동합니다. 지금 어딥니까?"

—서울역 앞에 대기하고 있어요.

"구태수, 가스를 폭발시킬 생각이에요. 막고 있을 테니 가스 배관실로 와요. 최대한 빨리!"

구태수는 먼저 LPG 가스를 켰다. 슈우욱, 소리와 함께 어느 정도 돌아가는 느낌이 나자 산소 절단기 가스 밸브를 열고 버튼을 눌렀다. 금빛 화구 끄트머리에서 불이 쏟아졌다. 구태수는 홀린 듯 불을 바라보았다. 새빨간 빛 속에서 영롱하게 흔들리는 초록색과 푸른색이 신비하게 느껴졌다. 잘 익은 과육 같기도 하고 빛을 반사하는 루비처럼 보이기도 했다.

구태수는 불이 신기했다. 아무것도 없다고 생각했는데 적절한 발화점이 생기는 순간 몸집을 거대하게 부풀리며 주변을 집어삼키는 게 경이로웠다. 강은혜처럼 새하얗고 눈부신 존재도 불이 닿는 순간 까맣게 타들어간다는 점에서 공평하게 느껴졌다. 투명한 피부가 보기 흉하게 오그라들 때는 일치감이 들었다. 너도 나처럼, 나도 너처럼.

강은혜를 곁에 두고 싶었다. 하수로가 아니라 집에 보관하고 싶었다. 신발장에 진열해놓은 흰색 구두처럼, 원할 때마다 감상하면서 빛을 만끽하고 싶었다. 아무리 조명을 달고 불을 켜도 집안을 채운 빛은 가짜였다. 그렇기 때문에— 강은혜를 원했다. 낮의 햇살 같은 진짜 빛.

—마지막 불길이야. 쏟아내.

고모님이 주신 마지막 점괘가 귓가에 끈적였다.

—이제 저주를 끊어낼 수 있어. 더 이상 고통스럽지 않아도 돼.

고모님의 말씀은 틀린 적이 없었다. 그녀로 인해 속에서 들끓는 불들이 밖으로 빠져나가고, 간지러움이 잦아들었다. 구태수의 발화점은 임 고모였다.

—그간 고생 많았어. 내가 도와줄게.

그 말이 빛이었다. 빛을 몰랐기 때문에, 그게 전부인 줄 알았다.

강은혜를 죽이기 전까지는 그랬다. 다른 때와 달리, 소녀가 죽었을 때는 가려움이 가라앉지 않았다. 피부 아래에서 울룩불룩 들끓으며 격랑을 치는 기분까지 들어 구태수는 피부가 벗겨질 때까지 긁어대야만 했다. 꺼지고 나면 서글플 정도로 초라한 놀이동산의 불빛. 햇살 사이로 반짝이는 빛. 두 빛의 온도와 따스함이 그토록 다를 줄은 꿈에도 생각지 못했다.

절단기의 불꽃이 두꺼운 파이프 외관을 녹이기 시작했다. 산소 절단기 크기가 작아서 생각보다 빨리 되지 않았다. 구태수는 손등으로 이마의 땀을 닦았다. 가스 밸브를 조금 더 열었다. 불이 더 크게 쏟아지면서 파이프 관이 녹아 벌어졌다. 이제 조금만 더 하면 안의 밸브에 닿는다.

치이익— 조금씩 가스가 새어 나왔다. 구태수는 호흡을 참았다. 서울역 전체를 날리기 위해서는 더 많은 가스가 필요하다. 그때 복도 끄트머리에서 쾅 소리가 들렸다.

호기롭게 문을 걷어찬 뒤 수철은 한준을 내팽개쳤다. 한준은 인상을 쓰며 자리에서 일어났다.

"이거 뭔 냄새야?"

수철이 코를 킁킁거렸다. 한준의 낯빛이 변했다.

"젠장, 서둘러."

두 사람은 가스 배관실로 달려갔다. (정확히 말하자면 수철이 가스 배관실의 문을 여는 순간에도 한준은 뒤쪽에서 뛰어오고 있었지만.)

가스 배관실의 문이 열리고, 파이프 관을 태우고 있는 구태수의 눈이 수철의 눈과 마주쳤다. 수철은 자신도 모르게 움찔 몸을 떨었다. 지금까지 살면서 겁을 먹은 적이라고는 예은에게서 (장난감) 총을 빼앗기지 않을까 염려할 때와 벽 사이에 떨어진 고양이를 구출할 때뿐이었건만—. 그런 수철조차도 구태수에게서는 강한 위압감을 느꼈다.

"이봐, 굳이 그런 짓을 해서 형량 늘릴 필요는 없을 거 같은데."

구태수의 시선이 아래를 향했다. 그의 손은 여전히 파이프 관을 태우는 중이었다. 수철은 그의 명치를 향해 주먹을 내질렀지만 구태수는 가볍게 뒤로 피했다.

"이런 니미, 하도 길어서 팔이 닿지도 않네."

수철이 툴툴대는 동안, 어느새 뒤따라온 한준이 숨을 몰아쉬며 끼어들었다.

"이봐, 구태수…… 지금 그거, 할 필요가…… 없……."

하도 거칠게 씩씩대는 통에 무슨 말인지 제대로 알아들을 수 없었다. 수철과 구태수 둘 다 한준에게 신경 쓰지 않았다. 이렇게까지 존재감이 희미해도 되는 건지, 한준은 순간 회의감에 빠졌다. 수철이 다시 한번 구태수에게 주먹을 날렸다. 이번에는 허리를 가격하는 데 성공했다. 구태수는 휘청거리며 뒤로 물러났다. 수철이 다시 한번 공격하려는 순간, 구태수가 산소 절단기의 불꽃을 수철의 얼굴 쪽에 갖다 댔다.

"으악!"

수철은 바로 코앞까지 뿜어져 나온 불길에 놀라 균형을 잃었다. 구태수가 그대로 불꽃을 얼굴에 지지려는 순간, "비켜요!" 하는 소리와 함께 문가에 서 있던 한준의 몸이 바닥에 나뒹굴었다. 예은이었다. 그녀는 가스 배관실 안으로 뛰어들자마자 벽을 짚고서 허공으로 점프했다. 예은의 발이 구태수의 손목을 가격했다. 그는 비명을 지르며 쓰러졌다. 산소 절단기가 요란한 소리를 내며 바닥에 떨어졌다. 밸브는 여전히 불꽃을 토하며 벌떡벌떡 뛰어오르고 있었다. 구태수는 괴성을 지르며 주머니에서 라이터를 꺼냈다.

"안 돼, 막아!"

한준이 뒤에서 소리쳤다. 수철이 온몸을 던져 구태수를 덮쳤다. 두 사람은 뒤엉키며 바닥을 나뒹굴었다. 예은은 한준을 향해 산소 절단기를 걷어찼다.

"밸브 잠가요!"

그러고는 텀블링으로 구태수와 수철의 머리 위를 날았다. 그녀는 구태수 등 뒤편에 착지해 발로 머리를 후려쳤다. 가스 때문에 매캐해진 공기 사이로 붉은 핏방울들이 튀어 올랐다.

한준은 곤란한 얼굴로 밸브를 바라보고 있었다. 산소 절단기 몸통을 잡으려들면 밸브가 벌떡이는 통에 함부로 손을 댈 수 없었다.

―멍청아, 빨리 가스 밸브 잠가!

혜준이 날카롭게 소리쳤다.

"몰라서 안 하는 게 아니잖아!"

한준이 투덜거렸다. 이윽고 혜준의 잔소리가 폭격기처럼 쏟아졌다. 수철과 예은이 온몸을 던져 구태수와 싸우는 동안, 한준은 낑낑대며 가스 밸브를 잠갔다. 치익, 하고 풍선 바람 빠지는 소리와 함께 밸브가 추욱 늘어졌다.

"구태수 씨, 당신을 체포합니다."

예은이 구태수의 팔을 붙잡고 수갑을 꺼냈다. 수철은 숨을 내쉬며 뒤로 물러섰다. 그 순간 구태수가 팔꿈치로 예은의 얼굴을 후려쳤다. 그녀는 수갑을 떨어뜨리며 쓰러졌다. 당황한 수철이 구태수에게 달려들었지만, 그는 정면 승부 대신 회피를 택했다. 몸을 틀어 수철을 피한 뒤 발로 등을 걷어찼다. 예상치 못한 공격이었다. 구태수는 한달음에 문가를 향해 달렸다.

"어?"

한준이 당황해 하며 막으려던 찰나, 구태수의 솥뚜껑만 한 주먹이 그의 얼굴을 후려갈겼다. 한준은 펄럭이는 깃발처럼 힘없이 쓰러졌다. 구태수는 비상계단으로 뛰어올랐다.

"으아악, 어디로 가는 거야!"

수철이 비명을 질렀다.

"빨리 움직여요!"

예은이 총알처럼 튕겨져 나갔다. 한준은 신음을 내뱉으며 간신히 몸을 가누었다. 얻어맞은 충격 때문에 앞서 간 두 사람을 쫓아가기 어려웠다.

―이제 운동 좀 해, 인간아.

혜준의 한숨이 한준의 귓가에 메아리쳤다.

예은과 수철이 대합실에 도착했을 때, 구태수는 무대 앞에 서 있었다. 모든 게 정지된 화면처럼 고요하고 움직임이 없었다. 무대 위에는 박동길, 김근희, 남필구, 박정현, 이 네 명이 나란히 서서 테이프를 끊으려던 찰나였다. 그들 역시 뜻하지 않은 인물의 출현에 놀랐는지 눈을 둥그렇게 뜬 채 아래를 내려다보고 있었다. 구태수의 손에는 밸브가 들려 있었다. 무대 특수 장치를 가동

하기 위해 설치된 휴대용 가스와 연결된 밸브였는데, 그 위에는 잭나이프가 날카롭게 빛나고 있었다.

"아무도 움직이지 마."

그의 쉰 목소리가 대합실 내부에 무겁게 가라앉았다. 박정현은 옆쪽에 서 있는 경비원을 돌아보며 빨리 수를 써보라고 눈짓했다. 구태수가 그 모습을 캐치했다.

"가만히 있으랬지!"

그가 소리 지르며 칼날을 휘둘렀다. 대합실에 있던 사람들이 거의 동시에 비명을 질렀다. 날에 베인 밸브가 슈욱 소리를 내며 가스를 내뿜기 시작했다.

"다 날려버릴 거야."

구태수가 주머니에서 라이터를 꺼냈다. 예은은 재빨리 권총을 뽑아 구태수를 겨누었다.

"움직이지 마!"

구태수가 스윽 돌아보았다. 손에는 여전히 라이터가 들려 있었다. 그때 누군가 헉헉대며 달려왔다. 사람들이 놀라 웅성댔다. 구태수의 오른손이 움직이는 걸 본 수철은, 예은의 반대편에서 권총을 겨누며 외쳤다.

"서툰 짓 하지 마!"

이번만큼은 나름 심각하게 임하는 중이었건만, 예은은 어처구니없다는 듯 수철을 쳐다보았다.

"하, 진짜 힘드네."

느닷없이 나타난 이는 한준이었다. 계단을 뛰어올라온 게 힘들었는지 헐떡이며 상황을 둘러보았다. 간신히 숨을 돌리고 말을 이었다.

"이봐, 구태수."

한준이 나지막하게 말했다.

"이제 그만해."

구태수의 붉은 눈동자가 한준을 향했다.

"자네가 찰떡같이 믿는 사람은 임 고모일지도 모르지만, 그래도 명색이 박수무당이니까 나도 한마디 보태고 싶은데."

구태수가 눈썹을 찌푸렸다. 붉게 솟은 여드름이 움직이며 진물을 토했다.

"나는 자네의 비밀이 뭔지 알고 있어. 맞춰볼까?"

한준이 양팔을 벌리며 어깨를 으쓱였다. 구태수가 천천히 입을 열었다.

"내 비밀을 안다고?"

한준은 고개를 끄덕였다.

"나는 자네 몸에서 피가 보여."

"그게 무슨 소리지?"

구태수가 숨을 몰아쉬었다.

"주기적으로 피를 쏟는 자네가 보여. 그럴 때마다 자네는 어쩔 줄 몰라 하면서 그 사실을 숨기기 급급하지. 이상하게 피를 쏟는 동안은 자네의 몸이 유달리 간지럽고 피부병이 심해져."

한준은 한 발짝 더 가까이 다가갔다. 구태수의 얼굴에 동요가 일었다.

"자네의 고모님은 그걸 알고 있었지. 안 그래?"

구태수는 손을 후들후들 떨었다.

한준은 시선을 흘깃 옆쪽으로 옮겼다. 혜준의 지시가 있었는지 무대 뒤쪽을 돌아 다가오는 수철의 모습이 보였다.

"고모님이 용한 사람인 건 인정해. 하지만 자네에게 내려준 점괘가 잘못됐어."

"그게 무슨 말이지?"

구태수가 신경질적으로 물었다.

"자네가 쏟아낸 피는 몸 안의 불 때문이 아니었어. 굳이 불을 그렇게 쓸 필요가 없었단 말일세."

"뭐라고……?"

"강은혜에게 했던 것처럼."

한준은 씁쓸한 표정을 지었다. 강은혜라는 이름을 듣자 구태수는 몸을 한 차례 부르르 떨었다.

"내가 자네 집에 갔을 때 스케줄표를 좀 훔쳐봤어. 재미있는 사실이 있더군."

한준은 수철이 점차 가까이 접근해오는 걸 보며, 구태수의 집에서 본 그의 필적을 떠올렸다. 구태수의 글씨체는 전체적으로 작고, 균형이 맞지 않으며, 글씨 머리들이 약 사십 도 방향으로 기울어져 있었다. 글씨를 기울여 쓰는 건 특정 성별에서 압도적으로 많이 보이는 비율인데, 한준이 주목한 건 그 부분이었다.

필적에서 느껴지던 감정, 구태수에게서 풍긴다는 피 냄새.

"자네 글씨를 만져보니 떠오르는 장면 하나가 있더란 말이지.

자네가 주기적으로 피를 쏟는 모습에서도 그렇고, 글씨에서 느껴지는 기운으로 봤을 때—."

한준은 목소리를 낮추었다.

"자네는 남자가 아니야."

구태수는 낮은 신음 소리를 냈다. 한준이 장난기 섞인 목소리로 물었다.

"어때, 맞혔나?"

필적으로 성별을 구분할 수 있다는 건 프로파일러들 사이에서 암암리에 퍼져 있는 사실이다. 구태수의 집에 잠입했을 때, 한준은 스케줄을 꼼꼼히 기록해놓은 구태수의 필적에서 미묘한 여성성을 감지했다. 그 사실을 토대로 자산 보고서에 쓰인 임영주라는 사람이 구태수의 본명일지도 모른다고 판단, 혜준에게 임영주의 인적 사항을 찾도록 했다. 그 결과—. 그토록 찾아 헤매던 구태수의 정보가 나타났다. 1981년 4월생, 여자.

"자네의 고모님은 그걸 알고 있었지. 안 그래?"

한준과 구태수와의 거리는 어느새 많이 좁혀져 있었다.

"그걸 어떻게……."

구태수는 손을 후들후들 떨었다.

"내가 이래 봬도 연남동의 명물 박수무당 남한준이거든."

한준은 사람들에게 들으라는 듯 힘주어 말했다.

"고모님이 용하다고 해서 그 말이 전부 진실인 건 아냐. 그건 자네의 미래도 아니고. 고모가 원하는 방향이었을 뿐."

미남당의 조사 과정을 알 리 없는 구태수는 뜻밖의 상황에 혼란스러웠다. 임 고모와 할머니를 빼고는 누구도 알 수 없던 비밀이었다. 하지만 제일 괴로웠던 말은 이거였다.

"불을…… 쓸 필요가 없었다고?"

멍하니 넋이 나간 탓에 구태수의 몸에는 힘이 빠져 보였다.

"이제부터라도 내가 제대로 점괘를 알려주지."

한준은 천천히 구태수의 오른팔에 손을 뻗었다.

"자네는 병원을 열심히 다니면서 피부를 치료하면 돼. 피가 쏟아지는 증상은 다른 여성분들이 친절하게 알려줄 거야. 그건 저주도 무엇도 아니야. 그냥—."

한준은 구태수의 오른 손목을 강하게 붙잡았다. 정맥을 횃대 삼아 앉아 있는 까만 새가 쉴 새 없이 움찔거리며 몸을 떨었다.

"자네가 사람이라는 증거야."

구태수의 왼팔이 툭 하고 떨어졌다. 무대에 서서 테이프를 끊으려던 네 명은 황급히 자리를 벗어났다. 한준은 그의 앞에 바짝 다가섰다. 그리고 낮은 목소리로 속삭였다.

"강은혜는 지금 여기 있어. 자네가 이 모든 짓을 관두고 죗값을 치르길 원한다고 전해달라더군. 그게 자신에 대한 진정한 사죄라고 말이야."

구태수의 눈빛은 갈 곳을 잃은 채 멍하니 허공을 바라보고 있었다. 한준은 천천히 그의 손을 잡고 라이터를 움켜쥐었다. 천천히 반대 손으로 어깨를 다독이며 라이터를 빼내려던 찰나, 대합실 문이 열리면서 특수 기동대가 쏟아져 들어왔다.

"꼼짝 마!"

순간 사람들이 비명을 지르며 대합실 입구 쪽으로 몰렸다. 한준이 소리쳤다.

"젠장, 함부로 진입하지 말라고 했는데!"

구태수는 자신의 손목에 꿈틀거리는 까만 새를 보았다. 고모가 그간 내린 명령들은 께름칙했지만, 그를 유일하게 필요로 하는 사람이었기에 최선을 다했다. 강은혜는 그의 인생에 있어 처음으로 갈등을 일으키게 만든 사람이었고, 마지막까지 흔들렸지만— 그래도, 고모님을 따랐다. 유일한 빛, 나의 전부.

나의 삶이 저주여도 상관없다는 말. 그 말을 듣기 위해 더욱 쓸모 있는 사람이 되려고 발버둥 쳤던 나날들. 모든 게 다 끝나버린 지금, 한준의 말은 구태수를 무너뜨리고 있었다.

"우우우우—."

구태수는 울부짖으며 라이터에 불을 켰다. 밸브에서는 가스가 쉼 없이 새어 나오고 있었다. 그가 팔을 들어 라이터를 던지려던 찰나, 예은과 수철이 양옆에서 동시에 뛰어나왔다. 예은은 허공을 뛰어오르며 구태수의 팔목을 걷어찼고, 수철은 온몸으로 가스가 새어 나오는 곳을 막았다. 라이터는 포물선을 그리며 무대 뒤쪽으로 날아갔다.

툭.

누가 급히 지나가다가 실수로 떨어뜨린 것 마냥 라이터는 아무렇지 않게 바닥에 떨어졌다.

"구태수, 너는 포위되었다. 순순히 투항하지 않으면……."

어느새 군중들은 빠져나가고, 기동대가 그 자리를 대신하고 있었다.

구태수는 몸을 떨며 괴성을 질렀다. 예은과 수철은 조심스레 그에게 접근했다. 순간, 구태수는 의자를 들어 예은과 수철의 허리를 후려쳤다. 그들이 차고 있던 권총이 바닥에 미끄러졌다. 이번엔 한준이 재빠르게 달려들었지만 구태수가 더 빨랐다. 그는 손을 뻗어 바닥에 떨어진 총 하나를 집었다. 그리고 입안에 총구를 집어넣었다.

"안 돼!"

한준이 외쳤다. 구태수는 방아쇠를 당겼다. 탕, 하는 소리와 함께 그의 볼이 부르르 흔들렸다.

"꺄아아악!"

미처 빠져나가지 못한 사람들이 비명을 지르며 바닥에 엎드렸다. 구태수의 거대한 몸이 힘없이 바닥에 쓰러졌다.

에필로그

신문과 뉴스가 한준의 활약을 대서특필하고 난 다음 날, 박진상은 버선발로 한준에게 달려왔다.
"역시 선생님이십니다. 구태수가 수상한 놈일 줄은 알았지만, 그 정도로 무서운 놈일 줄은 꿈에도 몰랐어요."
"내가 뭐랬어. 놔뒀으면 큰일 날 거라고 했지? 굿 제대로 해서 정체가 드러난 거야."
한준은 눈을 찡긋했다.
"앞으로는 무조건 선생님 말씀만 듣겠습니다."
"그래? 그럼 들을 거 하나 더 있어. 이건 특별히 애프터서비스."
한준은 쇠방울을 딸랑딸랑 흔들었다.
"자네, 지금 당장 가서 아버지께 이렇게 전해."
"어떻게요?"
박진상은 긴장한 채 한준을 주시했다.

"타이밍 놓치면 자네 부친, 비자금 혐의만으로 안 끝나. 아무리 해괴한 귀신에게 휘둘렸다 한들, 자신이 행한 짓에 대해서는 책임을 져야 해. 그건 하늘의 법칙이니 어쩔 수 없어."

그러나—.

"정신 차릴 기회는 한 번 주라는군. 신령님의 말씀."

한준은 씨익 미소 지었다.

마포서는 사건 처리를 하느라 눈코 뜰 새가 없었다.

구태수가 발포한 총은 수철의 것이었다. 아무리 장난감 총이라 해도 비비탄의 위력이 생각보다 상당한지라, 구태수는 성대에 심각한 부상을 입었다.(사담이지만, 수철은 장난감 총 소지에 관한 경고를 받았고 예은은 반장에게 된통 깨졌다.)

구태수의 본명은 임영주임이 밝혀졌다. 그는 자신의 범행을 일체 진술했다. 전경철과 함께 도박 원정과 성매매 알선을 저질렀고, 강은혜를 살해한 사실을 인정했다. 이하, 구태수의 모든 대답은 필담으로 진행되었다.

"전경철은 그쪽이 죽였나?"

예은이 물었다.

—그렇습니다.

"왜 죽였지?"

—경찰에게 원정 도박팀 리스트가 노출되었다며 전화가 왔습니다. 경찰에게 떠벌리고 다닐 가능성이 있어서 죽였습니다.

"어떻게 죽였나?"

―인근 야산으로 납치해 수면제와 약을 먹였습니다.

"유서는 어떻게 된 거지?"

―본인에게 쓰도록 강요했습니다. 자살로 위장하려고요.

"강은혜는 어떻게 죽였지?"

―지속적으로 마약을 먹였는데, 후반에 가서는 몰래 마약을 뱉었던 거 같습니다. 평소와 달리 정신이 멀쩡했어요. 더 이상 이런 짓은 하고 싶지 않다면서 소리를 지르고 저를 협박했습니다. 경찰에 다 말할 거라면서 전화를 하기에, 그걸 뺏으려던 과정에서 옥신각신하다 우발적으로 죽였습니다.

"불에 태운 이유는?"

―시신이 불에 타면 그간 마약을 복용해왔다는 사실이 들통나지 않을 줄 알았습니다.

"강은혜에게 마약을 복용시킨 이는 임희숙이 아닌가?"

―절대 아닙니다.

"하수로에 유기한 까닭은?"

―방에 그대로 놔두기 불안했습니다. 여덟 시에 꼭 참석해야 하는 일정이 있어서, 멀리 갖다 버릴 시간이 없어서 근처 하수로에 유기했습니다. 나중에 돌아와서 수거한 뒤 먼 야산에 묻을 생각이었습니다.

"흰색 구두를 신긴 이유는?"

구태수는 그 부분에 대한 진술을 거부했다.

예은의 주장과 달리 이 모든 일에 임 고모가 배후에서 명령을 내렸을 가능성은 없으며, 그녀는 자신의 명령에 따라 사람들에게 점을 봐줬을 뿐 어떤 책임도 없다고 거듭 강조했다. 임 고모 역시 같은 말만 반복했다.

"저는 점을 봐줬을 뿐입니다. 거기에 도의적 책임이 있다면, 그 부분에 대해서는 책임지겠습니다."

"강은혜 사망 당일, CCTV에 그쪽이 찍혔어."

예은이 분노를 누르며 말했다. 임 고모는 미소 지었다.

"증거 있나요?"

증거를 보여주기 위해 컴퓨터를 열었지만, 뜻밖에도 CCTV 파일은 사라져 있었다. 예은은 얼굴이 새파랗게 질렸다. 몇 번이고 증거 자료를 돌려보았지만, 결과는 달라지지 않았다. 그녀의 컴퓨터는 내내 강력반 안에 있었다. 본인은 삭제한 적이 없으니 강력반 사무실을 들락거린 누군가가 의도적으로 지웠다고 생각할 수밖에 없었다. 예은은 책상에 주저앉아 머리를 감싸 쥐었다. 상상도 못한 일이었다. 누군지 짐작도 할 수 없었다. 임 고모가 구태수와 강은혜를 세뇌했다는 증거 또한 없었다. 모든 건 심증뿐이었다. 예은은 이틀에 걸친 조사 끝에 임 고모를 풀어주었다.

이명준의 섹스 테이프 유출 사건은 전 매스컴을 떠들썩하게 뒤흔들었다. 언론이 먹잇감을 놓칠 리 없었다. 신문과 뉴스는 연일 이명준의 해외 원정 도박과 섹스 테이프 및 살인 사주 혐의에 관한 보도를 쏟아냈다. 서울 시장에 출마한 다른 후보들은 이명준에 관한 화제라면 단연코 놀라울 만한 협동심을 보여주었다. 어찌나 의견들이 잘 맞던지, 이대로 손을 잡고 국회에 진출

하면 모두가 한마음 하나로 개싸움 따위는 벌이지도 않을 듯한 기세였다.

김근희, 남필구, 박정현은 기공식 사건 이후 곧장 검찰에 소환되었다. 경찰이 확보한 증거들 때문에 원정 도박에 대한 혐의는 피해갈 수 없을 듯했다. 세 명 중 누군가가 검찰에 증거 삭제를 요청하며 뇌물과 압박을 동시에 가하고 있다는 소문이 돌았다.

당선자 후보로 가장 유력하게 떠올랐던 이명준은 후보직을 삭탈당하고 법정에 섰다. 그가 부랴부랴 꾸린 변호인단은 의욕이 없었다. 재판은 싱겁게 진행되었다. 이명준은 1심에서 십팔 년 형을 선고받았다. 그는 항소하겠다는 입장을 취했지만, 사람들의 빈축만 샀을 뿐이었다.

*

한준은 코트 깃을 세우고, 머리에 얹은 중절모를 비스듬히 기울였다. 그가 서 있는 마포서 출입문 쪽으로 걸어오는 임 고모가 보였다. 아침부터 하늘이 잔뜩 흐리다 싶더니 어느새 굵은 눈이 쏟아지고 있었다. 임 고모는 한준과 마주치자 실크 장갑을 낀 손으로 이마를 가리며 멈춰 섰다.

"저 아시죠?"

한준의 물음에 임 고모는 눈으로 살짝 웃었다.

"그럼요. 이번에 스타 되신 박수무당이시잖아요."

"어떻게, 사인이라도?"

한준은 사인하는 시늉을 했다. 임 고모는 피식 실소를 흘렸다.

"괜찮아요. 제게 볼일이 있나요?"

"뭐 하나 좀 여쭤보려고요. 어차피 우리 서로 꾼들이고, 다 알고 있으니까. 연기하지 말죠."

한준은 빨개진 코끝을 슥 만졌다. 임 고모의 맑은 눈동자가 미동 없이 그를 주시했다.

"구태수가 여자인 거, 알고 있었죠?"

임 고모는 팔짱을 끼고 한준을 위아래로 훑었다.

"자기, 재미있네."

"그걸 저주라 여기게 만든 다음에, 자신이 구원자인 척 구는 거 ― 문명인이 할 짓은 못 되는 거 같은데."

"어머."

임 고모는 눈을 동그랗게 뜨고 정색했다.

"나쁜 사람 취급하지 말아요. 그 애한테는 그 편이 더 행복한 거였어. 걔는 나를 믿고 의지하고, 나는 도움을 받고. 서로한테 좋잖아."

그녀의 눈에서는 아무런 감정도 읽을 수 없었다.

"왜 구태수라는 이름을 지어줬어요? 의미가 있습니까?"

"의미?"

임 고모는 고개를 살짝 기울였다.

"흉측하게 생겼는데 나랑 성씨가 같아서 기분 나빴어. 그래서 구 씨라 했고. 텔레비전을 틀었더니 태수라는 이름이 나오기에, 그게 생각나서 붙여줬어요. 구태수, 좋지 않아요?"

임 고모는 어깨를 으쓱했다. 한준은 차가운 눈빛으로 그녀를 쏘아보았다.

"구태수는 고모님을 믿었습니다. 의심 없이 맹목적으로."

두 사람 사이로 차가운 바람이 불었다. 임 고모는 자그마한 몸을 움츠렸다.

"까놓고 말하죠. 사람은 누구나 아름답다는 입에 발린 말은 하지 않겠어요. 구태수의 외모, 끔찍한 가정 환경. 죽고 싶었겠죠. 내 삶은 왜 이렇게 저주받았을까. 한탄하며 빨리 죽어야 마땅한 삶이라고 생각했을 겁니다."

한준이 차분하게 말했다.

"고모님, 당신은 힘이 있었어요. 정재계 사람들을 뒤흔들 정도로 영험하고, 아름다운 외모까지 가졌죠. 그 힘으로 진창을 뒹구는 사람에게 따뜻한 말을 건네줄 수는 없었습니까?"

"모든 일이 내 뜻대로 굴러가진 않아요. 나는 내가 할 수 있는 걸 그 애에게 해줬어요."

"고정되어 있지 않은 미래이므로, 당신은 더더욱 그렇게 말해줘야 할 의무가 있었습니다. 가식적인 말이라도 좋으니 견디면 복이 온다고. 구태수, 아니 임영주 씨의 그 맹목적 믿음이라면 충분히 더 괜찮은 일에 쓰일 수도 있었을 겁니다."

한준은 중절모 챙을 살짝 위로 들어 올렸다.

"날이 추우니 설교는 날 풀리면 듣죠."

임 고모가 걸음을 옮겼다. 한준이 막아섰다.

"예언 하나 하죠. 아주 흔해서, 사람들이 진짜 예언이라고 생각하지도 못하는 말."

한준이 말했다.

"자신의 힘을 저주에 썼으니, 그대로 돌아올 겁니다. 인생은 거울이니까."

임 고모는 기가 차다는 듯 코웃음을 쳤다.

"좋은 말씀 잘 들었어요. 이제 비켜줄래요?"

"아직 예언 안 끝났어요."

한준은 느물거렸다.

"추위에 좀 익숙해지셔야 할 겁니다. 감옥은 난방이 잘 안 되거든요."

"난 무죄예요."

"강은혜 살인 건과 구태수 범죄 사주 혐의는 그렇죠. 직접적으로 연관되었다는 증거가 없으니까. 그 CCTV 자료는 대체 누가 빼돌렸는지, 원."

한준은 혀를 끌끌 찼다.

"그런데 고모님, 내가 조이 엔터테인먼트 자금 찾다가 재밌는 걸 발견했거든."

조이 엔터테인먼트라는 말에, 임 고모는 꼼짝도 하지 않고 한준을 쳐다보았다.

"난 고모님이 왜 막판에 박동길 회장을 날려버리려고 했는지, 이유를 압니다."

그러고는 씨익 미소를 지었다.

시점은 바야흐로 한준과 수철이 구태수 일당에게 흠씬 두드려 맞고 미남당에 누워 있던 때로 돌아간다. 나란히 간이침대에 누워 누가 곡소리를 더 많이 내나 겨루는 두 남자 사이로, 혜준이 뿔테 안경을 밀어 올리며 이렇게 말했다.

"조이 엔터테인먼트 자금줄에 관해 조사하다가 재밌는 걸 발견했어."

한준과 수철은 목을 번쩍 치켜들었다가 앓는 소리를 내며 다시 누웠다.

"구태수가 분산 집행했던 자금 있잖아. 박동길이 회사에서 빼내 온 돈. 그거, 비자금을 제외한 나머지 돈이 다른 회사로 쫙 모이더라?"

"무슨 회사?"

한준이 턱 끝을 잔뜩 당긴 채 물었다. 덕분에 얼굴에는 주름이 가득하고 이중 턱이 겹쳐져 미술에 소질 없는 초등학생이 잘못 만든 찰흙 인형처럼 보였다.

"못났다. 그냥 천장 보고 말해."

혜준은 못 볼 걸 봤다는 듯 인상을 썼다.

"무슨 회사냐니까."

"LMK 투자 증권. 대표는 대릴 베네케, 삼 년 전 설립. 사무실은 연희동에 있는 오피스텔이야. 실적은 전무해. 증권인데 굴리는 품목은 딱 하나야. 헤지 펀드고, 자산은 꾸준히 증가해서 현재 사백억가량."

"하는 일은 없는데 자산이 증가했다?"

"응. 그래서 왜 어떤 놈이 일도 안 하는데 돈 불리는 신기한 재주를 갖고 있나 싶어서 나도 투자 좀 해볼까 했지. 그래서 대릴 베네케가 누군지 알아봤는데, 알고 보니 검은 머리 외국인이었다는 사실."

"무슨 말이야?"

수철은 여전히 어리둥절한 얼굴이었다. 하지만 알아들었다는 듯 한준은 배를 부여잡고 상반신을 일으켰다.

"구태수?"

혜준은 손가락으로 동그라미를 만들었다.

"구태수가 유령 증권 회사를 운영하면서 박동길의 돈으로 가짜 헤지 펀드를 굴렸다?"

한준은 사악해 보일 만큼 한쪽 입꼬리를 올리며 웃었다.

"응, 정확하니까 그딴 표정은 짓지 '말아줄래?"

혜준이 떨떠름한 표정으로 정색을 했다. 한준은 두 손을 모아 입가에 가져갔다.

"그건 마지막 장면을 위해 아껴놓도록 하지. 히든카드가 되겠어."

"—그래서 점을 쳐본 결과, 고모님이 꿈꿨던 미래가 뭔지 알겠더군요."

한준의 목소리는 능글맞았다.

"구태수의 집에서 재미있는 자산 보고서를 보기도 했고요. 고모님은 이명준 의원과 짜고 박동길, 김근희, 남필구, 박정현에게 서울역 신사업 투자를 유도해 또 한몫을 챙겼더군요. 대단해, 진짜."

한준은 가볍게 박수를 쳤다.

"게다가 하이라이트는 이거. 조만간 박동길 회장의 육천억 원이 엄청난 고수익 고위험 헤지 펀드에 투자될 예정이었더군요. 회사명은 LMK."

박동길이라는 이름이 나오자, 임 고모의 표정이 처음으로 일그러졌다.

지금까지 박동길 회장은 임 고모에게 전적으로 의지해왔다. 임 고모가 사라는 주식을 샀고, 그녀가 하라는 사업을 했다. 예언대로 일은 술술 잘 풀렸다. 거영 그룹은 상승세를 타면서 국내 굴지의 대기업이 되었다.

"박동길 회장은 회삿돈도 끌어 쓰기 시작했습니다. 어차피 고모님 말만 들으면 돈이 두 배로 불어나니까, 나중에 채워 넣으면 된다고 생각했겠죠. 고모님은 도박 원정대들을 통해 작전주 굴리는 사람들을 매수하기도 하고, 여러 재계 인사들을 뜻대로 움직였잖아요? 일은 계속해서 잘 굴러갑니다."

한준은 도도한 눈빛으로 임 고모를 내려다보았다.

"점점 자신을 맹목적으로 믿는 박동길 회장을 보며, 당신은 마지막 큰 판을 하나 짭니다. 내가 점을 보니 진짜 엄청난 펀드가 있다, 여기에 큰돈 투자하면 당신은 세계적으로 손꼽히는 거부가 될 거다, 이렇게 말입니다. 지금까지 계속해서 성공을 거둔 박동길 회장은 '고'를 외치죠. 하지만 아무리 회장이라 해도 회삿돈 육천억 원을 단번에 횡령하기는 힘듭니다. 그래서 시간이 좀 걸렸죠."

임 고모는 아랫입술을 살짝 물어뜯었다.

"이런 말을 듣고 있을 필요는 없는 거 같아요."

"내 기막힌 점괘는 아직 안 끝났는데? 자, 들어봐요. 아마 지금 급하게 가셔야 하는 이유는 비행기 티켓을 끊어놨기 때문이겠죠. 원래대로라면 대릴 베네케라는 멋진 가명을 쓴 구태수가 육천억 원을 받으면 곧장 고모님께 쏘기로 했고. 그러면 이제 단물 다 빨았으니, 당신은 박동길이 필요 없어집니다."

한준은 잠시 숨을 돌렸다. 쏟아지는 뿌연 입김이 장벽처럼 두 사람 사이를 가로막다가 사라졌다.

"필요 없어졌으니 치워야겠지. 고모님은 자연스럽게 박동길 회장과 관계자들을 한꺼번에 죽일 수 있는 방법을 꾸밉니다. 아주 자연스럽게, 어떤 정신병자의 방화로 조작해서 자신은 혐의 선상에 오르지 않도록. 사기 쳐서 모은 돈들은 구태수, 아니— 임영주란 이름으로 관리하고 있었으니. 어딜 봐도 고모님이 의심받을 건덕지가 없어요. 어차피 구태수가 자신의 단독 범행이라고 자백할 예정이었으니까, 모든 상황은 깔끔하게 종료. 죽은 자는 말이 없으니, 육천억 원의 행방 따위는 아무도 궁금해하지 않겠죠. 누가 내 돈을 먹었냐고 따지지도 않을 테고. 당신은 해외로 뜨기만 하면 됐습니다. 그런데 뜻하지 않게 제가 구태수를 건드렸죠. 고모님은 마음이 급해졌을 거예요. 조사를 마치자마자 바로 인천공항으로 갈 생각이었지만, 이렇게 절 만나서 짜증이 난거고요. 이상 점괘 끝."

한준은 능글맞게 양손을 들어 보였다.

"고모님 진짜 대단해. 영험하지, 머리도 너무 잘 돌아가. 그런데…… 자신의 미래에 나는 안 보였나 봐?"

임 고모는 말없이 머리에 쌓인 눈을 털었다. 불쾌해 보였다.

"지금 공항 가봤자 소용없을 겁니다. 분노에 휩싸인 대한민국 재벌 회장이 무슨 짓을 저지를 수 있는지 익히 아시겠죠. 차라리 경찰에 자수하는 게 인도적일지도 모르고, 그게 정 싫으면."

눈발이 점점 굵어졌다. 한준은 어깨에 걸치고 있던 캐시미어 목도리를 감아 넘겼다. 모자챙 아래 보이는 그의 눈이 날카롭게 빛났다.

"—최선을 다해 도망쳐보시죠. 제 고객 중 한 분이 거영 그룹 일가라는 것만 명심하시고."

임 고모는 허리를 꼿꼿이 세우고 또각또각 걸었다. 두 사람의 어깨가 스쳐 지나가려던 찰나, 그녀는 얼굴을 반쯤 돌린 채 속삭였다.

"자기, 제법이다."

임 고모의 입에서 하얀 입김이 피어올랐다. 그녀의 맑은 두 눈에는 감정이 느껴지지 않았다.

"그런데 너무 자만하지는 마. 나에 대해 그렇게 잘 맞췄다는 게 무슨 의미인지 알아?"

한준은 고개를 옆으로 까닥였다.

"너도 나랑 닮았다는 뜻이야."

임 고모의 입술에 눈송이가 떨어졌다. 그녀는 손가락을 들어 입술을 문질렀다. 창백하리만큼 새하얀 턱 사이로 불그스름한 립

스틱 자국이 번졌다.

"언제까지 그렇게 고고하게 굴 수 있나, 기대되네."

*

빅터 바에는 크리스마스풍의 느릿한 재즈가 흐르고 있었다. 예은은 입구에 서서 눈을 털었다. 한준은 이미 자리에 앉아 그녀를 기다리고 있었다.

"어디 선 보러 가요?"

예은이 의자에 롱패딩을 툭 걸치며 물었다. 한준은 금방이라도 파티에 나갈 준비가 된 사람처럼 머리부터 발끝까지 흐트러짐 없는 슈트 차림새였다.

"신사는 언제 어디서든 품격을 지켜야 하는 법입니다."

"그럼 달리기 연습부터 좀 하시죠. 서울역 대합실에서 뛰어다닐 때는 그다지 품격이 느껴지지 않았거든요."

두 사람은 각자의 술을 시켰다. 김렛과 갓파더가 각자의 앞에 놓였다. 김렛을 한 모금 넘기던 한준의 눈동자가 커졌다.

"라임주스네요."

바텐더가 미소 지었다.

"특별한 날도 있는 법이죠. 오늘처럼."

한준은 기분 좋게 잔을 들었다.

"오늘은 제가 사겠습니다. 마음껏 드시죠."

"이만 구천 원어치까지만 얻어먹겠습니다. 부정청탁방지법 때

에필로그

문에."

예은이 심드렁하게 말했다. 한준은 입술을 이죽거렸다.

"하여튼 분위기 깨는 데는 조예가 깊으셔."

두 사람은 말없이 술잔을 들이켰다.

"앞이 제대로 보이지도 않던 일이었는데."

예은이 술잔을 가볍게 돌렸다. 커다란 공 모양의 얼음이 달그락거리며 경쾌한 소리를 냈다.

"사건 해결 잘해놓고, 뭘 그리 찜찜해하십니까?"

"임 고모 찍힌 CCTV가 사라진 거요. 동료들 중 누가 그랬을 거라고는 도저히 믿고 싶지 않은데……."

예은의 목소리에는 힘이 없었다.

"지금은 그 생각 하지 말아요. 어차피 내일부터는 다시 복잡하게 머리 굴려야 하니까."

한준이 위로하며 말을 이었다.

"임 고모는 철창 적응 잘 하고 계십니까? 내가 미리 조언해주긴 했는데."

임 고모라는 말에 예은은 바로 한숨을 쉬었다.

"아주 제멋대로예요. 자수한답시고 여러 미제 사건에 대한 단서를 알고 있다, 원하는 걸 들어주면 관련 사건의 실마리를 제공하겠다 이랬다가 또 모르쇠로 일관하고 있어요. 그 여자 말 듣고 있으면 더 헷갈려. 다들 두 손 두 발 들었어요."

한준과 대면한 이틀 후, 임 고모는 제 발로 마포 경찰서를 찾았다.

"구태수 사건에 대해 자백할 게 있어요."라고 속삭여놓고는, 형사들의 사적인 문제부터 시작해 피해자들의 혼이 강력반 사무실을 떠돌고 있다는 등의 아리송한 말을 늘어놓았다. 구태수 사건에 새로운 배후가 나타났다는 소식을 어디서 들었는지 기자들이 벌 떼처럼 달려들었다. 덕분에 마포서 강력반 팀원들은 혼이 쏙 빠져나가는 중이었다.

"교활한 인간입니다. 〈양들의 침묵〉 마포 경찰서 버전 찍고 싶지 않으면 정신 단단히 차려요."

한준은 김렛을 홀짝였다.

"그나저나, 갑자기 왜 제 발로 자수했을까요?"

예은은 궁금해 죽겠다는 표정을 지으며 한준을 돌아보았다. 그는 어깨를 으쓱했다.

"한 길 사람 속 누가 알겠습니까."

거창한 추론을 기대했던 예은으로서는 김새는 답변이었다. 그녀는 뭐야, 하고 조그맣게 내뱉은 뒤 화제를 돌렸다.

"거영 그룹 쪽은 정리가 잘 됐어요? 비자금 문제로 아주 시끄럽던데."

"그 정도로 끝나서 다행이죠. 육천억 원이 홀랑 날아갈 뻔한 판국에."

검찰에 소환되기 직전, 박동길 회장은 한준을 직접 찾아왔다. 그는 두꺼비 같은 목을 움츠리며 고맙다고 말했다.

"다시는 그런 이상한 사기에 현혹되지 말라고 일갈해줬습니다. 횡령한 회삿돈이나 냉큼 채우고 다시 오라고."

한준은 어깨를 쭉 펴고 거들먹거렸다. 예은은 비웃었다.

"그 말 웃긴다. 따지고 보면 그쪽도 사기죠. 신들린 척하면서 고객들 복채 강탈하잖아."

"사기라니, 말은 바로 합시다. 나는 인생 그나마 좋은 쪽으로 굴러가라고 도와주는 거예요. 프로이트밖에 들먹일 줄 모르는 심리 상담사들보다는 내가 낫지."

한준과 예은은 한참 동안 사기네 아니네 하며 옥신각신 다투었다. 결론은 내리지 못한 채 애꿎은 술잔만 비웠지만.

"이제 어떻게 할 생각이에요?"

예은은 빈 술잔을 쳐다보았다.

"미남당 식구들이랑 비싼 식당에서 특별 크리스마스 코스 요리를 먹고 뒤풀이할 겁니다. 그래봤자 녀석들은 2차로 삼겹살에 소주 먹자고 난리겠지만."

"아니, 그 뜻이 아니고요."

예은은 풋 웃음을 터트렸다.

"계속 박수무당인 척하고 살기에는 아까워서요. 프로파일러로 복귀할 생각 없어요?"

"할리우드에서 더 이상 미국인이 세계를 구하는 영화를 만들지 않는다면 고려해보겠습니다."

"거절 한번 길게 돌려서 하시네. 그럼 앞으로도 계속 나 도와요."

예은이 한준의 어깨를 툭 쳤다.

"어차피 안 도우면 영업 방해할 거 아닙니까."

한준이 툴툴거렸다.

"공권력이 좋긴 좋네. 빨리 청장 출세해서 괴롭혀야지."

예은이 발그레한 얼굴로 웃었다.

"나머지 멤버들도 불러요. 쫑파티 합시다."

"그러잖아도 어디냐고 묻던데. 여기로 부를게요."

한준은 수철에게 전화를 걸었다. 연남동 사무실에서 빅터 바까지는 차로 십 분도 걸리지 않는다. 곧 수철과 혜준이 떠들썩하게 눈을 털며 들어왔다. 바텐더는 잔을 치우고 술 네 잔을 만들어 내밀었다.

"파티하자!"

외출용 모습으로 변신한 혜준이 신나게 술잔을 치켜들었다. 한준과 수철은 낯설다는 눈빛으로 그녀를 쳐다보았다.

"뭘로 건배할까?"

수철이 물었다.

"내년에는 최대 매출 삼십억을 위하여!"

한준의 외침에 다들 고개를 저었다. 예은이 웃으며 바텐더를 쳐다보았다.

"도와주셔야 할 거 같은데요."

바텐더는 컵을 닦으며 말했다.

"과거를 기억하고, 현재를 충실히 살며, 미래를 기대하자 —. 어떻습니까?"

혜준은 오오, 감탄하며 손바닥으로 테이블을 가볍게 두드렸다.

"그거 괜찮다."

"어제 오신 손님들의 건배사가 기억에 남았을 뿐입니다."

바텐더가 미소 지었다.

"즐겁게 마시길 바랍니다. 즐거움도 습관인지라, 계속 버릇 들이다 보면 내일이 정말 즐거워지니까요."

한준, 예은, 수철, 혜준은 건배를 외치며 술잔을 부딪쳤다. 바 내부에 흐르는 음악은 어느새 경쾌한 딕시랜드풍의 재즈로 바뀌어 있었다.

지금까지 힘든 일의 연속이었고, 내일의 미남당 일행에게는 내일의 고난이 떠오를 터이지만— 지금 이 순간이 즐겁다는 건 확실했다. 그거면 충분했다.

작가의 말

누군가의 인생에서, 단 오 분이라도 즐거운 기억으로 남을 수 있다면 그건 정말 굉장한 일이라고 생각해왔습니다. 이 책으로 인해 당신이 아주 잠깐이라도 즐거울 수 있기를 바랍니다. 저는 그걸로 충분합니다.

김희재 대표님, 전건우 작가님, 김지영 피디님, 올댓스토리 식구 분들께 진심으로 감사드립니다. 한없이 늦어진 이 원수 같은 원고(오, 라임) 때문에 마음고생 많으셨을 텐데, 부디 이 은혜 갚을 수 있기를.

철딱서니 없는 저를 사랑해주는 가족들, 무심한 성격인데도 내 옆에 항상 머물러주는 친구들, 정말 고맙습니다. 앞으로도 꾸준히 쓰겠습니다.

추신- 글을 쓰는 작가이기 이전에 미스터리 소설을 사랑하는 독자로서, 이 책 곳곳에 제 팬심을 뿌려두었습니다. 눈치채신 분들이 계시다면 스윽 미소 한번 지어주시길.

미남당 사건수첩

초판 1쇄 2018년 4월 10일
초판 3쇄 2022년 6월 7일

지은이   정재한
펴낸이   김희재
책임편집 김지영
마케팅   정재희 박혜신 김근형 박초아
디자인   @freemayme
교정   박민주 박혜림

펴낸곳   ㈜올댓스토리
출판등록 2009년 11월 23일 제2011-000180호
주소   서울시 마포구 성지3길 67 4층 올댓스토리
문의   (02)564-6922 | 팩스 (02)766-6922 | 홈페이지 www.allthatstory.co.kr
이메일   cabinet@allthatstory.co.kr

ISBN   979-11-88660-06-3 (03810)

• 캐비넷은 ㈜올댓스토리의 임프린트입니다. 이 책의 판권은 지은이와 캐비넷에 있습니다.
  이 책 내용의 전부 또는 일부를 재사용하려면 반드시 양측의 서면 동의를 받아야 합니다.
• 잘못된 책은 구입처에서 바꾸어 드립니다.